O país secreto

Jane Johnson

O país secreto

Tradução
ENEIDA VIEIRA SANTOS

Revisão da tradução
SILVANA VIEIRA

wmf **martinsfontes**

SÃO PAULO 2011

Para William

Esta obra foi publicada originalmente em inglês com o título
THE SECRET COUNTRY
Copyright © 2005, Jane Johnson.
Publicado por acordo com Simon & Schuster UK Ltd.
Todos os direitos reservados. Este livro não pode ser reproduzido, no todo ou em parte,
estocado em sistemas eletrônicos recuperáveis nem transmitido por nenhuma forma
ou meio eletrônico, mecânico ou outros, sem a prévia autorização por escrito do Editor.
Copyright © 2011, Editora WMF Martins Fontes Ltda.,
São Paulo, para a presente edição.

1ª edição *2011*

Tradução
ENEIDA VIEIRA DOS SANTOS

Revisão da tradução
Silvana Vieira
Preparação do glossário
Marcelo Brandão Cipolla
Acompanhamento editorial
Márcia Leme
Revisões gráficas
Ana Maria de O. M. Barbosa
Nanci Ricci
Produção gráfica
Geraldo Alves
Paginação/Fotolitos
Studio 3 Desenvolvimento Editorial

Dados Internacionais de Catalogação na Publicação (CIP)
(Câmara Brasileira do Livro, SP, Brasil)

Johnson, Jane
 O país secreto / Jane Johnson ; tradução Eneida Vieira dos
Santos ; revisão da tradução Silvana Vieira. – São Paulo : Editora WMF Martins Fontes, 2011.

 Título original: The secret country.
 ISBN 978-85-7827-152-7

 1. Ficção inglesa I. Título.

10-12235   CDD-823

Índices para catálogo sistemático:
1. Ficção : Literatura inglesa   823

Todos os direitos desta edição reservados à
Editora WMF Martins Fontes Ltda.
*Rua Conselheiro Ramalho, 330 01325-000 São Paulo SP Brasil
Tel. (11) 3293.8150 Fax (11) 3101.1042
e-mail: info@wmfmartinsfontes.com.br http://www.wmfmartinsfontes.com.br*

Sumário

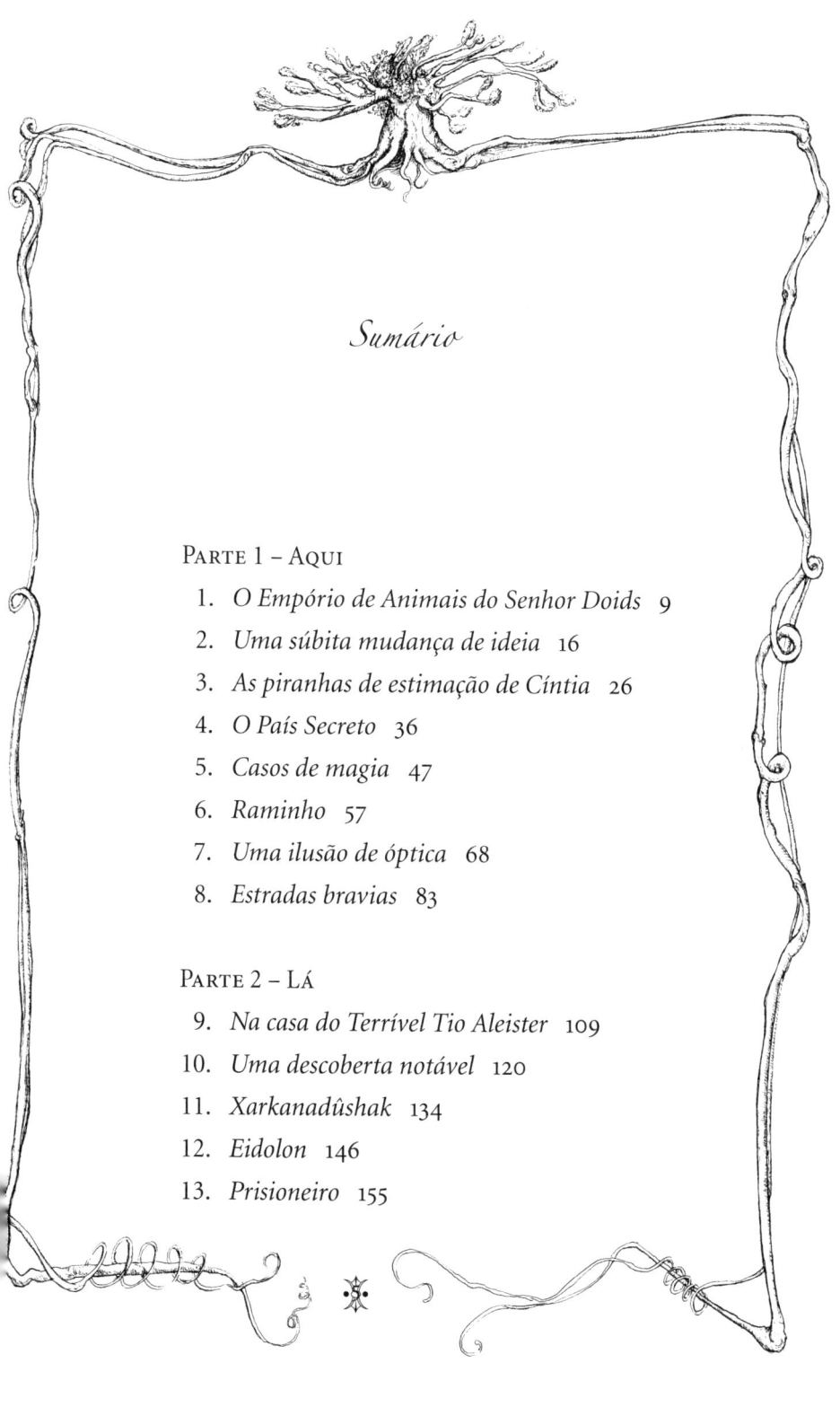

Parte 1 – Aqui

1. *O Empório de Animais do Senhor Doids* 9
2. *Uma súbita mudança de ideia* 16
3. *As piranhas de estimação de Cíntia* 26
4. *O País Secreto* 36
5. *Casos de magia* 47
6. *Raminho* 57
7. *Uma ilusão de óptica* 68
8. *Estradas bravias* 83

Parte 2 – Lá

9. *Na casa do Terrível Tio Aleister* 109
10. *Uma descoberta notável* 120
11. *Xarkanadûshak* 134
12. *Eidolon* 146
13. *Prisioneiro* 155

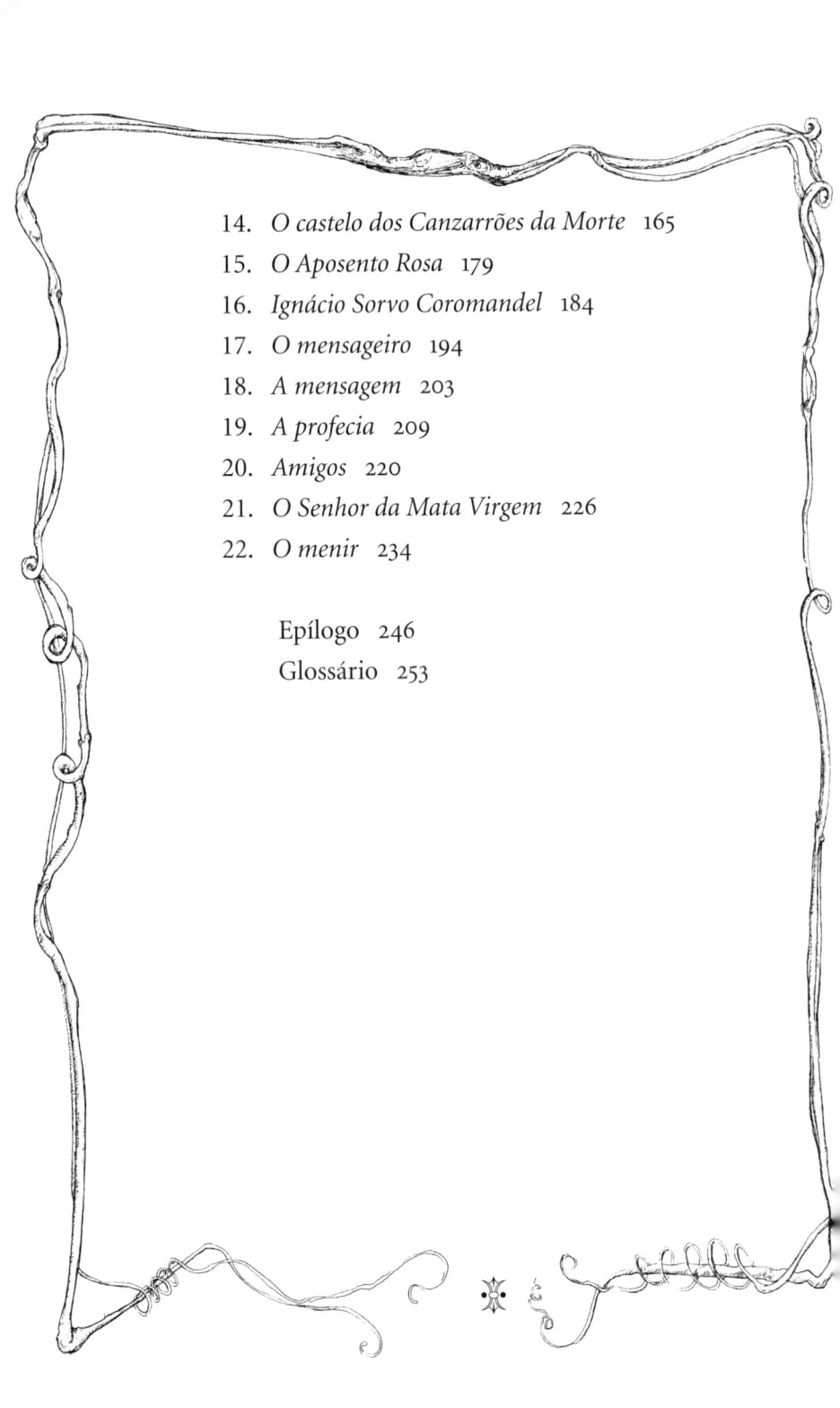

14. *O castelo dos Canzarrões da Morte* 165
15. *O Aposento Rosa* 179
16. *Ignácio Sorvo Coromandel* 184
17. *O mensageiro* 194
18. *A mensagem* 203
19. *A profecia* 209
20. *Amigos* 220
21. *O Senhor da Mata Virgem* 226
22. *O menir* 234

    Epílogo 246
    Glossário 253

PARTE 1

Aqui

Capítulo
1

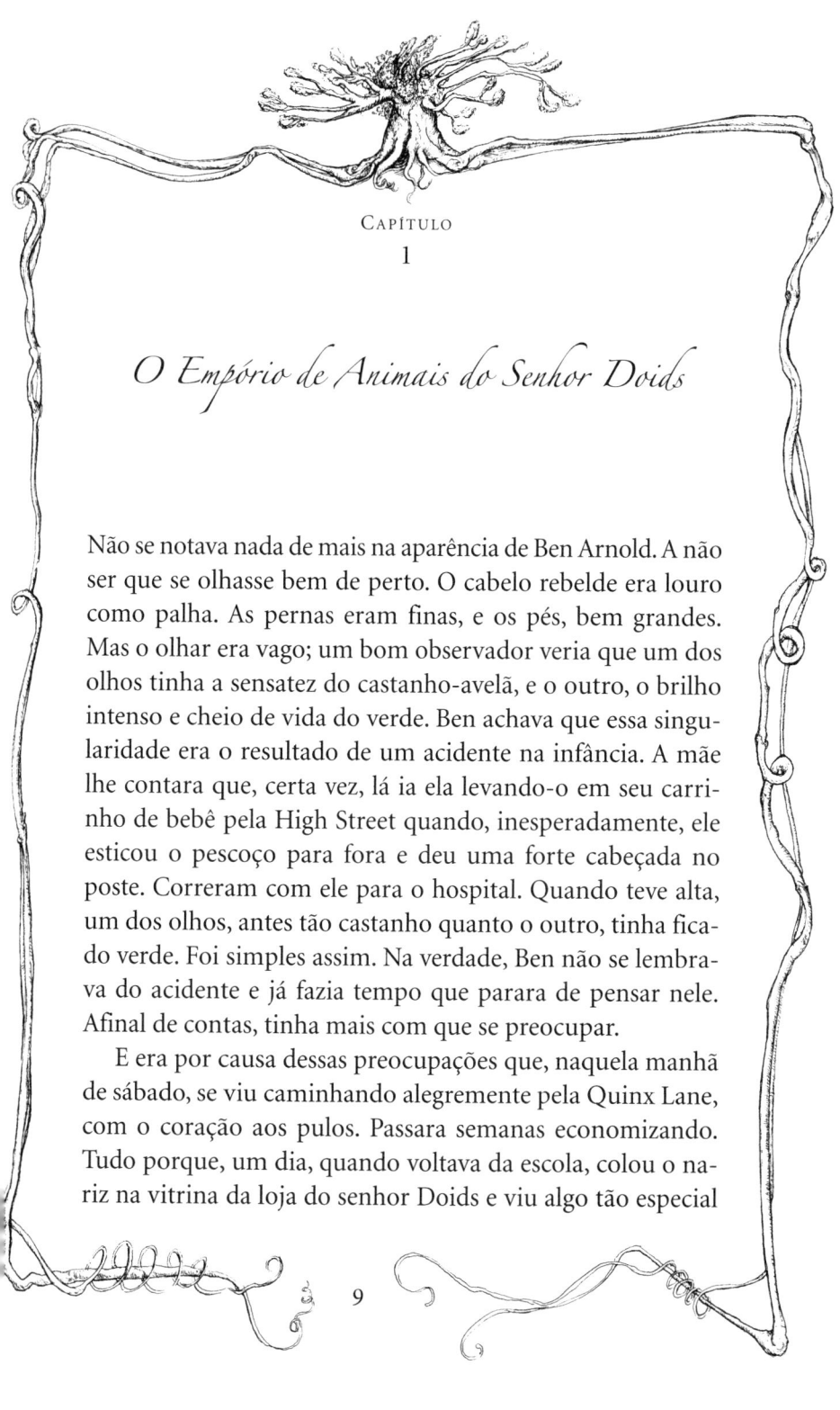

O Empório de Animais do Senhor Doids

Não se notava nada de mais na aparência de Ben Arnold. A não ser que se olhasse bem de perto. O cabelo rebelde era louro como palha. As pernas eram finas, e os pés, bem grandes. Mas o olhar era vago; um bom observador veria que um dos olhos tinha a sensatez do castanho-avelã, e o outro, o brilho intenso e cheio de vida do verde. Ben achava que essa singularidade era o resultado de um acidente na infância. A mãe lhe contara que, certa vez, lá ia ela levando-o em seu carrinho de bebê pela High Street quando, inesperadamente, ele esticou o pescoço para fora e deu uma forte cabeçada no poste. Correram com ele para o hospital. Quando teve alta, um dos olhos, antes tão castanho quanto o outro, tinha ficado verde. Foi simples assim. Na verdade, Ben não se lembrava do acidente e já fazia tempo que parara de pensar nele. Afinal de contas, tinha mais com que se preocupar.

E era por causa dessas preocupações que, naquela manhã de sábado, se viu caminhando alegremente pela Quinx Lane, com o coração aos pulos. Passara semanas economizando. Tudo porque, um dia, quando voltava da escola, colou o nariz na vitrina da loja do senhor Doids e viu algo tão especial que desde então não conseguia pensar em outra coisa. Em meio à parafernália colorida da loja de animais, com cara de malvados e reluzentes como joias, serpenteando de um lado para o outro em seu aquário iluminado, as barbatanas tremulando como as bandeirolas da lança de um cavaleiro andante, lá estavam dois raros peixes-de-briga da Mongólia, segundo os dizeres de um cartaz de néon laranja. "Será que faziam jus ao nome?", pensou. E se faziam, como será que lutavam? Na mesma hora, Ben respirou fundo e tratou de entrar na loja para perguntar quanto custavam. Quase caiu de costas quando o senhor Doids anunciou o preço. Voltou para casa com ar sério e determinado. Em silêncio e com rapidez, passou a maquinar estratégias financeiras.

Todo santo dia ia conferir se os peixes ainda estavam lá. Queria possuí-los mais do que tudo na vida.

Peixes-de-briga da Mongólia!

Ele os desejava. Ele os cobiçava. E cobiçar era um verbo cujo significado, para ele, só estava vagamente associado a histórias da Bíblia. Toda noite, antes de dormir, ele os imaginava nadando em um aquário misteriosamente envolto por uma luz suave e frondes de plantas aquáticas. Quando adormecia, eles percorriam a nado todos os seus sonhos.

Ele economizara o dinheiro que ganhara de aniversário (12 anos, finalmente), o dinheiro da mesada e tudo o que tinha conseguido como pagamento por uma infinidade de pequenos serviços. Limpara o carro do pai (três vezes, embora o veículo fosse um Morris velho e lustrá-lo só fizesse sobressair os pontos de ferrugem); cortara a grama do vizinho (e, junto com ela, as flores de um canteiro quando o aparador de grama se desgovernou, mas felizmente ninguém parecia ter notado); descascara batatas e lavara vidraças; passara aspirador, passara roupas a ferro e até (isto sim foi *realmente* pavoroso) trocara as fraldas da irmãzinha, o que deixou a mãe de fato muito feliz.

Não demorou a juntar uma quantia considerável, que levava consigo para todos os lados, no intuito de mantê-la longe das garras da irmã mais velha.

– Esse dinheiro vai acabar furando seu bolso – a mãe o provocava com carinho.

O que aconteceria, ele ficou imaginando, se o dinheiro de fato furasse seu bolso? E, depois de furá-lo, será que ia parar quando encontrasse sua perna? Ou continuaria a furar, atravessaria a perna, chegaria à rua e seguiria pelos esgotos até descer ao centro da Terra? Sabe-se lá o que poderia acontecer se ele não comprasse os seus peixes: não comprá-los poderia provocar o fim do mundo!

Ele saiu da High Street e dobrou na Quinx Lane; e lá estava ela, espremida entre uma filial da loja de departamentos Waitrose e uma farmácia Boots the Chemist. O letreiro rebuscado no alto da fachada anunciava em letras douradas: Empório de Animais do Senhor Doids. "Relíquias de tempos passados", como seu pai se referia àquele lugar, e Ben, de certa maneira, sabia o que ele queria dizer com isso, embora não fosse capaz de explicá-lo com palavras. Era uma loja entulhada de quinquilharias e esquisitices. Era uma loja cheia de maravilhas e extravagâncias. Nunca se sabia com que se poderia esbarrar ali; em meio a reluzentes gaiolas prateadas, coleiras, trelas e brinquedos que emitiam guinchos estridentes, cestas para cães e caminhas para gatos, serragem e sementes de girassol, *hamsters* e aves falantes, lagartos e filhotes de Labrador, tinha-se a vaga sensação de que, a qualquer momento, se acabaria tropeçando em um emaranhado de tarântulas, um ninho de escorpiões, um grifo adormecido, uma preguiça-gigante (Ben nunca esbarrara em nada disso, mas ainda não perdera a esperança).

Quase sem fôlego, o menino fitou embevecido o interior da loja pelo vidro empoeirado da vitrina. Eles continuavam lá no fundo, seus peixes-de-briga da Mongólia – nadando despreocupados, sem nem sequer desconfiar que estavam prestes a mudar de vida para sempre. Pois hoje deixariam o Empório de Animais do Senhor Doids e viajariam – no melhor saco de plástico que o dinheiro pudesse comprar – até o quarto de Ben, primeira porta à direita do andar de cima, em Grey Havens, no número 27 da Underhill Road, logo depois do ponto de ônibus 17. E naquela tarde o Terrível Tio Aleister havia marcado uma visita para levar um aquário velho que já não usava (para Ben, "Terrível" tinha sido automaticamente incorporado ao nome do tio, por muitas razões que tinham algo a ver com sua risada colérica, sua voz tonitruante e sua completa insensibilidade; e com o fato de que ele e a Tia Sybil haviam posto no mundo a insuportável prima Cíntia).

Sentindo o peso do destino nas mãos, Ben abriu a pesada porta revestida de bronze. Na mesma hora, foi assaltado pelo barulho: pios, grasnidos e sons de unhas e garras cavando e arranhando; sibilos, roncos e latidos. Era meio assustador. "Ainda bem", pensou, que "peixe era um bicho silencioso." Com certeza, nem mesmo os peixes-de-briga da Mongólia conseguiriam fazer muito barulho. Um bichinho malcomportado seria uma terrível provação para sua pobre mãe, como a Tia Sybil fazia questão de alertá-lo. Com frequência.

E ela de fato tinha razão; as piranhas de estimação da Cíntia não tinham sido as criaturas mais bem-comportadas do planeta. Mas essa era outra história.

A mãe de Ben não andava se sentindo muito bem ultimamente. Queixava-se de cansaço e dores de cabeça, e a pele ao redor dos olhos estava sempre fina e escura. Ninguém sabia o que ela tinha, mas parecia que ficava pior a cada dia. Sempre fora "delicada", como o pai de Ben costumava dizer, mas nas últimas semanas suas forças haviam declinado subitamente, e agora ela achava mais fácil se locomover de cadeira de rodas. Ben se entristecia quando à noite via o pai erguê-la ternamente da cadeira e carregá-la para o quarto.

Às vezes, Ben encontrava o pai sentado em silêncio à mesa da cozinha, com a cabeça entre as mãos.

– É como se ela fosse alérgica a tudo neste mundo – desabafou certo dia, desconsolado.

Mas não era alérgica a animais. A mãe de Ben amava os animais. Tinha, como se costumava dizer, um jeito especial de lidar com eles. Gatos vadios surgiam do nada, atraídos pela sua presença. Cachorros se aproximavam dela na rua e deitavam a cabeça em suas mãos. Passarinhos se aninhavam no chão diante dela. Ben chegou a ver um pombo pousar em seu ombro certa vez, como se quisesse lhe dizer algo. Fora ela que incentivara o filho a economizar para comprar os peixes.

– Cuidar de outras criaturas nos ensina a ter responsabilidade – disse. – É bom olhar por alguém além de nós mesmos.

Um homem atravessou o caminho de Ben e, por instantes, o menino temeu que ele se aproximasse do balcão e pedisse que o empregado do senhor Doids embalasse seus peixes para levá-los; mas, em vez disso, ele pegou um saco de ração para cães, atirou uma nota de dez libras no balcão e saiu sem nem ao menos esperar o troco. Do lado de fora, com a trela grossa bem amarrada no balaústre de bronze, um enorme cachorro preto mantinha os olhos fixos no homem, enquanto de suas mandíbulas vermelhas a saliva escorria e molhava a calçada. Ansioso, Ben pisou em um montículo de palha que caíra no chão, desviou-se de uma pilha de estranhos casacos de xadrez afivelados, abriu caminho com dificuldade por um corredor estreito de gaiolas enfileiradas, uma das quais abrigava um pássaro preto e barulhento, de olhos alaranjados, e...

Parou.

Tentou dar um passo à frente, mas alguma coisa (alguém?) o deteve. Olhou em volta e não viu sinal de vida. Balançou a cabeça e tentou se movimentar novamente. Algo ainda o estava impedindo de prosseguir. Vai ver a jaqueta tinha se enroscado em alguma gaiola.

Voltou-se com cuidado para não aumentar o rombo no tecido. Ele não podia voltar para casa com um par de peixes-de-briga da Mongólia e um casaco rasgado. Percorreu com os dedos o pedaço da roupa que julgava preso e descobriu – não um pedaço de arame ou a ponta afiada de um trinco – mas algo quentinho e peludo, porém duro como ferro. Girou a cabeça para trás até sentir o pescoço doer e fixou o olhar. Era um gato. Um gato preto e marrom com olhos dourados e brilhantes e uma pata extraordinariamente determinada. Parecia que o animal havia se esticado para fora da gaiola para cravar as unhas afiadas em sua jaqueta. O menino sorriu. Que gracinha! Tentou livrar a roupa, mas o bichano agarrou-a com mais força. O tecido da jaqueta enrugou-se e rasgou. O sorriso de Ben se transformou em careta.

– Me solte! – ordenou à meia-voz, tentando tirar as garras do animal.

O gato olhava para ele sem piscar. Foi então que falou claramente e num tom de voz tão áspero e rouco quanto o de um detetive americano que fuma sem parar.

– Você não sai desta loja sem mim de jeito nenhum, rapazinho.

Ben ficou em estado de choque. Olhou fixamente para o gato. Em seguida, correu os olhos pela loja. Será que mais alguém ouvira aquele diálogo ou ele estava sonhando acordado? Mas os outros fregueses pareciam entretidos com seus interesses – inspecionando pilhas de *hamsters* dormindo despreocupadamente uns sobre os outros; cutucando o papagaio com uma vareta para ver se ele falava palavrões; comprando uma dúzia de camundongos vivos para dar de comer a seus pítons...

Voltou-se para o gato. Ele continuava a observá-lo da mesma maneira desconcertante. Ben começou a cogitar se ele tinha pálpebras ou se estava só economizando energia. Talvez estivesse ficando louco, concluiu. Para testar sua teoria, anunciou:

– Meu nome é Ben e não rapazinho.

– Eu sei – disse o gato.

Capítulo
2

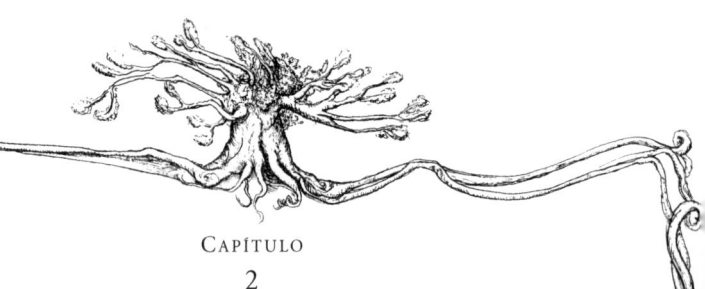

Uma súbita mudança de ideia

– Eu vim aqui comprar peixes – Ben declarou com firmeza. – Peixes-de-briga da Mongólia.

O gato continuava sem piscar.

– Lá estão, veja.

Os olhos do gato moveram-se ligeiramente e com tédio percorreram a fileira de aquários junto à parede distante. Ainda se agarrava firmemente à jaqueta.

– Ah, peixes. – retrucou. – Não é isso que você quer. Quem vai querer um bicho de estimação molhado?

– Eu vou querer – Ben protestou com veemência. – Estou economizando faz tempo e quero comprá-los.

– Mas os peixes fazem o quê? – o gato argumentou num tom de dono da verdade. – Só ficam nadando para baixo e para cima o dia inteiro. – Depois de uma breve reflexão, acrescentou: – E às vezes morrem e ficam boiando na superfície. Não são grande coisa. Se não existissem, não fariam falta nenhuma.

– Mas estes... – Ben explicou com orgulho, como se já os possuísse –, estes são peixes-de-briga da Mongólia. Eles... brigam.

O gato lançou-lhe um olhar desconfiado. Ben poderia jurar que o bicho chegou a erguer uma sobrancelha, mas como cara de gato tem pelo por toda parte, não só na sobrancelha, ficava difícil saber.

– Obviamente – continuou o felino, desta vez sem esconder o desprezo –, você sabe muito pouco sobre peixes. Peixes-de-briga da Mongólia! Cada uma... – criticou, com um muxoxo. – Isso não existe. É só uma estratégia de vendas. Com tantos peixes bonitos à disposição, como convencer um menino a gastar seu rico e suado dinheirinho? É só batizar os peixes com um nome pomposo e deixar a imaginação do freguês correr solta.

Finalmente piscou.

Ben estava furioso. – Não é verdade! Eu vi uma ilustração deles na *Enciclopédia completa dos peixes...*

– E quem é o autor desse livro tão precioso?

Ben fez um esforço de memória. Conseguiu visualizar a capa do livro onde desfilavam lindos peixes-anjos e peixes-arqueiros, peixes-cachorros e peixes-gatos e peixes-coelhos, raias-pintadas e peixes-porcos e também garoupas e góbios e peixes-reis da Califórnia. E bem no meio de todos eles, nadando em um mar de barbatanas e escamas, em letras pretas e compridas, lisas e lustrosas como os tubarões, o nome: *A. E. Doids...*

Ficou de queixo caído.

– Você acha, então, que é um embuste?

O gatinho fez que sim com a cabeça. – Uma inverdade da pior espécie – o bichano o encarou com ar solene. – A Mongólia não tem acesso ao mar; aliás, é uma região essencialmente desértica. Não é lugar para peixe.

– Só falta você me dizer que eles também não brigam.

O gato deu de ombros.

– Devem trocar umas farpas de vez em quando...

Um vulto aproximou-se do menino.

– O que foi que você disse, meu rapaz? – indagou – Quem é que não briga?

Ben ergueu os olhos. O senhor Doids postara-se diante dele. Ou talvez fosse melhor dizer "assomara à sua frente", já que era um homem alto. Sua aparência não era exatamente do tipo que se espera de um dono de loja de animais. Ele não era velho e não tinha olhar benévolo. Não usava um avental cheio de pelos de cachorro. Tampouco usava óculos de meia-lua ou cheirava a ração de coelho. Nada disso. O senhor Doids trajava um terno italiano de corte impecável, de lapelas estreitas e botões chamativos. O estampado brilhante da gravata-borboleta era uma estranha imitação de pele de animal, como um leopardo. Sorria com um sorriso de anúncio de pasta de dente na tevê.

Ben estremeceu ligeiramente. Era essa a reação que o senhor Doids costumava provocar nas pessoas.

– Hein?... quero dizer... os peixes-de-briga da Mongólia?

– Que bobagem, garoto! Eles brigam como demônios. Aqui, não. Claro. Tem muita distração. Mas experimente levá-los para casa e deixá-los em um lugar bem tranquilo. Quando você menos esperar, eles vão pular na garganta um do outro. São ótimos animais de estimação.

Ben estava começando a ter sérias dúvidas sobre o sonho que lhe povoara a mente nas últimas semanas. Mesmo que o senhor Doids estivesse sendo sincero, a ideia de ter dois peixes que na verdade queriam se destruir lhe parecia cada vez menos atraente a cada minuto que passava. Encheu-se de coragem e encarou o dono da loja. O senhor Doids tinha olhos grandes e tão escuros que pareciam não ter íris, só pupilas, como se toda a luz disponível estivesse sendo tragada para dentro delas sem o mais leve traço de reflexo.

– Ouvi dizer – Ben começou a falar, meio nervoso – que alguns animais não fazem jus ao nome que têm. E além disso – tentou disparar num só fôlego – na Mongólia não tem mar e, portanto, lá não existe... peixe...

Os olhos do senhor Doids se arregalaram um pouco. Um segundo depois e o sorriso seguiu o exemplo; mas a expressão que lhe tomou a face não parecia bem-humorada.

– E pode-se saber quem foi que lhe deu essas informações tão extraordinárias, meu rapaz? – inquiriu com gentileza.

Ben ficou cabisbaixo.

– Ora, vamos lá, Ben – disse a voz áspera do gato –, diga a ele quem lhe contou. – E sorriu para ele com um ar malicioso que não ajudava em nada.

Ben ergueu os olhos e viu que o senhor Doids fixara um olhar penetrante no gato, um olhar que sugeria uma vontade de esganá-lo ou talvez metê-lo goela abaixo, com pelo e tudo, de um só bocado. Mesmo assim, era difícil dizer se ele havia escutado a conversa entre eles, ou se simplesmente não nutria um apreço especial por aquele artigo do seu estoque.

– Hum... – atrapalhou-se Ben – não me lembro. Talvez eu tenha lido isso em algum livro.

O dono da loja curvou-se, esticou o braço e agiu com tamanha rapidez que fez o gato soltar um gemido. Horrorizado, Ben desviou-se num salto, a tempo de ver o senhor Doids desprender com falso esmero as garras do bicho das costas de sua jaqueta.

– Ora, ora, ora – o homem exclamou em voz baixa –, parece que este sujeitinho ficou preso em você.

Com estas palavras, aplicou sem piedade um golpe na última garra presa, torcendo-a. Em seguida, deu um repelão no bicho para afastá-lo. O gato sibilou para ele, com as orelhas coladas no crânio, e recolheu-se no fundo da gaiola.

O senhor Doids endireitou-se. Parecia mais alto do que nunca.

– Ouça o seu coração, meu rapaz. Ouça o seu coração. Não adianta nada ansiar tanto por alguma coisa, sonhar com ela e não perseguir esse sonho até o fim do mundo. – Ele olhou de esguelha para Ben e lhe deu uma piscadela de incentivo. – Faça a coisa certa, meu filho: gaste o dinheiro que economizou durante todas essas semanas. Não podemos deixá-lo aí até que fure esse bolso, não é mesmo? – Ele se encaminhou para os aquários, esticou o braço para pegar a pequena concha de plástico que usaria para retirar os peixes-de-briga da Mongólia e olhou para Ben com expectativa.

Ben olhou para o gatinho malhado. O animal estava acocorado no fundo da gaiola com as patas pousadas junto ao peito. Ao devolver o olhar para Ben, tinha nos olhos um misto de tristeza e raiva reprimida. O menino pressentiu um desafio; um convite. Olhou para os peixes. Eles nadavam em círculos suaves em volta da ponte em miniatura que alguém pusera dentro do aquário para decorá-lo. Pareciam totalmente alheios ao mundo e às coisas do mundo. Um deles se encaminhou para a superfície e deu uma cabeçada na bomba de ar. No trajeto, a iluminação artificial refletiu em suas escamas, fazendo-as brilhar como rubis e safiras. Não havia como negar que eram muito bonitos. Mas não deviam ser muito inteligentes. Ben voltou-se para o senhor Doids – que estava lá parado como um garçom em restaurante grã-fino, numa das mãos a tampa do aquário e na outra a concha, pronto para entregar seu pedido – e tomou uma decisão importante.

– Quanto custa o gato? – perguntou.

O senhor Doids não se deixou intimidar.

– Aquele animalzinho não serve para um menino tão simpático como você, meu rapaz. Tem um gênio terrível.

Da gaiola atrás dele veio um sibilo.

– Não acredite em uma só palavra que ele diz. – O gato estava sentado junto à grade, segurando as barras com as patas. – Nunca mordi ninguém. – Fez uma pausa e em seguida rosnou: – Quer dizer, ninguém que não merecesse ser mordido. – Lançou um olhar gélido para o senhor Doids e fitou Ben com olhos suplicantes. – Você tem de me tirar daqui...

A mão pesada do homem pousou sobre o ombro de Ben. O menino ergueu os olhos e deparou-se com o sorriso indulgente do dono da loja de animais. Era uma visão perturbadora.

– Sabe de uma coisa, meu rapaz? – disse o senhor Doids, enquanto o afastava da gaiola do gato. – Vou lhe dar um desconto especial nesses peixes: dois pelo preço de um, que tal? Um negócio da China, certo? Veja bem, vou acabar indo à falência se continuar deixando que minha boa índole atrapalhe meus negócios! – O sorriso alargou-se mais, escancarou-se. Ben reparou que os dentes do senhor Doids eram bastante afiados: pareciam dentes de cão – ou talvez de tubarão –, mas não de um ser humano.

– Não, senhor Doids: mudei de ideia. Não quero mais os peixes: quero o gato. Ele é... – o menino tentou encontrar uma descrição convincente – ... é uma graça.

— *Uma graça?* — O gato protestou, revoltado. — E minha dignidade? Não conta? Uma graça... cada uma. Que miserável! Dobre a língua! Você ia gostar se eu chamasse você de uma graça, ia?

Desta vez o senhor Doids franziu o cenho. O sorriso educado já não parecia sincero. — Sinto muito, meu rapaz, mas não posso vender-lhe o gato — argumentou num ranger de dentes. — Está reservado para outro cliente e ponto-final.

— Não tem nenhuma placa nele escrito "vendido" — Ben alegou sensatamente.

O dono da loja inclinou-se na sua direção. O sangue subira-lhe à face. — Olhe aqui, meu rapaz: esta loja é minha e eu vendo a minha mercadoria a quem me der na telha. E não me deu na telha vender este gato para você. Estamos entendidos?

Ouviu-se um terrível gemido atrás dos dois. Todos na loja interromperam o que estavam fazendo e olharam naquela direção. O gato contorcia-se na gaiola e aos berros comprimia a barriga com as patas dianteiras. Ben correu para junto da gaiola.

— O que houve?

O gatinho piscou para ele. — Não se preocupe: tenho cá meus truques debaixo do pelo... — Os gritos tornaram-se lancinantes.

O senhor Doids fulminou-o com os olhos. Em seguida, curvou-se até ficar cara a cara com o gato e disse-lhe baixinho: — Não pense que isso vai salvá-lo. Conheço suas artimanhas.

Uma jovem com um bebê ao colo olhou chocada para aquela demonstração de insensibilidade. Ela sussurrou algo para o marido que, ato contínuo, deu um tapinha no ombro do senhor Doids.

– Desculpe – disse o homem –, o gatinho não me parece muito bem. O senhor não acha que deveria tomar alguma providência?

O senhor Doids lhe dirigiu um sorriso ao mesmo tempo melífluo e ameaçador.

– Esse gato não passa de um canastrão – explicou. – Faz qualquer coisa para chamar a atenção.

Uma senhora corpulenta apressou-se em participar da conversa. Por detrás de seus óculos escuros, protestou:

– Coitadinho. Os animais sempre sabem quando alguma coisa não vai bem com eles. – Em seguida, enfiou um dedo atarracado por entre as grades. O gato rolou debilmente o corpo para o lado e encostou a cabeça na mão da mulher. – Aaaah... – ela exclamou. – Eles também sempre sabem reconhecer em uma pessoa a sua chance de salvação.

Ben viu a sua oportunidade.

– Quero comprá-lo e levá-lo ao veterinário – anunciou em voz alta. – Mas este senhor não quer deixar. Fica tentando me empurrar uns peixes caros.

Uma pequena multidão se aglomerara em volta deles e um burburinho, acompanhado de gestos de reprovação com a cabeça, se espalhara pelo ambiente. O senhor Doids parecia irritado e encurralado. O gato disparou um olhar de cumplicidade para Ben.

– Muito bem, então – aquiesceu finalmente o senhor Doids, rangendo aqueles dentes terríveis. Sorriu para todos e, em seguida, deixou cair a mão novamente sobre o ombro de Ben, como num gesto amigável. Ben sentiu as unhas do homem espetarem-lhe a pele através da jaqueta. Eram duras e pontiagudas como garras.

– Fique com o animal, pronto.

Quando os outros fregueses se afastaram e não podiam mais ouvi-lo, o senhor Doids deu o preço. A soma incluía não só todo o dinheiro que Ben juntara para os peixes-de-briga da Mongólia como também o dinheiro da passagem de ônibus. O senhor Doids praticamente arrancou-lhe as notas das mãos sem nenhuma cerimônia e saiu batendo os pés em direção aos fundos da loja para pegar uma embalagem de papelão. Ben aproximou-se do gato.

– Não estou entendendo nada do que está acontecendo aqui – disse da maneira mais ríspida que conseguiu. – Portanto, assim que sairmos desta loja, você vai ter muita coisa para me explicar. Levei semanas para juntar aquela grana e não sei o que os meus pais vão dizer quando eu chegar em casa com um gato falante e sem peixe nenhum.

O gato revirou os olhos. – Limite-se a encarar isto como o primeiro passo para salvar o mundo, o.k.? Se isso o faz se sentir melhor. Bem, aí vem ele. Acho bom calar a boca e se comportar como um freguês agradecido.

Ben seguiu tão à risca o conselho do gato que no final das contas o senhor Doids se sentiu na obrigação de lhe dar como brinde duas latas de ração para gatos – "como um gesto de boa vontade". Dois minutos depois, Ben se viu na rua com uma caixa de papelão nos braços e duas latas mal equilibradas sobre ela. Caminhou devagar pela Quinx Lane, sentindo o tempo todo o olhar do senhor Doids fulminando-lhe as costas, até virar a esquina e sair na High Street, onde o alvoroço do tráfego e dos transeuntes tornou ainda mais fantástica aquela última meia hora. Ben já estava começando a achar que tudo não passara de uma espécie de ataque que sofrera ou de um devaneio qualquer, quando a caixa falou com ele.

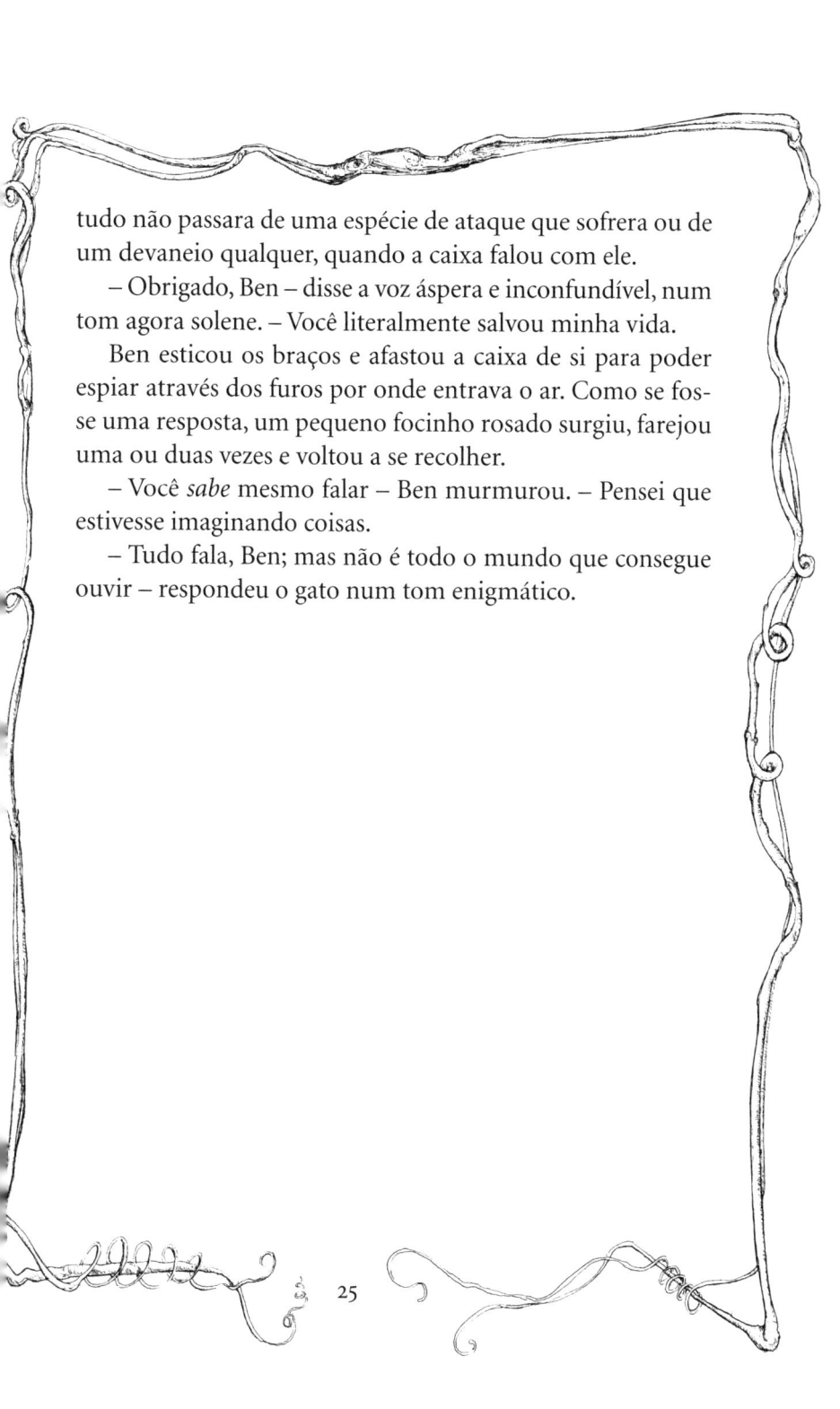

– Obrigado, Ben – disse a voz áspera e inconfundível, num tom agora solene. – Você literalmente salvou minha vida.

Ben esticou os braços e afastou a caixa de si para poder espiar através dos furos por onde entrava o ar. Como se fosse uma resposta, um pequeno focinho rosado surgiu, farejou uma ou duas vezes e voltou a se recolher.

– Você *sabe* mesmo falar – Ben murmurou. – Pensei que estivesse imaginando coisas.

– Tudo fala, Ben; mas não é todo o mundo que consegue ouvir – respondeu o gato num tom enigmático.

CAPÍTULO
3

As piranhas de estimação de Cíntia

A Grey Havens, no número 27 da Underhill Road, era uma casa geminada sem nada de especial, entre tantas outras de uma longa fileira de casas geminadas sem nada de especial, nas cercanias da cidade – mas Ben a adorava. Sempre quente no inverno e fresca no verão, tinha móveis confortáveis e recantos e esconderijos empoeirados e secretos; e no quintal erguia-se a maior macieira que ele já vira, uma árvore que produzia centenas de deliciosas maçãs verdes e vermelhas todo verão e ainda tinha a generosidade de permitir que Ben subisse em seus galhos, onde ele construíra uma casa. Ele sempre vivera em Grey Havens e normalmente sentia o coração leve ao dobrar a esquina, na altura do campo de futebol, e avistar a sua casa. No entanto, hoje, depois de se cansar na subida da Parsonage Road e virar na Underhill Road, sentiu um frio na barriga; lá estava, diante de casa e bloqueando a entrada da casa vizinha, o Jaguar preto e reluzente do Tio Aleister.

– Ai, não – Ben murmurou desconsolado.

Ben não simpatizava nem com o terrível irmão de sua mãe nem com sua esposa Sybil. E não gostava nada da filha deles, a insuportável Cíntia. Os três moravam do outro lado da cidade, depois do parque Aldstane, em uma das novas residências "executivas": casas enormes que imitavam autênticas mansões Tudor, com gramados semelhantes a macios tapetes verdes e flores que desabrochavam exatamente quando e onde deviam desabrochar. Não se via uma erva daninha sequer na propriedade do Terrível Tio Aleister: nenhuma erva daninha ousaria estragar aquela simetria perfeita. Tudo na casa parecia novo em folha – tapetes de um branco reluzente e sofás e poltronas de couro rosado – como se as embalagens de plástico fossem retiradas às pressas no momento em que se tocava a campainha (cujo som era uma versão simpática de *Greensleeves*). A mãe de Ben costumava resmungar que devia ser isso mesmo que a Tia Sybil fazia, pois não conseguia entender de jeito nenhum como alguém conseguia manter tudo tão limpinho e com cara de novo num lugar habitado por uma família normal. Não havia um vestígio sequer da desordem aconchegante que havia na casa deles – jornais e livros, pacotes de biscoito, desenhos por terminar, jogos e cartões-postais, pedaços de madeira e pedrinhas que juntavam durante os passeios. Não; na casa do Tio Aleister as crianças se sentavam pouco à vontade na beirada do sofá (a menos que se tratasse de um dia especialmente quente e Tia Sybil sugerisse cobri-lo primeiro com um pano no caso de alguém suar e manchar o couro), segurando um copo de suco de *grapefruit* amargo, e permaneciam em silêncio enquanto os adultos falavam educadamente sobre trivialidades. Nessas horas, o Tio Aleister monopolizava a conversa e, entre uma baforada e outra de seu gordo charuto, gabava-se de ter ganhado mais uma fabulosa soma em suas transações comerciais ("Aposto que todo esse dinheiro", o pai de Ben sempre dizia quando estavam no carro, de volta para casa, "veio da desgraça alheia." E embora não tivesse a menor ideia do tipo de trabalho que o tio fazia, Ben concordava com a cabeça, como se soubesse do que o pai estava falando).

O outro tormento da visita aos parentes era ter de acompanhar a prima Cíntia ao andar de cima para ver suas últimas aquisições.

Da última vez foram os tais peixes carnívoros.

Cíntia nunca teve animais de estimação como todo o mundo. Ou melhor, se teve, eles não pareciam durar muito. Uma vez ganhou um cachorrinho *collie* muito esperto e brincalhão, Ben lembrou-se; mas ele sumiu misteriosamente um dia depois de tê-la mordido. O coelho conseguiu escapar cavando um túnel no quintal; aparentemente, a tarântula cometeu suicídio atirando-se na frente do Jaguar do Tio Aleister; e a jiboia do ano retrasado foi vista pela última vez descendo pelo vaso sanitário abaixo. As piranhas, no entanto, eram outra história.

Para começar, eram oito; umas coisinhas medonhas, com dentes encavalados que não deixavam a boca fechar direito. A prima Cíntia – uma menina magrela de olhos verdes e cotovelos perversos – havia convidado Ellie e Ben para lanchar. Era uma oportunidade de exibi-las. – Vejam! – exclamou alegremente enquanto balançava um peixe-dourado sobre o aquário. (O peixe-dourado era o único remanescente de um grupo de seis que ela havia "ganhado" em uma quermesse local.) O peixinho revolvia os olhos e lutava; sabia o que o esperava. Ben ficou horrorizado. Manteve os olhos fixos em Cíntia, a boca entreaberta em sinal de protesto, mas antes que pudesse detê-la Cíntia sorriu e deixou o peixinho cair, e, quando ele olhou para baixo, a água do aquário estava turva e agitada.

Quando finalmente a água clareou, não havia sinais do peixinho; mas, por mais incrível que pudesse parecer, ele teve a impressão de ver um número menor de piranhas também.

Ben as contou. Era difícil, pois elas tentavam confundi-lo nadando em zigue-zague, mas ele fixou bem a atenção. Uma, duas, três, quatro, cinco, seis... sete... Voltou a contá-las. Sete de novo. Decididamente, apenas sete. A oitava havia desaparecido junto com o peixe-dourado. As piranhas que restavam o encararam com um olhar inexpressivo, como se dissessem: "Ora, você esperava o quê? Somos peixes carnívoros, afinal de contas." Depois dessa, ele desistiu de comer *nuggets* de peixe no lanche, balbuciou uma desculpa qualquer e foi para casa. No fim de semana, só havia sobrado uma piranha, como a própria Cíntia lhe confidenciou feliz da vida quando o encontrou na escola. Uma única e gigantesca piranha com cara de muito satisfeita.

E então, faminta e sem ter o que comer, ela acabou devorando a si mesma, como a prima depois lhe contara.

Ben nunca conseguiu entender isso direito, mas como o Tio Aleister vinha justamente instalar no seu quarto o aquário que fora da prima, para abrigar seus peixes-de-briga da Mongólia, era evidente que a última piranha de Cíntia já não o estava usando.

Ele caminhava pela rua devagar, sem a menor vontade de ter de explicar que não precisava mais do aquário. Quando chegou em casa, colocou a caixa no chão com cuidado diante da porta da frente.

– Não vou demorar – disse baixinho. – Me espere aqui e não faça barulho.

Dava para sentir o cheiro do charuto do Terrível Tio Aleister antes mesmo de abrir a porta; assim que a abriu, ouviu a risada retumbante do tio. Por um breve instante de ilusão, pensou que talvez o tio tivesse aparecido para dizer que não poderia dar-lhe o aquário. Mas não. Ben abriu a porta bem na hora em que o tio dizia:

– É um aquário maravilhoso, Clive (este era o nome do pai de Ben). Artigo de primeira. Se serviu para aquelas piranhas, aposto que vai servir para dois minúsculos peixes-dançarinos do Sião.

– Peixes-de-briga da Mongólia – Ben o corrigiu num impulso.

Tio Aleister se virou e lhe dirigiu um olhar feroz por entre a nuvem de fumaça do charuto, mas como tinha enormes sobrancelhas grossas e pretas que quase se juntavam no meio para formar uma espécie de lagarta peluda e comprida, ficava bem difícil dizer quando seu olhar não era feroz.

– Você não sabe que é falta de educação contradizer os mais velhos e os melhores, Benny?

– Mas... – Ben tentou contestar, porém logo calou-se quando viu o pai lhe acenar com a cabeça. – Sim, senhor.

– Venha comigo, então, Benny – o Terrível Tio Aleister ordenou com benevolência, segurando firme em seu ombro e conduzindo-o pelo vestíbulo.

– Deixe eu lhe mostrar o belo aquário que eu e seu pai acabamos de instalar para você. Levamos duas horas! Seus peixes vão se acabar de tanto dançar dentro dele.

Por sobre o ombro, Ben lançou um olhar desesperado para o pai, que, protegido pelas costas do Tio Aleister, erguia os olhos para o céu.

– Vai lá, filho – pediu ele. – Fizemos um trabalho e tanto.

E fizeram mesmo. O aquário estava exatamente onde Ben o imaginara, em cima de uma cômoda e diante da janela, de modo que a luz vespertina brincava entre as plantas aquáticas cor de esmeralda e iluminava cada bolha de ar que brotava do complexo sistema de filtragem, formando uma esfera prateada perfeita.

– Nossa! Que lindo! – o menino exclamou finalmente.

Tio Aleister sorriu exultante.

– Não lhe parece razoável? E uma verdadeira barganha para você, Benny, já que custou boas trezentas libras na época do Natal. Seu pai generosamente concordou em aparar nossas cercas vivas em troca de uns trocados e deste aquário de quebra. Ele faz maravilhas com as mãos, esse seu pai.

O tio despenteou energicamente os cabelos de Ben: o menino nutria um ódio especial por aquele gesto, mas detestava mais ainda ser chamado de Benny.

– É tão talentoso. Sempre digo a ele que se o trabalho manual fosse tão valorizado como a direção de um bem-sucedido comércio de importação, seria ele o milionário a morar em King Henry Close e seria eu a morar aqui nesta choupana pavorosa. Ha, ha, ha!

A risada intolerável do tio encheu o ambiente, e o pai de Ben, que acabara de surgir na porta, esboçou um sorriso amarelo.

– E então? Onde estão os peixes, meu filho? – perguntou, para fazer Aleister parar de falar de seu assunto preferido. – Vamos ver se eles gostam da casa nova, não é?

Ben estava desnorteado. Não conseguia pensar em uma palavra sequer para dizer, não sabia o que fazer. Limitou-se a

balbuciar algo inaudível e saiu correndo apavorado. O Tio Aleister iria matá-lo pela trabalheira inútil e, pior ainda, o coitado do pai teria de passar horas trabalhando no jardim de King Henry Close com a Terrível Tia Sybil no seu pé, pedindo:
– Por favor, Clive, não pise na grama...
Quando estava perto da escada, viu a mãe surgir em silêncio, como mágica. A cadeira de rodas nova não rangia nem um pouco. A mãe de Ben era uma mulher miúda, de aparência cansada, cabelos dourados bem claros e olhos vivos. Trazia a irmãzinha de Ben ao colo. Àquela altura, o menino já havia começado a arquitetar uma boa desculpa para o fato de ter chegado em casa sem os peixes: alguém os roubara de suas mãos na porta da loja de animais? Os peixes, sabe-se lá como, contraíram uma doença rara e não conseguiram aguentar a viagem? O estoque de peixes-de-briga da Mongólia estava esgotado e alguém na loja viajou para a Mongólia para encomendar mais, e isso ia demorar uns seis meses no mínimo?.... Ele estava tão concentrado em inventar alguma coisa que quase tropeçou na cadeira de rodas.
– Opa, desculpe, mamãe!
Como resposta, a mãe lhe dirigiu uma longa e vagarosa piscadela. Ela costumava fazer aquele gesto de vez em quando, e Ben não tinha muita certeza do que ele significava, embora sempre o fizesse sentir como se ela pudesse adivinhar seus pensamentos, enxergar o fundo de sua alma. Era inútil tentar mentir para ela.
Mesmo assim, não tinha esperança de que ela receberia bem a presença de um gato na família. Ainda queimando os miolos de tanto pensar, abriu a porta da frente.
A caixa de papelão estava exatamente onde ele a deixara, mas alguém ardilosamente havia colocado um saco de plás-

tico transparente no meio da soleira. O saco estava rasgado em meio a uma pequena poça d'água. A água pingava do degrau e escorria pelo jardim, formando um filete. Na outra ponta do filete havia um gatão de pelo avermelhado. Estava sentado, lambendo as patas criteriosamente. Ben franziu a testa. O que estaria acontecendo?

– Não diga uma palavra sequer – a voz vinha de baixo e de muito perto. – Faça cara de chateado. Vai dar tudo certo.

Ben ajoelhou-se para interrogar a caixa e saber mais detalhes, mas naquele exato momento ouviu um som de correria. A irmã Ellie e a prima Cíntia apareceram, envoltas em uma estranha combinação de vistosas peles de imitação (que faziam um péssimo contraste com o tom alaranjado do cabelo sedoso de Cíntia e seus olhos verdes), echarpes e ridículos sapatos de salto alto. Cíntia reparou na expressão incrédula de Ben e no saco rasgado. Em seguida, viu finalmente o gato lambendo as patas. Caiu na gargalhada. Foi uma risada que levou Ben a imaginar alguém golpeando um porquinho com uma vassoura. E a risada atraiu a mãe de Ben até a porta. Ela avaliou a cena com uma única sobrancelha erguida.

– Pelo visto, tem alguém se divertindo muito!

Cíntia ria tanto que acabou caindo dos saltos. Mesmo assim não parou. Lágrimas de júbilo rolavam-lhe pelas faces, mas Ben continuava perplexo.

– Ai, os gatos! – gemeu Cíntia. – São tão... cruéis!

A senhora Arnold lançou um olhar de desprezo para a sobrinha, que agora estava estatelada na grama, comprimindo a barriga. Finalmente o olhar da mulher foi parar no degrau.

– Ora, vejam só – ela disse –, parece que alguém deixou cair alguma coisa aí.

Cíntia não controlava o riso. – Aquele gato... – apontou o enorme gato ruivo, que agora se dirigia em passadas sinuosas para o portão e se esgueirava por entre as grades, com o rabo espiralando-se e adquirindo o formato de um grande ponto de interrogação.

– Ele... – a menina resfolegou sem parar de rir – ... ele comeu os peixes novos do Ben!

Ben ia começar a falar alguma coisa, mas se deteve. Fitou a soleira molhada; em seguida, o gato que batia em retirada; por último, a caixa de papelão, que não lhe foi nem um pouco solidária, a não ser pelos poucos fios brancos de um bigode felino, que saíram por um breve instante de um dos buracos de ar e se recolheram logo depois, para não mais serem vistos.

– Ah, Ben... – lamentou Ellie, sem conseguir encontrar as palavras de consolo.

– Tanto tempo – completou a mãe – e tanto esforço...

Mas Ben estava de cabeça baixa, o que veio a calhar, pois um sorriso largo e secreto começava a se abrir em seu rosto.

O alívio não durou muito.

– Vejam! – gritou a prima Cíntia, se levantando em alvoroço e investindo contra a caixa de papelão. – O que é isto?

Ben sentiu o coração pesado como uma pedra.

– O Ben comprou umas latas de comida para meu novo animal de estimação!

Pouco tempo depois, Cíntia e seu pai foram embora; ofendido, o Tio Aleister recolocou o aquário das piranhas e o sistema de filtragem na mala do carro. Cíntia segurava com força contra o peito magro as duas latas de ração para gatos adquiridas desonestamente. Havia algo errado em seu rosto, mas Ben não conseguiu descobrir o que era. Com uma buzinada espalhafatosa e um ranger de freios, o Jaguar saiu a toda e tomou a direção da cidade. Em silêncio, Ellie, Ben e os pais observaram o carro se afastar. Então o senhor Arnold fez um gesto de reprovação com a cabeça.

– Eu sei que é seu irmão, Isa, meu bem – ele desabafou para a senhora Arnold –, mas simplesmente não consigo suportar esse camarada. Só sabe falar em dinheiro.

– Deixe para lá, Clive – a senhora Arnold replicou, afagando-lhe o braço –, tenho certeza de que ele não é mais feliz por causa disso.

– Pudera... com uma filha como Cíntia, a Terrível – Ben criticou de forma quase inaudível.

Ellie sufocou uma risadinha.

Por alguns momentos, nenhum dos adultos disse nada. Então, o pai riu.

– Não é de admirar que as piranhas tenham se devorado – disse. Deu um beijo no alto da cabeça da esposa e completou:

– Vou preparar um chá para nós.

– E você, Ben? Como está se sentindo? – A mãe perguntou com gentileza. A sobrancelha voltou a erguer-se, conferindo ao rosto aquela expressão que o senhor Arnold classificava de "enigmática".

– Tudo certo – Ben a tranquilizou. – Vou dar uma voltinha pelo jardim.

Enquanto o pai empurrava a cadeira de rodas pelo vestíbulo, em direção à cozinha, Ben, ainda intrigado com o mistério do desaparecimento dos peixes fictícios, julgou tê-lo ouvido dizer qualquer coisa sobre Cíntia e um gato, mas não conseguiu entender o que era.

Capítulo
4

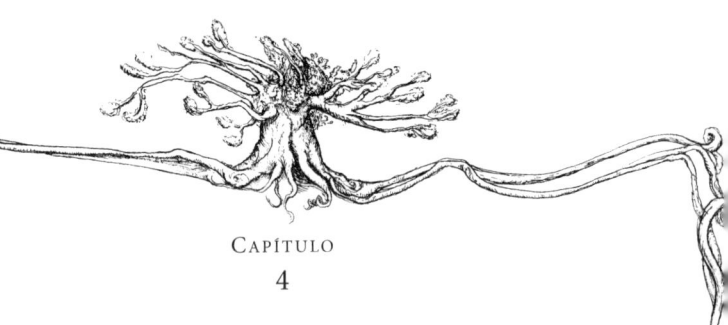

O País Secreto

Assim que os dois desapareceram na cozinha, Ben abaixou-se e pegou a caixa de papelão. Conseguiu erguê-la com tanta facilidade que quase perdeu o equilíbrio ao se levantar. Pressentiu que havia algo errado. Estava leve demais...

Estava vazia.

Ben aprumou-se e olhou em volta desesperado. Nem sombra do gato. Será que Cíntia o havia roubado? Ou será que ele tinha conseguido escapar da caixa e estava perdido por aí? Pensou em chamá-lo, mas se deu conta de que nem desconfiava qual era o seu nome. Decidiu caminhar pelo jardim, chamando, "psss, psss, psss!", mas logo se sentiu ridículo; além disso, em poucos minutos vários outros gatos responderam ao chamado. Não paravam de surgir de todos os lados: em cima do muro da frente, ao lado do portão, sobre a cerca, enfiando a cabeça pela sebe. Ben encarou-os com mau humor.

– Rua! Chispem daqui! – vociferou. – Vocês não são o meu gatinho.

Uma gatinha branca e elegante, de cabeça triangular e olhos claros, insinuou-se pelo portão.

– Você é um menino muito mal-educado – disse claramente.

Ben fixou os olhos no animal. Depois de recuperar-se do susto, respondeu:

– Quer dizer, então, que você também sabe falar.

A gatinha riu. Os outros gatos a imitaram. Um gato gordo e marrom com uma mancha dourada sobre um dos olhos atravessou gingando o gramado e ciciou para ele:

– Claro que sabemos. O que você pensaria se o tratássemos como um perfeito idiota? Exigimos respeito, garoto pamonha!

Ben franziu a testa.

– O quê? Estão falando comigo?

– Não, com seu umbigo! – retrucou a gatinha com ar afetado. – Sua mãe não lhe deu educação, não? Você tem de pedir desculpas.

– Me desculpe – disse Ben, sem pensar. O menino passou a mão pela testa e sentiu que estava encharcada de suor. Afinal, o que estava fazendo? Pedindo desculpas a um bando de gatos? Olhou em volta para conferir se o pai tinha saído e visto aquela cena. (A mãe não ia achar nada estranho: ela falava com as coisas o tempo todo, fossem elas animadas ou inanimadas – falava com moscas, aranhas e plantas; falava com o carro, o aspirador, a máquina de lavar roupa; uma vez ele a surpreendeu fazendo sermão para um garfo.)

– Devo estar maluco – disse a si mesmo. – Completamente pirado das ideias. Vai ver é genético.

– Na minha opinião, todos os pamonhas são malucos.

Essa última frase veio do gatão de pelo avermelhado que vira antes. Ele estava de pé sobre as patas traseiras, completamente ereto e com os cotovelos apoiados no portão do jardim, numa postura misteriosamente humanizada. Como quem não quer despertar suspeita, o bicho tratou de ficar de quatro.

– Pamonhas? – Ben se surpreendeu. – Que história é essa de pamonhas?

Todos os gatos riram como um bando de hienas; parecia que estavam esperando a pergunta.

– Os humanos! – esclareceu o gatão ruivo. – Os humanos são grandes, lerdos e completamente desprovidos de magia; então, é assim que os chamamos: pamonhas!

Ben se sentiu estranhamente ofendido com aquela conversa. Mudou de assunto.

– Estou procurando meu gatinho – informou. – O bichano estava naquela caixa ali, perto da porta, faz um minuto. Vocês o viram por aí?

A gatinha branca estalou a língua novamente. – "Bichano" – repetiu. – Bichano, é? Você não ia nos achar muito educados se chamássemos você de bichano, ia? – Em seguida, piscou para ele. Ou talvez tivesse um cisco no olho. – Além do mais – acrescentou –, acho que ele não ia ficar nem um pouco contente de saber que você anda por aí chamando-o de "gatinho".

– Desculpem – respondeu Ben. – Eu não sei nada a respeito dele. Apenas o comprei na loja do senhor Doids. Aliás, ele é meio fracote para um gato adulto...

Um silêncio caiu sobre o grupo. Quatro ou cinco deles se amontoaram e começaram a sussurrar sem cessar. O gato gordo e marrom parecia ter sido eleito o porta-voz da classe, pois esparramou o rabo de um modo presunçoso, pigarreou e disse:

– Nenhum pamonha pode e jamais poderá ser realmente dono de um gato, meu jovem, portanto lamentamos não poder ajudá-lo em sua busca. Estaríamos prestando um desserviço à gatandade se, por nossa interferência, mais um de nossa espécie sucumbisse à opressão humana. Um número excessivo de gatos tem sido comprado e vendido contra a própria vontade, apenas para serem rotulados e aprisionados de maneira aviltante. – Ele apontou a própria coleira: um artefato elegante em veludo vermelho, equipado com um sino prateado e uma plaqueta de identificação em plástico.

O gatão ruivo saltou graciosamente o portão da frente e aterrissou aos pés de Ben. Em seguida, encarou o gato gordo e marrom com ar de insolência e disse com desprezo:

– Não há necessidade de todo este palavrório absurdo. Eu sei exatamente onde o Andarilho está. Siga-me.

Assim dizendo, atravessou com rapidez o jardim da frente, passou junto ao Morris e às latas de lixo, uma das quais havia tombado e espalhado seu conteúdo sobre o calçamento, e seguiu pelo corredor que levava ao quintal. Resoluto, cruzou o gramado com seu trote certeiro e foi parar ao pé da macieira.

– Ele está lá em cima – anunciou, apontando a casa na árvore.

O gatinho estava à sua espera. Havia se acomodado sobre um velho cobertor e, com ar indiferente, lambia-se todo. Ben enfiou o corpo pelo buraco no assoalho da casinhola e lançou-lhe um olhar exausto.

– Até que enfim – disse. – Vamos lá, me conte exatamente o que está acontecendo: por que você me impediu de comprar os peixes? O mundo precisa ser salvo de quê? E que história foi aquela com o saco arrebentado na soleira da porta?

– Ele parou para recuperar o fôlego. O Andarilho limitou-se a sorrir. – E como foi que, de repente, me vi importunado por um bando de gatos falantes? Quem é você, afinal?

– Vamos lá, Ben, acalme-se – tornou o gato, com a fala arrastada de um caubói. – Uma coisa de cada vez, certo? Em primeiro lugar, eu não impedi você de nada; foi você quem decidiu me salvar, embora o tenha feito por causa do apelo sincero que lhe dirigi. E foi grande gentileza da sua parte ter gastado todas as suas economias para fazê-lo. Quanto a salvar o mundo, tocaremos neste assunto mais tarde, tá? Sobre os peixes... bem... – ele fez uma careta. – Os peixes não correspondiam exatamente ao que foi anunciado, como muitas vezes acontece nesta vida e especialmente no Empório de Animais do Senhor Doids.

O Andarilho esticou uma das patas e começou a lamber meticulosamente os dedos abertos.

– Continue – Ben ordenou, irritado.

– É apenas uma questão de educação – explicou o gato. – Quer dizer, se vamos fazer as apresentações de praxe, você não vai querer trocar apertos de mão comigo enquanto eu estiver com aquele fedor da loja de animais grudado no pelo, não é?

O felino cheirou a pata dianteira e aplicou-se uma lambida derradeira.

– Ah, bem melhor. Agora sim, estou com cheiro de gato.

Escancarando um sorriso malicioso, estendeu uma das patas, mas Ben não era o tipo de menino que tem nojo de saliva. Segurou a pata do animal e a sacudiu com firmeza, exatamente como o pai o havia ensinado.

O gato estremeceu.

– Opa, vamos com calma, não precisa quebrar minha pata.

– Desculpe – disse Ben. – Olha, este aperto de pata é muito legal, mas acontece que você sabe muito bem o meu nome e tudo o que eu sei a seu respeito é que o gato ruivo o chamou de "o Andarilho".

O gato sorriu orgulhoso.

– Isso mesmo. Nasci em uma família de grandes exploradores. Meu pai foi Polo Horácio Coromandel, e minha mãe, a famosa Finna Sorvo Peregrina. Somos muito conhecidos por nossas expedições mundo afora. Meu pai escalou o Monte das Brumas, a montanha mais alta de Eidolon, um ano antes de eu nascer; e quanto à minha mãe... bem: ela fundou uma colônia em Novoeste antes de zarpar para descobrir os Unípedes das Terras Brancas. Foi ela que descobriu a estrada que leva ao seu Vale dos Reis.

– Zarpar?

– Com sua grande amiga Letícia, a lontra gigante.

Todas aquelas informações lhe soaram muito impressionantes e completamente fantasiosas.

– E o que você fez para merecer o título de Andarilho?

O gato pareceu pouco à vontade.

– Ah, sabe como é... andei passeando por aí. Fiz longas viagens. E vim parar aqui...

– Dá para notar.

O gato pigarreou e mudou de assunto.

– Vou lhe conceder uma dádiva por ser você quem é. Eu não revelaria meu nome a qualquer um, pois a dádiva de um nome verdadeiro implica uma responsabilidade e um poder sobre aquele que a concede.

Ben não entendeu nada e preferiu manter-se calado.

O gato o encarou com firmeza.

– Nossos destinos estão entrelaçados – declarou. – Sinto isso em minhas entranhas. Posso confiar em você, Ben Arnold? – Ele esticou uma das patas e a pousou sobre o braço de Ben. O menino sentiu na pele as pontas das garras frias e pontiagudas. Anuiu com a cabeça sem nada dizer. Logo em seguida, sentiu-se intrigado.

– Eu não lhe disse como me chamo; então, como você sabe meu nome e sobrenome?

Em resposta, o gatinho bateu com a pata na ponta do nariz.

– Isso cabe a mim saber e a você, descobrir – disse, de modo irritante. Então, apertou com mais força o braço de Ben. As garras pareciam agulhas penetrando-lhe na carne.

– Ai!

– E agora me diga seu nome completo.

Ben hesitou. Se os nomes realmente concediam poder sobre alguém, ele poderia confiar nesse gatinho estranho, que já lhe tinha passado a perna várias vezes? Fixou os olhos no animal com ar solene.

O gato lhe devolveu o olhar, sem piscar.

Ben tomou sua decisão.

– Benjamin Christopher Arnold.

– Benjamin Christopher Arnold, eu lhe agradeço a sua dádiva e, em retribuição, neste momento solene, confio a você meu nome completo e secreto e o poder que ele sobre mim exerce. – O animal respirou fundo e acrescentou:

– Meu nome completo é Ignácio Sorvo Coromandel, também conhecido como o Andarilho. Mas você pode me chamar de Ig.

– Ig?

O gatinho deu de ombros.

– Temos de admitir que o outro nome é um tanto comprido e complicado. Todos os gatos têm nomes curtos que concedem de graça aos outros. Talvez você conheça uns gatos das redondezas que atendem pelos nomes de Spot e Ali. Mas seus verdadeiros nomes começam respectivamente por Spotoman e Aloysius.

Ben anuiu com a cabeça, pensativo.

– Beleza, Ig – disse. – Está tudo muito bem, mas você ainda tem muitas explicações a dar.

Ig abriu um sorriso.

– Vamos começar com o truque da soleira, certo? Depois passamos ao item salvação do mundo. – Enfiou as patas limpas embaixo da barriga. – Estava na cara que você ia se meter numa fria se chegasse em casa sem os tais peixes-de-briga da Mongólia. Já pensou ter de encarar seu tio berrando que tinha trazido um aquário caríssimo para você e mais uma lenga-lenga interminável? Um plano rápido tinha de sair da cartola.

Os olhos de topázio do Andarilho faiscaram maliciosamente.

– Eu não podia sair daquela caixa sem fazer uma barulhada, porque algum imbecil colocou umas latas pesadas em cima dela; então o Aby (era esse o nome do gatão ruivo) deu uma geral nas lixeiras e voltou com um saco plástico, igualzinho aos que o Doids usa para colocar os peixes. Sugeri que ele pegasse um pouco de água na banheira dos passarinhos e enchesse o saco, o arrastasse pela grama e em seguida o fuçasse bastante com as garras, na soleira. Genial, não achou? Deu para enganar aquelas garotas medonhas, não deu?

– Olha, você enganou todo o mundo, isto sim. – E Ben sentiu o coração mais leve. Além de não precisar mais se preocupar com os peixes ou com o aquário, livrara o pai de ter de ir a King Henry Close aparar as sebes do Terrível Tio Aleister.

O gato o observava com atenção.

– Olha, Ben, o que vou lhe contar agora é bastante perigoso. Poucas pessoas neste mundo sabem disso; e, dessas pessoas, a maioria é inimiga. O simples fato de você conseguir me ouvir já o torna especial, pois somente aqueles que possuem um pouco do dom conseguem ouvir o que os gatos dizem. Por esta única razão, decidi confiar em você. E também pela grandeza de sua alma, claro. Estou certo de que você é um menino de bom coração.

Ben sentiu um rubor no rosto.

– Ouça com atenção o que vou lhe contar, porque é uma história bastante incomum.

Ig trocou algumas vezes de posição sobre o cobertor até sentir-se bem à vontade. Ato contínuo, começou a falar:

– Existe um País Secreto, jamais visto por nenhum ser humano. Fica entre aqui e acolá; entre o ontem, o hoje e o amanhã; entre a luz e a escuridão; está localizado em meio ao emaranhado das raízes mais profundas de árvores ancestrais e, no entanto, também paira entre as estrelas; está em toda parte e em lugar nenhum. Seu nome é Eidolon e é o meu lar.

Tudo aquilo soava bem extraordinário e, sejamos francos, Ben pensou, um tanto exagerado. Mas aquele nome... Ei-do--lon. Soava bem, tinha certo impacto...

– É uma terra mágica...

Ben agora parecia incrédulo.

– Muito tempo atrás... – continuou o Andarilho – havia apenas um mundo. Era um lugar maravilhoso, habitado por seres fantásticos. Lá morava todo o tipo de animal que você possa imaginar: cachorros e coelhos, gatos e elefantes, cavalos e sapos, peixes, pássaros e insetos. Mas havia também criaturas que vocês, humanos, consideram míticas, como o dragão e o unicórnio, o grifo e o sátiro, o centauro, a *banshee* e o minotauro. E aquelas que vocês consideram "extintas": os dinossauros e os dodôs, os mamutes, os tigres-dentes-de-sabre e as preguiças-gigantes. Lá também viviam diferentes formas de pessoas: gigantes e duendes, fadas e elfos, ogros e sereias, bruxas, dríades e ninfas. Então surgiu um enorme cometa. Veio voando do espaço e se chocou com tanta força contra aquele mundo que ele se dispersou pelos ares. Quando se recompôs, estava dividido em dois; toda a magia antes existente se concentrou no Mundo das Sombras, o lugar que conhecemos como Eidolon, ou o País Secreto. O mundo onde você vive é o que sobrou quando toda a magia desapareceu.

Ben riu.

– Não acredito em magia. Em truques, sim, mas não em magia de verdade. Já vi esses programas de tevê que mostram como os mágicos fabricam os truques de ilusionismo: todos aqueles espelhos e fundos falsos e cordões invisíveis e essa coisa toda.

– Pantomima e prestidigitação sempre existiram – Ig contrapôs em voz baixa. – Mas não me refiro a elas. Você teria de ir até Eidolon para ver o que é magia de verdade em ação. Aqui, ela fica reduzida a ilusões de óptica, confete e purpurina.

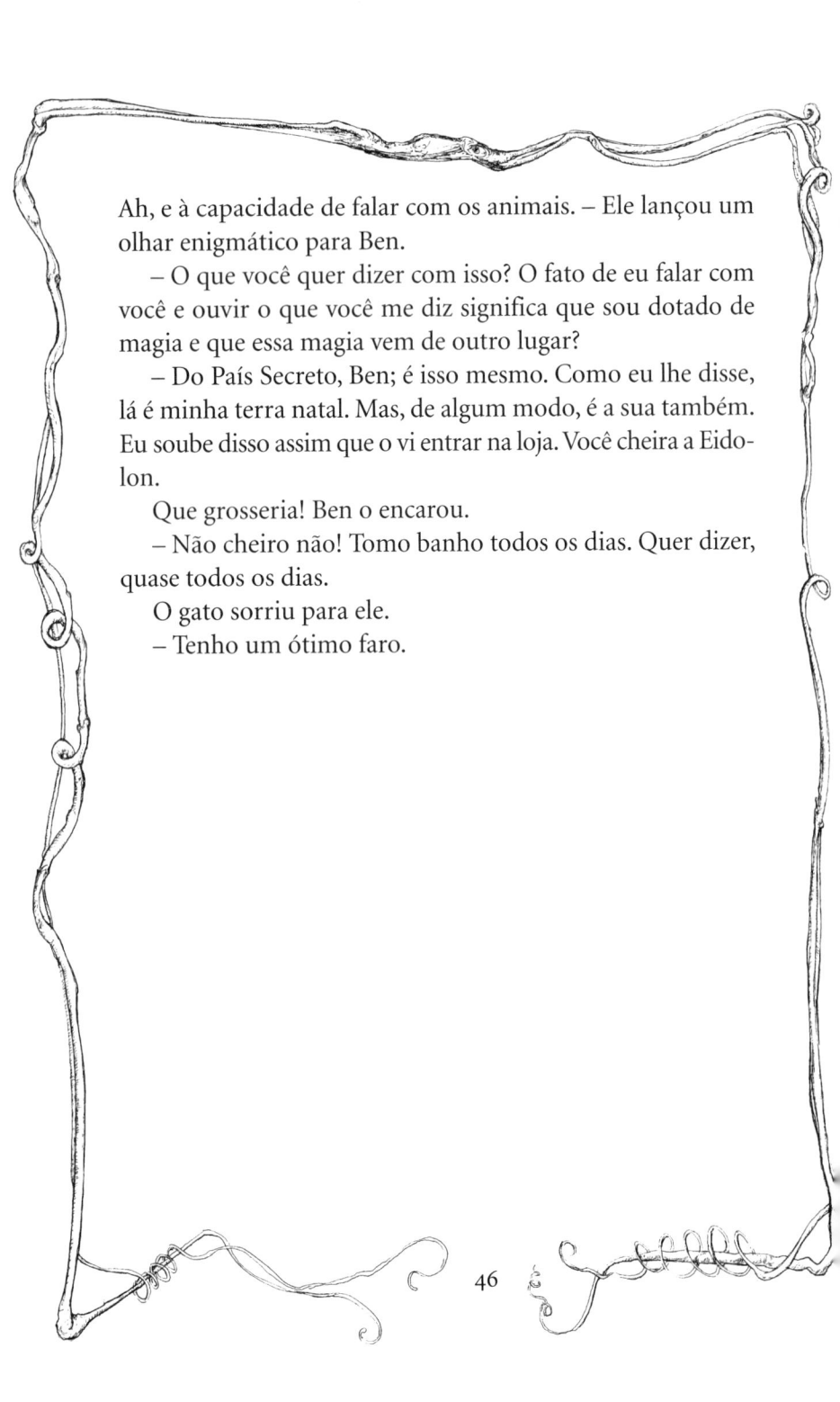

Ah, e à capacidade de falar com os animais. – Ele lançou um olhar enigmático para Ben.

– O que você quer dizer com isso? O fato de eu falar com você e ouvir o que você me diz significa que sou dotado de magia e que essa magia vem de outro lugar?

– Do País Secreto, Ben; é isso mesmo. Como eu lhe disse, lá é minha terra natal. Mas, de algum modo, é a sua também. Eu soube disso assim que o vi entrar na loja. Você cheira a Eidolon.

Que grosseria! Ben o encarou.

– Não cheiro não! Tomo banho todos os dias. Quer dizer, quase todos os dias.

O gato sorriu para ele.

– Tenho um ótimo faro.

Capítulo
5

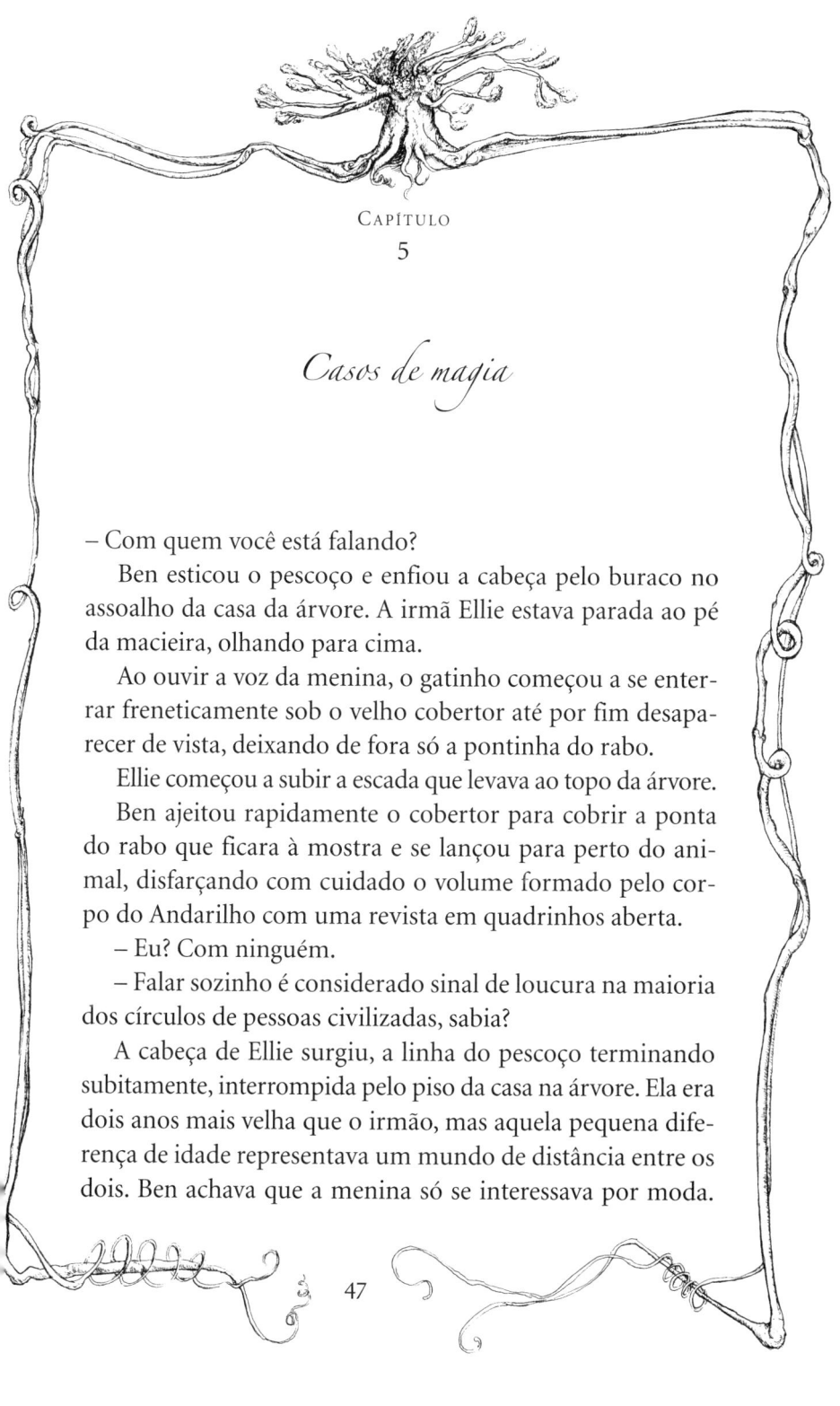

Casos de magia

– Com quem você está falando?

Ben esticou o pescoço e enfiou a cabeça pelo buraco no assoalho da casa da árvore. A irmã Ellie estava parada ao pé da macieira, olhando para cima.

Ao ouvir a voz da menina, o gatinho começou a se enterrar freneticamente sob o velho cobertor até por fim desaparecer de vista, deixando de fora só a pontinha do rabo.

Ellie começou a subir a escada que levava ao topo da árvore.

Ben ajeitou rapidamente o cobertor para cobrir a ponta do rabo que ficara à mostra e se lançou para perto do animal, disfarçando com cuidado o volume formado pelo corpo do Andarilho com uma revista em quadrinhos aberta.

– Eu? Com ninguém.

– Falar sozinho é considerado sinal de loucura na maioria dos círculos de pessoas civilizadas, sabia?

A cabeça de Ellie surgiu, a linha do pescoço terminando subitamente, interrompida pelo piso da casa na árvore. Ela era dois anos mais velha que o irmão, mas aquela pequena diferença de idade representava um mundo de distância entre os dois. Ben achava que a menina só se interessava por moda.

Seu quarto vivia cheio de revistas e retalhos espalhados por todos os cantos. As paredes eram recobertas de fotos de modelos mal-humoradas metidas em roupas esdrúxulas e de um milhão de espelhos, nos quais ela conferia o cabelo e a aparência do rosto a cada três segundos. (O quarto de Ben, por outro lado, era entulhado de pilhas de livros e revistas em quadrinhos, e de uma infinidade de objetos de toda sorte: uma pederneira que parecia uma garra de dragão, fósseis variados, cartas celestes e pedaços de madeira de formatos estranhos. Havia um espelho em algum lugar, mas Ben nunca o usava.) O quarto de Ellie recendia a perfumes e desodorantes, a talco e esmalte de unha. Tudo levava a crer que Ellie e Cíntia tinham experimentado maquiagem, pois os olhos da irmã haviam adquirido um contorno surpreendentemente definido. (O que poderia explicar o fato de a Pavorosa Prima Cíntia parecer mais pavorosa do que de costume.) Infelizmente, fosse qual fosse o efeito que Ellie estivesse tentando obter, ele foi um tanto prejudicado pela extensa mancha de rímel logo abaixo de uma das pálpebras inferiores, que fazia seu rosto parecer ligeiramente torto, como se não tivesse controle de si próprio, e pela hedionda sombra de tonalidade roxa brilhante que ela aplicara nas pálpebras superiores.

– Credo! – disse Ben. – Você parece que acabou de levar um soco em cada olho!

Ellie lhe dirigiu um muxoxo com lábios manchados de um cor-de-rosa pálido e gorduroso. A mancha atingira os dentes.

– É Dior, fique você sabendo – ela rosnou, como se a informação explicasse tudo aquilo. – Ah, esquece. Você não entende mesmo.

– E eu com isso? – respondeu Ben. – O que você quer?

– Está na hora do lanche. Mamãe e papai estão chamando você há horas.

– Não estou com fome.

– Ah, não? – Ellie ergueu uma sobrancelha mal delineada a lápis. – É empadão de carne. E a mamãe derreteu queijo em cima.

– Desço num minuto, tá bom?

– Por quê? O que você está tentando esconder de mim?

Com a rapidez de um raio, ela arrancou a revista das mãos do irmão.

– É uma história em quadrinhos de luxo – Ben informou. Numa manobra rápida, posicionou o tronco em ângulo reto, interpondo-se entre Ellie e a protuberância agora evidente no cobertor. – *Sandman*. É sobre Morfeu, o deus dos sonhos, que rege o mundo em que entramos quando adormecemos. É famoso. Ganhou prêmios.

– Outro mundo? É mesmo? – Ellie folheou rapidamente a revista. Parou em uma página, virou-a de lado e esmiuçou a ilustração. Por um momento, a curiosidade abrandou a máscara de superioridade que ela costumava adotar. Em seguida, enfiou a revista debaixo do braço.

– Muito bem. Acabo de confiscar isto.

E antes que ele pudesse retrucar, a menina desceu rapidamente a escada e correu em direção a casa. Ben a observou afastar-se e não sentiu nenhuma irritação ou raiva; nada, a não ser alívio. Levantou a ponta do cobertor.

O focinho do gato apareceu e farejou o ar imediatamente uma, duas, três vezes. Então, a cabeça despontou.

– Está tudo bem, Ig. Ela já foi.

– Então aquela é a sua irmã, não é, Ben?

Ben concordou com a cabeça. – Isso mesmo, é a Ellie. Eleanor.

– Eleanor Arnold.

– Eleanor Katherine Arnold – Ben deixou escapar num rompante, mas logo levou a mão à boca. Arrependeu-se de ter falado.

– Eleanor Katherine Arnold – repetiu o Andarilho em voz baixa, como se quisesse fixar aquele nome na memória. – Ah, certo.

– Preciso ir agora – Ben anunciou, esboçando um gesto em direção ao gatinho, mas Ig esquivou-se.

– Você nunca deve tocar num gato. Na verdade, em nenhum animal, a não ser que ele lhe peça para tocá-lo – Ig o repreendeu com severidade. – Os humanos são tão mal-educados!

– Desculpe – disse Ben. Teve a impressão de ter passado o dia inteiro pedindo desculpas a gatos. – Podemos conversar sobre a salvação do mundo mais tarde?

– Você vai ter de me trazer alguma coisa para comer – Ig disse em tom pragmático. – Caso contrário, só me restará atacar uma ou duas lixeiras. Vai fazer um pouco de sujeira e não quero ver você metido em nenhuma confusão.

"Isso é chantagem", Ben pensou, lamentando o fato de a prima Cíntia ter surrupiado as duas latas de ração para gatos. Sabe Deus o que ele conseguiria arranjar para o gato comer.

Ignácio Sorvo Coromandel deu de ombros.

– Coisas da vida – filosofou, os olhos brilhando enigmaticamente.

No entanto, quando voltou para casa, Ben mal conseguiu comer, de tão alvoroçado que estava com os estranhos acontecimentos do dia. Felizmente, ninguém prestou muita atenção nele, já que Ellie estava levando uma bronca por ter abusado dos cosméticos.

– Não é nada atraente, minha querida, se emplastrar desse jeito – a mãe lhe dizia. – Além disso, pensei que estava na moda um *look* natural.

– Mas este *look* é natural – Ellie contestou mal-humorada. – Eu podia ter posto muito mais, se quisesse. A Cíntia botou.

– Ah, natural em comparação com o *look* "disputei-dez-rounds-com-Mike-Tyson", só pode ser... – murmurou o senhor Arnold.

Ellie deixou cair os talheres pesadamente sobre a mesa.

– Francamente, isso aqui está parecendo a Idade Média. Vocês não têm noção! – A menina suspirou com afetação, precipitou-se rumo ao sofá e ligou a televisão.

O noticiário das seis acabara de começar. Uma mulher trajando uma blusa com abotoamento até o pescoço e um casaco discreto olhava séria para a câmera e explicava aos telespectadores que as lojas do centro comercial local anunciaram uma ligeira alta nas vendas naquele mês.

– Deve ser o reflexo da fortuna que a Ellie gastou em sombra para os olhos – o senhor Arnold comentou com o filho em voz baixa, certificando-se de que a filha não ouvira. Ben sorriu. Desde o incidente da soleira, vinha observando que os pais desdobravam-se em atenções com ele. O pai lhe cedera o melhor pedaço do empadão, onde o queijo derretido estava mais tostado. A mãe não mencionara ainda a arrumação do quarto, que costumava ser a sua tarefa dos sábados. E ninguém tocara, mesmo que de passagem, no assunto dos peixes-de-briga da Mongólia.

– E finalmente – disse a voz na televisão – o jogo-teste no campo de críquete do Lords foi interrompido esta tarde por uma invasão do gramado um tanto fora do comum.

Ben esticou o pescoço. A tela mostrava um trecho vasto de um gramado vistoso, pontilhado por jogadores de críquete vestidos de branco. Em vez de estarem concentrados no jogo, olhavam para a outra extremidade do campo, onde havia sinais de comoção. Uma pequena multidão saíra em disparada, com os braços abertos, como se tentassem pegar algo. A câmera aproximou-se para um *close*. Um potro branco, cuja presença no campo era aparentemente inexplicável, estava em pânico por causa da atenção que despertara. O animal empinou-se, e, por alguns segundos, Ben poderia jurar que havia um chifre comprido e espiralado em sua testa. Depois de corcovear uma vez, o bicho correu como uma flecha em direção à lateral do campo e desapareceu na multidão. Os espectadores se afastaram desordenadamente para lhe dar passagem. Logo em seguida, não foi mais visto.

A senhora Arnold observou a cena com os olhos verdes arregalados, em sinal de assombro ou choque.

– Oh! – ela deixou escapar uma interjeição, enquanto pressionava as mãos contra o rosto empalidecido. – Oh, não...

– É sempre assim – o senhor Arnold ironizou. – É o único jeito de a Inglaterra conseguir um empate. Um unicórnio interrompe a partida. O que mais falta acontecer?

– Era mesmo um unicórnio, não era, papai? – Ben perguntou, com convicção.

O senhor Arnold sorriu.

– Claro que era, filho.

Do sofá, ouviu-se um uivo de escárnio.

– Deixa de ser burro! Claro que não era unicórnio nenhum; unicórnios não existem. Era apenas um pobre infeliz de um pônei que alguém inventou de enfeitar com um gigantesco chifre, só de brincadeira.

– Existem sim! – Ben protestou indignado. – Em um... – o menino hesitou. – ... outro mundo.

A senhora Arnold fitou o filho. Os olhos verdes faiscavam. Ela abriu a boca como se pretendesse dizer algo, mas logo em seguida voltou a fechá-la.

Ellie riu. Ergueu a revista que havia tirado do irmão e a sacudiu no ar.

– É melhor vocês mandarem esse garoto parar de encher a cabeça com este lixo aqui. O cérebro dele vai acabar apodrecendo.

Num ímpeto, Ben levantou-se de sua cadeira e atirou-se no sofá sobre a irmã. Depois de uma luta corporal desordenada que incluiu puxões de cabelo, ele emergiu triunfante com o exemplar do *Sandman,* agora amarfanhado e enfiado debaixo do braço. Do outro lado da sala, ouviu-se um gemido agudo.

– Pronto! Agora vocês acordaram a Alice! – a mãe gritou. Estava pálida e com a expressão do rosto desfeita, como se fosse desmaiar a qualquer momento. Lágrimas brotavam de seus olhos. Ben imediatamente encheu-se de culpa.

– Desculpe, mamãe – ele arquejou cabisbaixo. Quando ergueu a cabeça, na esperança de receber o sorriso materno costumeiro, constatou que ela não olhava para ele, e sim para a televisão, como se o aparelho a tivesse denunciado de algum modo.

O senhor Arnold interveio.

– Não quero vocês dois brigando feito cão e gato! Vejam o aborrecimento que causaram a sua mãe. Podem pegar o prato e terminar de comer no quarto. Não quero ver ninguém aqui embaixo antes do café da manhã.

Apesar de não estar mais com fome, Ben pegou o prato e o garfo da mesa e subiu a escada devagar. Quando chegou ao patamar superior, olhou pela janela de sobrearco alto que dava para o quintal. Na casa da árvore não havia sinais de seu ocupante. Nada se movia, exceto uma grande libélula azul que valsava em voo baixo sobre o gramado, à procura de algum inseto descuidado. Ben a observou durante alguns instantes, extasiado com aquela graciosa acrobacia e com o reflexo dos raios de sol poente sobre seu corpo, que tremeluzia a cada pequeno movimento. Em seguida, abriu a porta do quarto, entrou e fechou-a com cuidado.

A janela do quarto de Ben dava para o corredor lateral do jardim. Junto a ela passava um grande cano de escoamento preto, que vinha do banheiro e percorria a parede de tijolos aparentes até o chão. A posição do cano era bem conveniente. Ben o examinou com atenção. Pouco depois, ouviu a porta do quarto de Ellie bater e o som do último disco dos *Blue Flamingos* encher o ambiente. Alice havia parado de chorar, e os únicos ruídos vindos do andar de baixo eram um murmúrio de conversa e a risada enlatada vinda de algum seriado cômico que a tevê exibia àquela hora.

Durante a hora seguinte, o menino fez um esforço para se concentrar no dever de matemática.

O sol se pôs, e entre as nuvens a lua surgiu em seu lugar. Um cão uivou e um carro cantou pneus ao longe. Dentro da casa, silêncio total.

Ben passou os restos do empadão para o único recipiente que encontrou no quarto: um boné de beisebol que fazia propaganda do jornal onde o pai trabalhava (*A Gazeta de Bixbury*). Em seguida, fez o boné descer pela janela com o auxílio de um barbante. Depois, subiu na janela, sentou-se no peitoril, colocou as pernas para fora e com todo o cuidado transferiu o peso do corpo para o cano, agarrando com os joelhos a superfície escorregadia do plástico. O coração estava aos saltos, tomado pela expectativa da aventura que estava prestes a começar. O cano estalou e as braçadeiras de metal que o seguravam à parede balançaram; no entanto, parecia estar seguro.

Ben detestava praticar esportes na escola. Era uma nulidade no rúgbi (aqueles brutamontes todos chutando a gente); não gostava de natação (toda aquela água fria na qual ele sempre acabava afundando como uma pedra, não importava o que fizesse); e na ginástica, então, achava uma chatice ficar subindo de corda em corda ou saltando para lá e para cá em "cavalos" de couro esfarrapados. Mas, curiosamente, as horas passadas nas cordas pareciam ter valido a pena. Enfiou os pés no espaço entre o cano e a parede e, equilibrando-se com cuidado, alternou com excelência a posição das mãos cano abaixo.

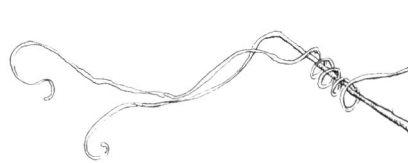

Assim que tocou o solo, recuperou o boné com seu conteúdo engordurado e correu em silêncio pelo gramado em direção à árvore. O coitado do gato devia estar morrendo de fome. Será que gatos comiam empadão? E, se comiam, será que comeriam um pedaço frio e endurecido de empadão recoberto de queijo? Se Ignácio fosse um cachorro, ele não teria esse tipo de preocupação porque os cachorros geralmente comem de tudo, até mesmo coisas que qualquer criatura sensata jamais pensaria em tocar. Mas gatos... ele já não tinha tanta certeza.

Depois de atravessar o corredor, chegou ao quintal. A luz pálida do luar prateava a grama e penetrava por entre os galhos da árvore, projetando sombras que se estendiam em sua direção, como dedos longos e pontiagudos. Apesar da luz embaciada, era possível perceber que havia algo bem no centro do gramado. A distância, parecia um objeto brilhante e metálico, como um saco de papel laminado amassado. Ben olhou de relance para a casa, no intuito de certificar-se de que ninguém o observava. Em seguida, aproximou-se devagar do objeto. Não conseguiu identificá-lo de imediato, mas, com certeza absoluta, não era um saco amassado. Ajoelhou-se para examiná-lo melhor. Dois pares de lindas asas cintilantes estavam enroscados sobre um corpo longo, imóvel e iridescente. O menino não conseguiu evitar a tristeza ao lembrar-se do bailado magnífico da libélula e de seus voos rasantes pelo jardim. Era evidente que ela não voltaria a voar. Ele a tocou com um dos dedos. Talvez estivesse adormecida. Será que as libélulas dormem? "Mas dormir bem no meio do gramado da casa de alguém talvez não fosse a melhor opção", ele pensou, "especialmente quando existe um gato faminto por perto, no alto de uma árvore."

A libélula esboçou um ligeiro movimento ao suave toque de seu dedo. Uma das asas finas como gaze descaiu para o lado e, de súbito, Ben se viu diante da coisa mais extraordinária de sua vida.

Não era uma libélula.

Era uma fada.

Capítulo
6

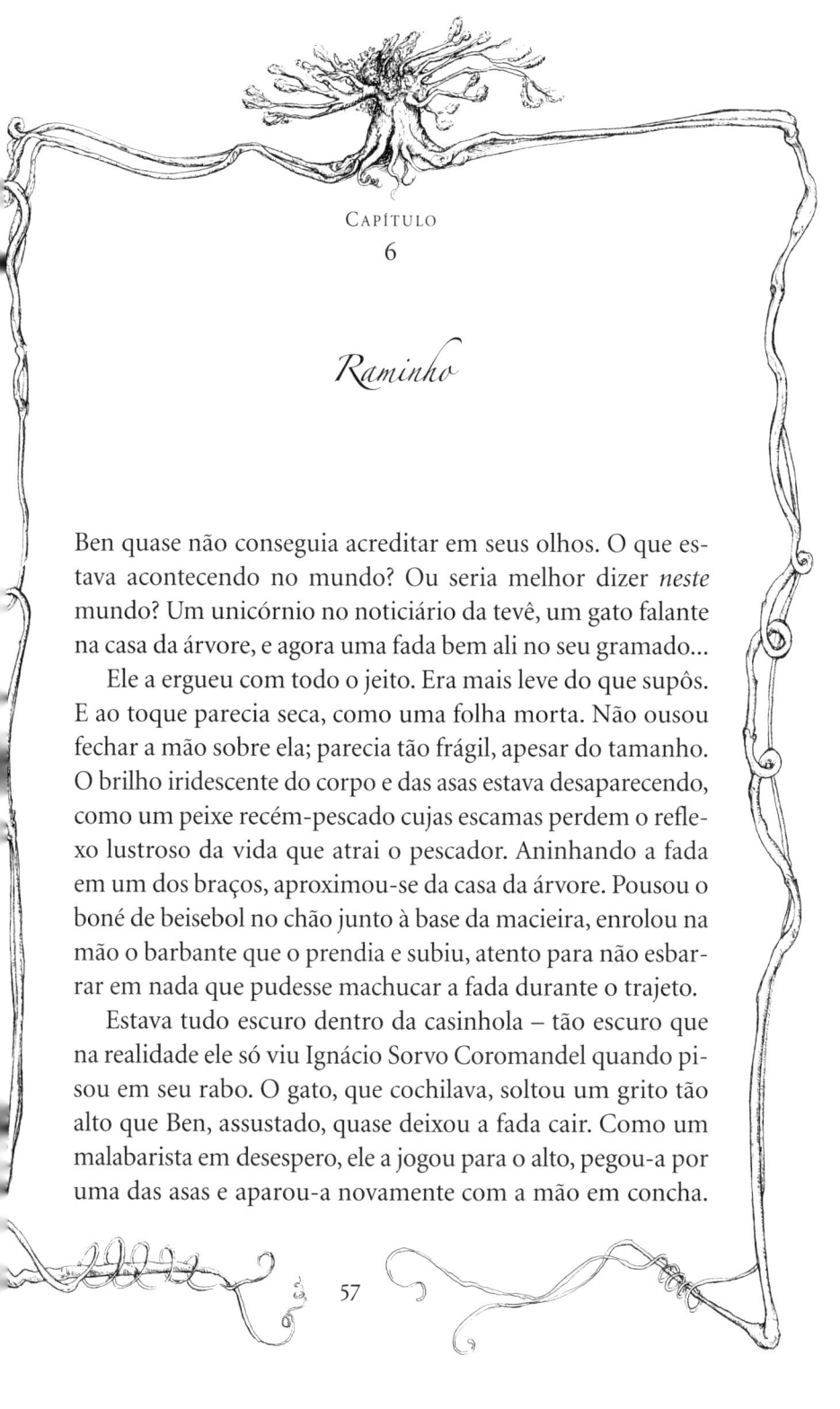

Raminho

Ben quase não conseguia acreditar em seus olhos. O que estava acontecendo no mundo? Ou seria melhor dizer *neste* mundo? Um unicórnio no noticiário da tevê, um gato falante na casa da árvore, e agora uma fada bem ali no seu gramado...

Ele a ergueu com todo o jeito. Era mais leve do que supôs. E ao toque parecia seca, como uma folha morta. Não ousou fechar a mão sobre ela; parecia tão frágil, apesar do tamanho. O brilho iridescente do corpo e das asas estava desaparecendo, como um peixe recém-pescado cujas escamas perdem o reflexo lustroso da vida que atrai o pescador. Aninhando a fada em um dos braços, aproximou-se da casa da árvore. Pousou o boné de beisebol no chão junto à base da macieira, enrolou na mão o barbante que o prendia e subiu, atento para não esbarrar em nada que pudesse machucar a fada durante o trajeto.

Estava tudo escuro dentro da casinhola – tão escuro que na realidade ele só viu Ignácio Sorvo Coromandel quando pisou em seu rabo. O gato, que cochilava, soltou um grito tão alto que Ben, assustado, quase deixou a fada cair. Como um malabarista em desespero, ele a jogou para o alto, pegou-a por uma das asas e aparou-a novamente com a mão em concha.

Desorientado e furioso, o pelo eriçado como a crista de um camaleão e o dorso arqueado, Ig parecia dançar na ponta dos pés, com o rabo arrepiado como um espanador de penas. O luar refletia em seus olhos, que pareciam febris e preparados para um combate. Naquele momento, não se parecia nada com a ideia que Ben fazia de um macio gatinho de estimação.

– Mil desculpas – disse Ben. – Eu não vi você.

– Lá vem este garoto se desculpando de novo – Ig suspirou. – Pamonhas – resmungou em tom soturno. – São todos iguais. Uns imprestáveis.

– Não sou imprestável – Ben protestou, ofendido. – Trouxe duas coisas que vão interessá-lo bastante.

Os olhos do gato faiscaram.

– Comida? – perguntou esperançoso.

– Pode ser que comida seja uma delas – Ben admitiu. – Mas primeiro veja isto. Achei lá no gramado.

Ele ajoelhou-se e pousou a fada com cuidado aos pés de Ig. O gato deu um passo rápido para trás.

– Minha Senhora! Um espírito da floresta. Onde foi que você disse que o encontrou?

Ben apontou para baixo através do buraco.

– Bem ali. Eu já o tinha visto voando pelo quintal. Pensei que fosse uma libélula.

Ig farejou o espírito da floresta.

– Ainda está vivo, mas muito fraco.

O gato escancarou a boca e remexeu a criatura com a pata. Depois de inclinar a cabeça várias vezes, fazendo poses estranhas, opinou:

– É bem grande, não é? Bem grande para um espírito da floresta.

No escuro, Ben fez uma careta.

– Sei lá! Até que tamanho eles costumam crescer?

O gatinho sentou-se sobre as ancas.

– Alguns são compridos assim... – esticou lateralmente as patas dianteiras o máximo possível. – Mas a maioria é mais ou menos deste tamanho... – encolheu as patas. – Mas queria mesmo é que você visse os duendes da Floresta Sombria... – o gato deixou escapar um sibilo por entre os dentes. – Ninguém merece encontrar um deles numa noite escura.

O estômago do bichano roncou tão alto que as paredes da casinhola reverberaram.

– Epa, desculpe. Melhor cuidar deste nosso amiguinho... depois você me mostra a outra coisa que trouxe para mim. Estou com tanta fome que sou capaz de comer meu próprio rabo.

Ben pegou o espírito da floresta e carregou-o para junto do cobertor, onde Ignácio se debruçou sobre ele. Na penumbra, não era possível ver o que o gato estava fazendo; mas Ben não demorou a ouvir os estalos de uma boca ocupada em salivar e mastigar. Por um instante, temeu que a fome de Ig o tivesse vencido e que ele estivesse comendo a fada. O menino deve ter feito barulho, pois a cabeça de Ig empertigou-se. Ele lambeu os beiços.

– Saliva de gato resolve tudo – Informou. – Minha mãe sempre dizia...

Ben lançou-lhe um olhar cético.

– Não me venha com essa história de que basta lamber alguém para reanimá-lo.

Mas, contra todas as expectativas, o espiritozinho estava se mexendo. Meio zonzo, ergueu-se com dificuldade e se apoiou em um de seus frágeis cotovelos. Esfregou o rosto com sua mãozinha de aranha e os olhos se abriram. Mesmo no escuro, Ben pôde ver que possuíam características marcantes: prismáticos, multicoloridos e redondos como bolas de Natal. A criatura falou alguma coisa num fio de voz e desabou, exausta.

– Ele se chama... – Ig emitiu um som como o estalar de um galho de árvore. – Você pode chamá-lo de Raminho. Ele disse que está morrendo.

– O que houve com ele?

– Está morrendo por estar aqui.

– Por quê?

– Aqui não existe magia suficiente para sustentá-lo. O espírito da floresta é uma criatura que só consegue sobreviver em seu próprio ambiente, ao qual está adaptado, e esse ambiente são as florestas do País Secreto.

– Mas como ele veio parar aqui?

– Não faço a menor ideia. O único modo de entrar e sair de Eidolon é atravessando as estradas bravias...

– O quê?

Ig suspirou.

– Perguntas e mais perguntas, o tempo todo. – Esfregou o rosto com ar cansado. – Vamos fazer o seguinte: me arranje algo para comer e depois eu tento explicar. Provavelmente você não vai entender quase nada, mas é porque você é um grande pamonha...

Ben ia começar a contestar, mas Ignácio ergueu uma pata peremptória e apontou para sua boca aberta.

– Primeiro a comida, rapazinho.

Rangendo os dentes, Ben içou o boné. Parecia mais pesado do que antes. Quando conseguiu fazê-lo passar pela entrada da casa, compreendeu o motivo: estava cheio de lesmas.

– Que nojo!

– Ora – Ignácio ponderou –, o que você esperava, deixando uma iguaria como esta solta por aí?

Ele inclinou a cabeça em direção ao boné e farejou.

– O cheiro é bom. Não. Retiro o que disse: o cheiro é maravilhoso!

Ben franziu o nariz em sinal de repulsa. Ele sempre achou que os gatos eram difíceis de contentar, pelo jeito com que viviam se lambendo e se preocupando com o próprio bem-estar. Agora estava começando a duvidar disso.

Ignácio sussurrava para o boné. Depois de alguns instantes, as lesmas começaram a agitar suas antenas umas para as outras como se estivessem em confabulação. Ato contínuo, saíram do boné em fila indiana e, sem pressa, começaram a descer pelo tronco da árvore. À medida que passavam, deixavam como rastro uma substância viscosa e prateada, que brilhava sob o luar.

– O que você lhes disse?

– Disse que você iria comê-las se elas ficassem.

Ben ficou horrorizado.

– Eu? Comer uma lesma?

– Ouvi dizer que os humanos comem as coisas mais esquisitas – Ig comentou de boca cheia. – Tenho certeza de ter ouvido em algum lugar sobre gente que come lesma.

– Ah, escargô. Mas não sou francês – Ben explicou rapidamente.

– Ah, sei... – disse Ig, parecendo mais alegre. – Mas funcionou, certo? As lesmas não são muito inteligentes, se confundem um pouco às vezes. O sonho delas é serem caracóis, terem casa própria nas costas, essas coisas todas.

Ele comeu em relativo silêncio durante algum tempo, com a cabeça cada vez mais enfiada no boné. Será que ia comer tudo? Não demorou muito para se ouvir o som nítido da língua raspando contra o tecido, e Ignácio Sorvo Coromandel surgiu com uma expressão de profunda satisfação no rosto. A barriga estufara-se como se ele tivesse engolido uma bola de borracha.

– Ora, muito bem, onde estávamos mesmo?

– Nas estradas bravias – Ben recapitulou.

– Ah, sim. As rodovias mágicas. Os gatos são por natureza animais curiosos e grandes exploradores; então, quando o mundo se dividiu em dois, foram eles que saíram bisbilhotando por aí e descobriram que havia lugares onde os mundos se tocavam. Quem tivesse um bom faro seria capaz de encontrar um caminho daqui para lá e, quem sabe, até de lá para cá. Se um número suficiente de gatos fizesse a mesma travessia de ida e de volta, uma estrada bravia se formaria. Nós, gatos, gostamos de viver no melhor dos dois mundos, sabe como é... – e sorriu diante do próprio gracejo. Quando percebeu que Ben não estava achando graça, continuou em tom mais peremptório:

– O problema é que há outras criaturas que podem usar as estradas bravias, que podem existir em ambos os mundos. Mas precisam ter uma natureza dual. Se não tiverem, adoecem e morrem.

– Como assim? – Ben perguntou, franzindo o cenho. – O que quer dizer natureza dual?

Ig o encarou com a cabeça inclinada para o lado. Olhou para o olho verde de Ben e depois para o castanho, depois para o verde novamente e ficou pensativo. Passado um breve instante, disse:

– Alguns animais, como os gatos, por exemplo, são selvagens *e* domésticos; são ao mesmo tempo mágicos e comuns; embora um gatinho de estimação possa lhe parecer mais domesticado do que selvagem quando choraminga pedindo a ração e rola de costas para brincar, não se iluda: no mais dócil dos animais de estimação vive o caçador e o explorador mais feroz. Vivemos durante o dia e durante a noite; conseguimos ver com a luz do Sol e com a luz das estrelas; podemos ser visíveis ao olho humano em um momento e, no momento seguinte...

A palavra "desaparecemos" ficou suspensa no ar; um ruído súbito, uma sensação de movimento, fez Ben se virar e procurar de onde vinha o barulho. Quando retornou à posição anterior, Ig havia sumido. Num piscar de olhos. E ele se viu ali sozinho, com um elemental moribundo. Típico.

– Onde você está? – gritou irritado.

Não houve resposta. Ben franziu os olhos na escuridão, mas era impossível enxergar alguma coisa. Para certificar-se de que não pisaria sem querer em Raminho, como fizera com o rabo do gato, ele o pegou com as duas mãos em concha. Os olhos da criatura tremeram quando Ben a tocou. Logo em seguida, como num passe de mágica, uma luz azul-esverdeada, fantasmagórica e pulsátil, emanou de seu corpo, iluminando cada canto e cada fenda da casa da árvore. Mas não havia nenhum sinal de Ignácio.

– Tudo bem, Ig, muito esperto da sua parte. Mas agora chega, volte aqui!

Silêncio.

E então:

– O... gato... está... lá.

As palavras eram inequívocas. Ben fitou o espírito da floresta. Estava atônito.

– O que foi que você disse?

Raminho suspirou. Um som débil como uma brisa nas folhagens. Com delicadeza, o ser apontou acima da cabeça de Ben; mas antes que o menino pudesse dizer qualquer coisa, um grasnido esquisito rasgou a noite. Ben olhou para cima e Ignácio Sorvo Coromandel revelou sua presença, banhado pela luz fantástica que emanava de Raminho e pendurado pelas patas no teto. Deixou-se cair com leveza aos pés de Ben e arrotou.

– Opa, desculpe! Mas é melhor soltar os gases do que ficar com eles aqui dentro.

– Foi só um truque, e não foi dos melhores. Não entendi o que isso tem a ver com essa história toda de estradas bravias.

Ig balançou a cabeça.

– Eu sabia que você não ia entender – disse. Deixou escapar um soluço, que fez estremecer todo o corpo. E depois outro, e mais outro. Ben permanecia com o espírito da floresta nas mãos, olhando para o gato sem demonstrar um pingo de simpatia.

Os olhos de Raminho tremeram e a luz verde começou a se dissipar. Ben o ergueu e soprou ar quente sobre seu rosto, mas a criatura limitou-se a estremecer ligeiramente, afastando-se dele e torcendo o corpinho fragilizado. Em seguida, voltou a ficar imóvel.

– Ig! Ele está morrendo de novo! – O menino gritou em pânico. Pousou o espírito da floresta no chão, diante do gato, que o perscrutou atento.

– Acho melhor não ficar mexendo nele toda hora – o gato opinou em voz baixa. Os soluços pareciam ter amainado. – Vai ver, você o apertou com muita força quando o ergueu. Esses espíritos da floresta costumam brilhar daquele jeito quando se sentem ameaçados; mas brilhar assim exige deles muito esforço.

– Mas eu não iria machucá-lo por nada neste mundo... – Ben argumentou com tristeza.

– Este mundo – e tudo o que existe nele – é uma ameaça para Raminho, assim como para todos os seres do País Secreto. E é esse o problema que temos de resolver.

Outro rangido.

– Diga ao menino... que... não machucou... estava cochilando quando... me levantou... me assustei.

Ben ficou em silêncio por alguns instantes. Então, se ajoelhou ao lado do espiritozinho.

– Sinto muito, Raminho – desculpou-se.

Raminho fez uma careta parecida com um sorriso, revelando duas longas fileiras de dentes minúsculos que brilhavam como agulhas e davam a impressão de estar prestes a dar uma mordida desagradável em alguém. Em seguida, fechou os olhos.

– Dormir... agora – balbuciou.

Ben voltou-se para o gato.

– É uma ameaça também para os unicórnios?
– O quê? Está falando comigo?
– Não, com seu umbigo! – Ben respondeu em tom grave, lembrando-se da gatinha branca. – Acho que os unicórnios costumam prestar mais atenção.

Ig franziu o cenho.
– Unicórnios?

"Agora peguei ele", Ben pensou satisfeito.
– Se este mundo é uma ameaça para todas as criaturas do País Secreto, então por que o unicórnio que eu vi na tevê hoje parecia tão bem? – perguntou. – Lá estava ele, correndo a toda, atrapalhando a partida de críquete.

– Críquete?
– É um jogo disputado por dois times de onze jogadores cada, embora nem todos entrem em campo ao mesmo tempo... na verdade, o número máximo de jogadores em campo num momento qualquer é de treze, a menos que um dos rebatedores tenha consigo um corredor; embora eu ache que, tecnicamente, ambos possam ter corredores, o que eleva o número para quinze; ah, e tem o árbitro, claro. O árbitro veste um macacão. E todos usam tacos para rebater a bola em um campo enorme.

Ig estava horrorizado. Como não conhecia aquelas palavras, imaginou uma cena de barbárie, um animal chamado árbitro sendo atacado por macacos gigantes, ou coisa que o valha. Que mundo este em que estavam! Estremeceu.

– Nem sei se devo perguntar, mas como foi que o unicórnio entrou nessa história?

Ben explicou o que viu.

– Um unicórnio aqui... – Um brilho no olhar do gatinho revelou uma ponta de apreensão. – Tem alguém tramando alguma patifaria, e eu sei muito bem quem é!

Ele segurou Ben pelo braço.

– Precisamos sair daqui imediatamente.

Ben recuou.

– Nós?

– Alguém tem de carregar o espírito da floresta.

– E aonde vamos?

– Ora, vamos para Eidolon, claro.

– Para o País Secreto?

– Agora mesmo.

– E quanto tempo vamos ficar lá?

Ig deu de ombros.

– Alguns dias? Uma semana? Um mês?

– Mas eu tenho escola na segunda-feira!

As garras apertaram mais seu braço.

– O equilíbrio natural de dois mundos está ameaçado, Ben. E você ainda está preocupado com a escola?

O rosto de Ben assumiu uma expressão incompreensível. Em seguida, abriu um sorriso.

– Ótimo! – disse ele. – Vou sentir falta da natação!

CAPÍTULO
7

Uma ilusão de óptica

Já que ia para o País Secreto, Ben pensou que era melhor deixar um bilhete, caso contrário seus pais ficariam furiosos. Vasculhou sua arca do tesouro (uma velha caixa de madeira que ele usava como assento) e conseguiu resgatar (depois de pôr de lado um Gollum de um braço só, um Dalek sem antena e um Incrível Hulk sem cabeça; uma dúzia de gibis amarfanhados; um exemplar bastante manuseado de *O Hobbit*, uma barra de chocolate Mars saboreada até a metade e alguns tubinhos de tinta) um caderno em espiral, uma caneta esferográfica mastigada e (ainda bem!) uma moeda de uma libra. A primeira coisa que escreveu foi:

Queridos papai e mamãe,
Ellie se aliou à prima Cíntia.
Se eu ficar, vai me vender para ela
como comida para sei lá que monstro ela escolher
como seu próximo animal de estimação.
Com amor,
Ben

Mas riscou tudo: conhecendo a mãe como conhecia, ela ia pensar que era verdade. Começou de novo.

Queridos papai e mamãe,
Conheci um gato falante e um elemental moribundo que
vieram de um outro mundo chamado País Secreto.
Tenho de ajudá-los a encontrar o caminho
de volta, ou Raminho morrerá.
Lembram do unicórnio? Era de verdade!
Até breve.
Com muito amor,
Ben

Em seguida, rasgou tudo: nunca se sabe quem poderia encontrar um bilhete assim, que revelava tantas informações importantes.

Depois de várias tentativas (era difícil escrever sem enxergar nada, e o gato não permitiria que ele usasse o espírito da floresta para iluminar um pouquinho o papel), Ben escreveu:

Queridos papai e mamãe,
Por favor, não se preocupem comigo. Volto logo.
É uma questão de vida ou morte! (Não para mim, espero.)
Com muito amor,
Ben

Deixou o bilhete na soleira da porta da frente com uma pedra em cima para impedir que o vento o levasse. Carregando Raminho no boné de beisebol que limpara às pressas, e com o caderno e a caneta no bolso, seguiu Ignácio Sorvo Coromandel. Pé ante pé, os dois atravessaram o jardim e cruzaram o caminho em direção à rua. Ben abriu o portão, procurando evitar os rangidos. Uma vez na calçada, fechou-o com todo cuidado para não fazer barulho. As lâmpadas dos postes de luz da Underhill Road espalhavam pelo ambiente uma luz alaranjada e lúgubre, dando a impressão de que as casas caiadas de branco haviam sido mergulhadas num suco de tangerina estragado.

– E agora? – Ele olhou para Ig com expectativa. – Onde fica essa tal estrada bravia?

O gato deu de ombros.

– Sei lá.

– Sei lá? Você não sabe?

– Não é tão simples. É uma espécie de labirinto. Você tem de começar pela estrada certa, caso contrário pode chegar aos lugares mais esquisitos. É bem provável que você fique completamente perdido e vá parar na longínqua Mongólia no ano de 1207. – E, ao dizer isso, estremeceu.

Ben ficou pensativo.

– Gêngis Cã... genial! – Os olhos do menino faiscaram. – A Horda de Ouro, conquistando as estepes da Ásia, matando todos os que encontravam pelo caminho. Uau! Adoraria ver isso.

Ig lançou-lhe um olhar suspeito.

– Você é muito sedento de sangue, meu jovem. Por isso ficou fascinado pelos peixes-de-briga da Mongólia, não é? Eles fizeram você se lembrar de todas as lendas sangrentas sobre o Grande Cã, certo?

Ben ficou desapontado.

– Mais ou menos.

– Olha, rapazinho, posso lhe dizer que ele não era um sujeito muito legal não: tinha cheiro de iaque e… – curvou-se em direção a Ben, com um sorriso escancarado – … no final das contas, morria de medo de gato!

– Não acredito em você – Ben o desafiou resoluto. – Você está inventando tudo isso.

– Acredite no que quiser – Ig rebateu zangado. – Eu estava lá e o vi subir no mastro da barraca. Mas deixa essa história para lá – disse com animação na voz. – Sugiro que a gente comece pelo Empório de Animais do Senhor Doids, já que foi o primeiro ambiente que vi quando acordei neste lugar terrível.

Era empolgante andar pelas ruas desertas de Bixbury, que, tarde da noite, parecia também um país secreto. Empolgante também, embora Ben procurasse não demonstrá-lo, era participar da aventura de Ignácio Sorvo Coromandel. Durante o trajeto, Ig explicou o que acontecera com ele. Quando estava explorando as fronteiras do continente setentrional de Eidolon, à procura do lendário rato de três rabos (que não era visto fazia tempo), ele deparou com uma estrada bravia diferente. Assim que se embrenhou por ela, viu que se tratava de uma estrada fora do comum: o vento que ali soprava ia na direção errada, carregando com ele aromas estranhos, aromas desconhecidos para um habitante do País Secreto. Ele seguiu seu faro, levado pela curiosidade própria de sua espécie, e foi dar justamente ali em Bixbury. Porém, mal chegou a este mundo, alguém lhe deu uma pancada na cabeça. Quando acordou, estava preso em uma gaiola e, logo depois, o senhor Doids o colocou à venda. Ig mostrou a Ben o galo na cabeça, bem abaixo da orelha esquerda.

– Não vi quem fez isso, mas se conseguir farejá-lo, ele vai se arrepender. – Ele mostrou as garras. – Dei uma boa mordida no senhor Doids, por via das dúvidas – acrescentou animado. E então ficou pensativo por alguns instantes. Depois, a expressão do rosto denotou uma preocupação súbita.

– Mas eu acho que não devia ter feito isso. Ele tinha um gosto horrível.

Em Quinx Lane, o Empório de Animais estava escuro e silencioso, como se toda a mercadoria (pássaros e *hamsters*, peixes e gerbos) tivesse sido desligada junto com as luzes. Ben comprimiu o nariz contra a vitrina e observou a mancha causada por seu hálito se expandir no vidro frio e depois desaparecer.

– E agora? – perguntou.

– Agora a gente vai entrar.

– Mas a porta está fechada – Ben argumentou, tentando empurrá-la.

Ig exibiu os dentes num arremedo de sorriso.

– Os gatos entram em qualquer lugar.

Assim dizendo, flexionou as patas sob o tronco e, com um impulso ágil, saltou sobre a marquise acima do letreiro da loja. Outro pulo o levou ao parapeito da janela do primeiro andar, e sumiu em seguida por uma claraboia aberta. Ben teve de admitir que estava impressionado com a destreza do animal.

Um minuto depois, ouviu-se um ruído estrepitoso vindo do andar de cima. Uma das janelas se abriu. Ben tratou de procurar abrigo nas sombras, receando que fosse algum morador aborrecido por terem perturbado seu sono.

– Psssiu! Ben!

Era Ig. Ele não imaginava que os gatos fossem tão espertos.

– Venha – convidou o Andarilho.
– O quê? Eu? Subir aí?
O gato confirmou com um movimento enfático de cabeça.
– Rápido, antes que alguém o veja.
Ben engoliu em seco.
– E o Raminho?
– Coloque ele aí dentro desse negócio que você está usando.
– Minha jaqueta?
– É, é. Anda logo.
– Mas eu posso cair e esmagá-lo.
– Vamos ter de arriscar, rapazinho.
– Meu nome é Ben – o menino respondeu irritado.

Ele dobrou bem as bordas do boné onde estava o espírito da floresta, para envolver todo o seu corpinho, e enfiou o pequeno embrulho dentro do bolso da jaqueta, cuja bainha, por medida de segurança, enfiou no cós do *jeans*. Em seguida, examinou o exterior da loja de animais. Havia, claro, um cano que passava pela parede lateral do prédio. Ben olhou para a esquerda e para a direita para se certificar de que não havia testemunhas daquela invasão tão espalhafatosa. Segurou firme no cano, comprimiu bem os pés de cada lado e iniciou a escalada, alternando a posição das mãos cano acima até chegar ao peitoril da janela. Passou do cano para o parapeito com o coração aos saltos e, com cuidado, pulou para o lado de dentro da janela aberta.

No recinto havia várias caixas empilhadas. A maioria era de papelão e trazia marcas de ração para animais estampadas na superfície; outras eram mais sólidas e, até mesmo para o nariz de Ben, tinham um cheiro esquisito. Ignácio xeretava os fundos do cômodo. Entre as caixas via-se apenas a pontinha do rabo, que ele contorcia sem parar.

– O que está fazendo aí? – Ben sussurrou. Queria sair dali antes que alguém os surpreendesse.

Os olhos de Ig cintilavam, iluminados pela lua.

– Veja!

Ben aproximou-se com dificuldade, pulando sucessivos obstáculos.

– Esta é a gaiola em que fiquei preso... – Ele apontou um pequeno contêiner onde havia uma portinhola de ripas fixada por uma dobradiça. Um tufo de pelos escuros ainda estava preso na dobradiça. O bichano farejou em volta da gaiola com tristeza.

– Ainda sinto o cheiro do País Secreto nela. Sinto o cheiro do meu lar.

Por alguns instantes, pareceu tão desamparado que Ben teve até vontade de abraçá-lo, mas Ig recuperou o ânimo e assumiu um ar decidido.

– Venha – disse –, vamos ver o que conseguimos encontrar lá embaixo.

Ben o seguiu até a porta. Estava prestes a abri-la quando pisou em alguma coisa achatada e dura. Curvou-se para pegá-la e, assim que fechou os dedos sobre ela, ouviu um barulho no andar de baixo. Imediatamente Ig ficou imóvel, como só os gatos apavorados sabem ficar. O barulho aumentou e culminou no ranger de uma porta que se abria e no som de vozes. Ben estremeceu.

Era o senhor Doids.

– Esconda-se – Ig ordenou num sibilo.

– Onde? – Os olhos aflitos de Ben percorreram o depósito. As caixas eram pequenas demais para ele se enfiar dentro delas; mas no outro canto haviam sido empilhadas de modo a formar duas colunas altas que serviriam de esconderijo, se ele se agachasse atrás delas.

Passos na escada.

Ig deu um salto para dentro da gaiola em que havia sido capturado e encolheu todo o corpo, que adquiriu o formato de uma bola. Seus olhos faiscavam de maneira sinistra. Pé ante pé, Ben se encaminhou para o canto. Cada rangido das tábuas empoeiradas do assoalho era acompanhado de um sobressalto. As vozes estavam cada vez mais próximas. Quem quer que estivesse subindo bufava e resfolegava como se carregasse algo bastante pesado e incômodo. Alguém ordenou:

– Não, volte aqui. – Ouviram-se passos fortes. Em seguida, a maçaneta da porta começou a girar...

Ben correu para se esconder atrás das caixas. Seu coração batia rápido, como se ele tivesse um passarinho preso atrás das costelas. Em silêncio, amaldiçoou Ig por tê-lo metido naquela situação; mas, para ser justo, maldisse a si mesmo por ter sido burro a ponto de ir atrás da conversa de um gato. Naquele momento, Raminho começou a se contorcer dentro da jaqueta. "Pobrezinho", Ben pensou. "Não deve estar conseguindo respirar direito." Afrouxou o casaco para que o espírito tomasse um pouco de ar, mas logo em seguida ele começou a brilhar, emitindo um fantasmagórico tom de verde que lampejava como uma boia sinalizadora. O clarão iluminou o rosto de Ben e sua expressão tomada de pânico.

– Não, Raminho, não! – sussurrou, empurrando o espírito da floresta para o fundo da jaqueta. – Aqui não!

Cravou os olhos nos dois vultos, que cruzavam a porta com dificuldade. Um deles, de frente para ele, era o senhor Doids, sem o seu terno italiano; mas não conseguiu distinguir quem era a outra pessoa, que estava de costas. Felizmente, ambos estavam preocupados demais com a carga que transportavam para perceber a luz que emanava do elemental. Ben olhou para baixo. Raminho ainda irradiava uma luz pálida e esverdeada que pulsava entre as fibras da jaqueta. Com gestos frenéticos, ele enfiou a mão por debaixo da jaqueta, desabotoou a camisa e empurrou a criatura por baixo dela. O brilho agora estava tão fraco que era praticamente invisível.

– Ponha ali – disse o senhor Doids. – Vou despachar isso de manhã.

O arrastar de pés acompanhava as manobras dos dois vultos.

– Você acha que devemos dar mais água para ela? – falou o outro vulto, com voz meio abafada.

– Estou exausto. Ela vai sobreviver até amanhã de manhã – o senhor Doids ponderou sem nenhuma sensibilidade.

Ouviu-se um baque quando o caixote que carregavam tocou o chão. Então, Raminho espirrou.

– O que foi isso?

Ben prendeu a respiração. Segurou o espírito da floresta com firmeza para tentar impedi-lo de espirrar novamente. A luz pálida e esverdeada escapava entre seus dedos.

O senhor Doids dirigiu-se ao interruptor de luz e o acionou. Nada aconteceu.

– Essa droga de lâmpada queimou! – Vasculhou um dos bolsos do macacão, retirou uma lanterna e descuidadamente passou o foco de luz por todo o recinto. Ben pensou que seus pulmões iam estourar. O sangue pulsava em sua cabeça. Será que poderiam ouvi-lo? Mas o senhor Doids deixou escapar uma interjeição de impaciência, apagou a lanterna e a enfiou de volta no bolso.

– Estou ficando paranoico. Vamos embora – disse, dando um chute na caixa. – Voltaremos amanhã – garantiu.

Os dois se dirigiram para o patamar da escada. A porta se fechou, e os sons dos passos e das vozes cessaram. Ben começou a respirar novamente. Remexeu na roupa e retirou o espírito da floresta. Deitado em sua mão, ele arfava suavemente e apertava os olhos, como se estivesse sentindo dor.

– Oh, Raminho, me desculpe...

A criatura abriu os olhos, agora totalmente pálidos de medo. Fitou o vazio com um olhar turvo. Em seguida, encarou Ben.

– Já foram? – perguntou.

Ben fez que sim com a cabeça. O elemental fez um esforço para se sentar. Piscou, e o último resquício de luz esverdeada se apagou de seu corpo.

– Conheço... eles – disse. – Me... machucaram.

E voltou a se deitar com os braços enroscados em volta do corpo.

– Socorro!

Assustado, Ben deu um salto. Em seguida, outro grito, dessa vez mais alto.

– ALGUÉM ME ACUDAAAAAA!

Era Ig. Ben voltou a guardar Raminho dentro da roupa e atravessou o depósito. Olhou para a jaula.

– O que houve?

Ignácio Sorvo Coromandel o fitou acanhado através das grades.

– É que... hum... fiquei preso.

– Como pode ter ficado preso? Foi você mesmo que entrou aí.

– Como eu ia saber que tinha uma mola na porta?

Ben balançou a cabeça. Se era esse o grau de perícia do líder da expedição, estavam em apuros. Ajoelhou-se e tentou puxar o trinco, mas este não se mexeu.

– Ai, Ig...

– O que foi? – Havia uma nota de pânico na voz do gato.

– É que... bem... parece que está trancada.

– Trancada? – agora um grito agudo. – Como pode estar trancada? Acha você que eu mesmo estiquei a pata para fora e me tranquei aqui dentro com alguma chave invisível? Está pensando que gosto de ficar enjaulado? Acha que sinto prazer em ficar preso?

Ben sacudiu a porta novamente, mas não havia dúvida: a gaiola estava trancada e Ig estava preso lá dentro.

– Olha – ele tentou falar, num esforço para parecer o mais sensato possível –, deve haver uma chave em algum lugar. Vou descer e ver se consigo achá-la...

– Não me deixe aqui!

Ben enxugou o suor da testa com uma das mãos. Então, experimentou erguer a gaiola, mas só conseguiu fazê-la se mover alguns centímetros do chão. O esforço foi tanto que a deixou cair com menos suavidade que pretendia.

Um uivo de protesto fez-se ouvir.

– Desculpe, desculpe. É que está pesada demais.

– E você acha que eu tenho culpa?

Ben não achava que ele tinha culpa, mas aproveitou para dizer:

– Pensando bem, você comeu bastante empadão...

Ig começou a choramingar.

– Psiu! Por favor. Espere só um pouco. Vou deixar Raminho aqui para lhe fazer companhia.

Ajeitou o espírito da floresta no seu boné de beisebol, pousou-o em cima da gaiola e saiu rapidamente, antes que Ig pudesse dizer alguma coisa.

A loja de animais estava mergulhada na escuridão, mas Ben não ousou acender nenhuma lâmpada. Tateou pelo saguão do andar térreo até chegar a um local que julgou ser o escritório. Lá dentro, o luar banhava o ambiente, iluminando uma escrivaninha atulhada de papéis, duas cadeiras de madeira e um par de arquivos de metal. Ben aproximou-se da escrivaninha, imaginando que o senhor Doids guardava chaves em uma das gavetas.

Estava prestes a abrir uma delas quando seus olhos foram atraídos por uma carta pousada sobre o tampo do móvel. Havia sido escrita em elegante papel timbrado, enfeitado na margem superior com uma espécie de insígnia em tinta preta.

Prezado senhor Doids,

ele leu.

Agradeço a entrega da mercadoria solicitada. No entanto, devo dizer que não correspondeu às minhas expectativas, levando-se em consideração a vasta soma de dinheiro que paguei por ela. Na verdade, várias escamas caíram e as que restaram não parecem muito saudáveis. Ademais, ele passa o dia desanimado e não parece sequer ter energia suficiente para queimar jornal. Pergunto-me que utilidade terá, já que não consigo ver nele (e aproveito para citar seu recente anúncio na revista Mais Dinheiro do que Bom-Senso*) um "incinerador de jardim extraordinariamente ecológico".*

Peço-lhe o favor de retirar a mercadoria e devolver minhas 1500 libras imediatamente. Caso contrário, serei forçada a chamar o departamento de defesa do consumidor.

Peço acusar o recebimento desta.
Atenciosamente,
Lady Hawley-Fawley de Crawley

Ben não conseguia tirar os olhos da carta. Mil e quinhentas libras? O que poderia custar 1500 libras, meu Deus? Talvez um elefante, pensou. Mas os elefantes não têm escamas. Ou será que têm? E como era possível um animal ser um "incinerador de jardim"? De qualquer modo, quem iria querer queimar o próprio jardim? Ele não conseguia entender o significado de tudo aquilo. Seus pensamentos estavam desordenados. Começava a se sentir cansado e confuso diante de tantos acontecimentos.

Havia várias chaves na gaveta da escrivaninha. Por garantia, Ben decidiu pegar todas elas. Na quinta tentativa, a porta da gaiola se abriu e o gato saiu rapidamente. O pelo se arrepiara. Ben acariciou-o até ele se acalmar e começar a ronronar.

– Estive pensando – Ig disse finalmente. – Quem sabe o Raminho pode nos ajudar. Os espíritos da floresta têm um faro incrível. Quando farejam algo de que gostam muito, o corpo todo emite um brilho rosa. Assim, quando encontrarmos uma estrada bravia, com a ajuda de Raminho saberemos se é a estrada certa! Se você o segurar com os braços estendidos, ele vai começar a brilhar quando acharmos o caminho que nos levará para casa. Bom, pelo menos estaremos no fuso horário certo.

– Como assim? Como se estivéssemos procurando um poço? – Ben se lembrou de ter visto na televisão uma cena em que pessoas segurando ramos de árvore tentavam pressentir a presença de água num terreno. Os ramos se agitavam e se torciam quando havia água no local. Vai ver que era uma característica própria dos ramos.

Ig olhou para ele como se o menino estivesse louco.

– Poço? Que poço? Não estou entendendo nada.

– Água...

Era uma voz fraca, quase imperceptível, de timbre agudo.

– Água... – repetiu a voz. Ben poderia jurar que vinha do caixote que o senhor Doids e seu cúmplice haviam trazido para o depósito. Ele e Ig se aproximaram. Tratava-se de uma caixa de grandes proporções, com cerca de um metro e meio de comprimento e sessenta centímetros de altura. Parecia um pequeno caixão de defunto. Ben bateu nela de leve.

– Ei! Tem alguém aí dentro?

A caixa começou a balançar e a ranger. Ben e Ig deram um salto para trás. O focinho do gato começou a se contrair freneticamente.

– Seja quem for, é de Eidolon – disse.

– Preciso beber água!

Fosse quem fosse, era muito autoritário.

– Se deixarmos você sair, promete que não vai nos machucar?

— Foram vocês que me prenderam aqui?
— Não.
— Então não vou machucá-los.

Muito lógico. Ben examinou rapidamente a fechadura e, em seguida, tentou encontrar a chave apropriada. A segunda tentativa foi bem-sucedida. Ele estava ficando bom nisso. Assim que o fecho estalou, a tampa da caixa se abriu.

No interior havia uma criatura grande, sarapintada e lustrosa. Tinha olhos enormes, úmidos e escuros, e também barbatanas. Era uma foca. De vestido verde-mar.

Assim que avistou Ben e Ignácio, os olhos se reviraram e ela foi acometida de uma tremedeira. O que aconteceu em seguida pode ter sido uma ilusão de óptica provocada pelo luar ou o efeito de uma noite passada em claro, mas, quando Ben voltou a fitar a foca novamente, teve a impressão de que ela havia se transformado em uma menina.

Capítulo
8

Estradas bravias

Ben piscou rapidamente, achando que talvez estivesse sofrendo da vista. Mas, quando voltou a focalizar o animal, viu que era mesmo uma menina, apesar das barbatanas e do rosto um tanto bigodudo.

– O que é isso? – perguntou sem rodeios, tão assustado que se esqueceu por completo das boas maneiras.

Ig sorriu:

– As criaturas deste mundo são tão sem graça em comparação com as de Eidolon. Esta jovem é o que as lendas escocesas chamam de *selkie*, ou seja, uma menina-foca.

Ben o encarou.

– O quê?

– Vocês vão continuar falando a meu respeito como se eu não estivesse aqui? – a menina-foca perguntou de chofre. – Ajudem-me a sair desta caixa.

A voz da criatura era musical como o mar num dia de calmaria, e os olhos eram vivos e brilhantes como seixos úmidos à beira-mar.

Ben obedeceu e logo se viu agarrado ao que parecia ser um enorme pedaço de borracha preta, úmida e flexível.

– Meu nome... – disse a *selkie*, dobrando a outra barbatana sobre a boca para tentar encobrir uma tosse delicada – ... é Aquela Que Nada na Trilha Prateada da Lua, filha d'Aquele que Passeia pela Grande Rocha do Sul para Atrair Fêmeas; mas podem me chamar de Prata.

Depois de uma pausa para assimilar aquilo tudo, Ben respondeu:

– Eu sou Ben Arnold. Mas meu pai se chama apenas senhor Arnold. Sou um menino humano, embora o Ig aqui diga que também sou de Eidolon, coisa que não entendo. Que tipo de criatura é uma *selkie*?

Ela riu, e sua risada tinha o som de ondas minúsculas quebrando sobre o cascalho. Ben já começava a se sentir farto de tantas imagens marítimas.

– Sou, conforme este animal acabou de explicar, uma filha da água e do ar...

O menino olhou para o gato com o rabo do olho. Percebeu que Ignácio não tinha gostado nem um pouco de ser chamado de animal. Bem feito. Estava começando a simpatizar com a *selkie*.

– À noite, sou uma foca que nada e brinca nas profundezas do oceano; mas durante o dia, ou quando sou retirada do meu elemento natural por muito tempo, adquiro a forma que você vê agora.

Ela voltou a tossir. A tosse agora era seca e sufocante, provocando-lhe espasmos que a faziam tremer.

– Acho – disse finalmente, quando livrou-se do acesso de tosse – que as suas lendas falam de um manto mágico feito com pele de foca que, se removido, impede quem o usa de retornar à sua condição de criatura marinha.

Ela riu e abriu bem os braços.

– Mais simples do que isso, impossível, como você pode ver. Molhada: uma foca; seca: uma menina. Bem, quase. Não dá para disfarçar as barbatanas. – Apertou-as contra o peito fino e olhou em volta, com os olhos arregalados de medo. – Que lugar horrível é este? Tem cheiro de morte e desespero, e nenhuma magia. Se eu permanecer aqui, ficarei presa à forma de menina, o que seria péssimo. Preciso de água para voltar a ser foca, mas se a água aqui for tão ruim quanto o ar, não vai me fazer nada bem.

– Igual a Raminho – Ben murmurou.

– Raminho?

Ben apontou para o espírito da floresta sobre a gaiola em que Ig estivera preso.

– Eu o encontrei no meu quintal.

Prata olhou para Raminho penalizada.

– Ele não parece nada bem. Talvez nós dois estejamos sofrendo pela mesma razão.

Ben ficou sério.

– Meu mundo faz mal a vocês?

Ela estremeceu.

– Aqui não existe magia – queixou-se. – Tudo é monótono, sem graça, sem vida. E sem magia, não consigo viver.

– Precisamos encontrar o caminho de volta para o País Secreto – Ig interveio – o mais rápido possível. – O problema – confidenciou – é que não sei onde fica a entrada para a estrada bravia certa. Você sabe como elas são: se tomarmos o caminho errado, acabaremos em outro lugar qualquer.

A *selkie* lhe dirigiu um olhar de comiseração.

– Vocês gatos não sabem navegar?

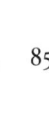

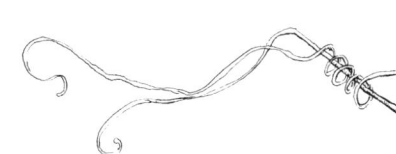

– Ele é chamado de Andarilho – Ben apressou-se em dizer, todo prestativo – porque é um grande explorador.

Ig ficou constrangido:

– Bem, saber eu sei, mas... – pensou rápido em uma maneira de livrar sua cara – os homens que me capturaram me deram uma pancada na cabeça antes que eu tivesse tempo de me orientar.

Prata ficou horrorizada.

– Então vou morrer! – Estendeu uma das barbatanas e agarrou com força o braço de Ben. Mesmo através da manga da jaqueta, o menino conseguiu sentir a friagem do mar de um outro mundo. – Vocês precisam me ajudar!

– Farei o que estiver ao meu alcance – ele limitou-se a dizer.

– Você será o meu herói. – A *selkie* fechou os olhos. Uma ruga vertical formou-se em sua testa, como se ela estivesse se esforçando para se lembrar de algo. – Quando eles estavam me transportando pelo caminho entre os dois mundos, senti um cheiro diferente e logo percebi que não estava mais em Eidolon. Quando abri os olhos, tudo o que pude ver foi uma infinidade de arbustos escuros, uma grande lagoa com coisas de madeira colorida boiando, uma rocha grande, um caminho tortuoso...

Agora foi a vez de Ben franzir o cenho. Arbustos escuros. Uma grande lagoa... uma rocha grande...

O menir!

– Parque Aldstane! – ele disse abruptamente. – A rocha grande é a Pedra Velha, ou Aldstane em inglês antigo. E lá no parque há um lago com botes e muitas árvores e arbustos! – explicou triunfante.

O parque Aldstane ficava nos fundos de King Henry Close e servia de cenário para muitos piqueniques familiares presididos pela Terrível Tia Sybil. Ben detestava essas excursões com todas as suas forças, e lembrava-se bem de um piquenique em especial. Foi quando a prima Cíntia e sua irmã Ellie fizeram um acampamento secreto e desapareceram em uma floresta de azaleias, azevinhos e espinheiros, deixando Ben para trás. Ele tinha 7 anos e ficou irritado e magoado. Com determinação implacável, procurou por elas, rastejando por entre arbustos, tropeçando em raízes, sendo perseguido por cachorros vira-latas. Quando finalmente descobriu o caminho que levava ao esconderijo das meninas, elas o emboscaram. Deixaram-no amarrado em uma árvore até a lua surgir no horizonte e ele ser encontrado por um funcionário do parque, que considerou o ocorrido uma brincadeira sem importância. Até hoje, a lembrança daquele episódio o fazia corar de vergonha.

Para ser herói, ele ainda tinha muito o que aprender.

De repente, a menina-foca caiu no chão, com a respiração ofegante. Ig começou a lamber-lhe a face, mas ela o empurrou com dificuldade.

– Água... – gemeu.

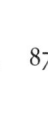

Depois de refletir por alguns instantes, Ben correu para o andar térreo. Na loja, a iluminação de néon conferia uma aura lúgubre aos aquários. – Sinto muito – desculpou-se com os peixes-de-briga da Mongólia. Levantou a tampa do aquário que os abrigava, recolheu os dois peixes atordoados usando a rede pendurada na lateral e depositou-os em um enorme tanque cheio de peixinhos dourados. Em vez de se prepararem para conquistar o novo território com o fervor que se esperaria de dois animais oriundos da terra do Grande Cã, eles trataram de nadar para o fundo do aquário e lá ficaram, encolhidos, tremendo de pavor, sob um arco decorativo, enquanto os peixinhos dourados nadavam em redor, observando-os e abrindo e fechando a boca de curiosidade. Ben desligou o aquário vazio da tomada e, vacilante, carregou-o escada acima, espirrando água na jaqueta. Ziguezagueou em direção à porta do depósito, entrou e, num esforço sobre-humano, derrubou o conteúdo do aquário sobre a *selkie*. A água se esparramou por todos os lados: nas tábuas do assoalho, nos seus pés, nas caixas e nas gaiolas. Infelizmente, grande quantidade atingiu Ignácio Sorvo Coromandel, que miou indignado e deu um salto para se safar. Do alto de uma pilha oscilante de caixas, ele espumava e sibilava como uma chaleira no fogão, o pelo liso grudado na pele. Estava longe de parecer um dos maiores felinos exploradores de dois mundos.

Ao contato da água, a pele de Prata começou a mosquear e a brilhar. Ela suspirava e rolava, e aos poucos seus movimentos ficaram mais sinuosos e parecidos com os de uma foca. Finalmente, esfregando o rosto com as barbatanas, ela se sentou. Cerdas despontaram ao redor da boca; os olhos ficaram redondos e escuros.

– Obrigada – foi o que Ben pensou ouvir, embora tenha sido de fato um som agudo, mais semelhante a um latido. Ele cravou os olhos na menina-foca, agora, sem dúvida alguma, mais foca do que menina, e ficou imaginando como faria para levar uma foca, um gato e um espírito alado para um parque a quase cinco quilômetros de distância dali. Enquanto Ben matutava, a *selkie* começou a se transformar novamente: os bigodes sumiram aos poucos; a cabeça adquiriu outro formato; a pelagem mosqueada deu lugar a uma pele coberta por uma espécie de camisola verde de algodão fino. Mas as barbatanas continuavam lá, rebeldes, como pedaços pretos de borracha.

– Acho melhor sairmos logo daqui – Ben sugeriu. – E rápido. Você consegue andar?

Ela conseguia. Mal, mas conseguia. Com a manga da jaqueta, Ben deu uma ligeira esfregadela em Ig, que continuava a tremer; deslizou Raminho, com boné de beisebol e tudo, para dentro da jaqueta úmida; pegou um pano que recobria alguns engradados e o amarrou em volta da cabeça e dos ombros de Prata. Ela ficou bem esquisita com aquele arranjo: parecia mais um fantasma desajeitado. "Mas", Ben pensou, "qualquer coisa era melhor do que ser visto andando por Bixbury no meio da noite em companhia de uma foca. Seria difícil explicar a situação."

Saíram da loja, deixando atrás de si focinhos contraídos e olhares indagadores. A rua estava envolta em completo silêncio. Embora já fosse verão, o ar noturno estava bem frio.

A *selkie* olhou para o céu e sorriu.

– Vejam! – Apontou para um ponto onde uma constelação que parecia uma caçarola com quatro pernas e um cabo comprido flutuava no céu estrelado. – O Grande Yeti!

Ben acompanhou com os olhos o caminho que seu dedo indicava e franziu a testa.

– Hã... você se refere à Ursa Maior?

Prata riu.

– Não na minha terra. E acima dele está a Estrela Polar.

– Nós também a chamamos assim! – Ben exclamou animado.

– Por algum estranho milagre, o céu de vocês é igual ao nosso – a *selkie* constatou.

Atravessaram a High Street e a praça do velho mercado, onde o luar iluminava o monumento aos mortos na guerra. Não havia vivalma nas ruas. A cidade parecia abandonada, como se todos tivessem partido de repente para morar alhures; como se tivessem sido atacados por alienígenas ou devorados por plantas gigantes. Ben foi assaltado por um pensamento inoportuno: talvez Bixbury não fosse mesmo seu lar; talvez ele não pertencesse a lugar nenhum.

Estava refletindo sobre isso quando ouviu o ronco de um motor. Olhou para o asfalto. Era o ônibus noturno! Correu para a beirada da calçada e fez sinal. Prata e Ig seguiram-no indecisos. O ônibus reduziu a marcha e deu uma freada brusca. A porta automática abriu-se com um suspiro e o motorista fitou aquele grupo heterogêneo parado no ponto do ônibus.

– O senhor vai passar perto do parque Aldstane? – Ben perguntou.

O motorista esticou o pescoço para tentar ver melhor os companheiros de viagem do menino.

Ben deslocou-se para o lado.

– King Henry Close serve?

Ben fez um movimento enfático com a cabeça, para dizer que sim.

– Baile à fantasia, não é? – O motorista inquiriu desconfiado, ainda tentando dar uma boa olhada em Prata e Ig.

– É... mais ou menos. Duas passagens de estudante, por favor, mais o gato. – Ben vasculhou o bolso à procura da moeda de uma libra.

O motorista empertigou-se com ar de importante.

– Lamento informar que não transporto animais em meu ônibus, a não ser que estejam devidamente presos por uma trela ou acondicionados numa caixa apropriada.

Ben olhou em volta aflito, mas, curiosamente, não havia o menor sinal do gato. Prata havia se adiantado um pouco e estava atrapalhada com os degraus. Com o pretexto de ajudá-la, Ben curvou-se e aproveitou para sussurrar:

– Cadê o Ig?

Em resposta, Prata levou um dos dedos aos lábios. Em seguida, repuxou o enorme pano que a cobria. Ig estava agarrado a ele pelo lado do avesso, sabe-se lá como.

Ben voltou-se para o motorista.

– Só duas de estudante, então, por favor.

Prata subiu os degraus com esforço, passou gingando por Ben e foi sentar-se bem longe do motorista. Com exceção de um jovem casal abraçado no fundo do veículo, o ônibus estava vazio. Quando Ben se aproximou e sentou-se ao lado da *selkie*, Ig esticou o pescoço para fora do manto e ronronou para ele. Prata escondeu as barbatanas sob o manto e sorriu.

Dez minutos depois, o ônibus os deixou na esquina de King Henry Close. Porém, quando chegaram ao parque Aldstane, os portões estavam fechados. Ben os sacudiu inutilmente. Tentou escalar as grades de um lado e de outro, mas escorregou e machucou as palmas das mãos.

– O que vamos fazer? – Prata indagou em tom de lamúria. A voz enfraqueceu, transformando-se num choro inquietante como o de um golfinho. Ela deixou-se cair na calçada, em meio a outro acesso de tosse.

Ig a rodeou, miando desconsolado. Seus passos traçavam um oito em volta dela.

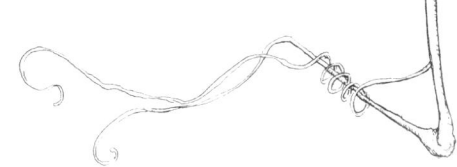

– Vamos lá, Aquela Que Nada na Trilha Prateada da Lua, não se preocupe. Ben vai dar um jeito.

Neste momento, Raminho se mexeu. Ben o retirou de dentro da roupa e pousou-o no chão entre eles. O espírito da floresta parecia apático, mas seu corpinho estava inquieto dentro do boné de beisebol, como se não conseguisse encontrar uma posição confortável.

Ben sentou-se com o queixo apoiado nos joelhos. Sentia nos ombros o peso da responsabilidade. Lembrou-se das palavras da mãe: cuidar de outros seres é uma lição de responsabilidade. Tudo bem, mas a lição não ensinava o que fazer numa hora como aquela. A tarefa parecia superior a suas forças. Ele ergueu os olhos, pronto para admitir a derrota. Ao luar, a pele e os cabelos de Prata estavam descorados. Agora ela de fato parecia um fantasma. Por um momento, Ben chegou a pensar que tudo aquilo fosse um sonho. Mas ela pousou uma barbatana sobre seu ombro, provocando-lhe de novo aquela estranha sensação de frio, como se ele estivesse embrulhado em algas marinhas.

– Você vai encontrar uma saída – ela disse entre uma tossidela e outra. – Sei que vai, Ben Arnold.

Ouvir seu nome e sobrenome deu a Ben a força de que precisava para resolver o problema.

– Você já subiu numa árvore? – perguntou.

Prata sorriu.

– Seguirei você a qualquer lugar.

Ben se levantou e a ajudou a levantar-se.

– Venha! – disse. – Tenho uma ideia!

No muro do lado ocidental do parque havia um grande freixo com galhos tão compridos que pendiam sobre a cerca, indo quase até o chão. A silhueta da árvore recortada contra o céu assemelhava-se ao desenho de Yggdrasil, a Árvore do Mundo, que ele vira em seu livro favorito, o livro das lendas nórdicas. Yggdrasil tinha as raízes fincadas nas entranhas da Terra e os galhos espalhados pelo céu. "Será que os povos antigos de alguma forma sabiam da existência de um outro mundo, um país secreto, que fazia fronteira com o nosso?", Ben se perguntou.

Ajeitou o elemental da floresta na roupa mais uma vez, agarrou-se no galho pendente e impulsionou o corpo para cima. Com surpresa constatou que os exercícios físicos praticados na escola tinham valido a pena, afinal. Talvez houvesse outros aspectos da sua vida escolar que ainda viessem a se mostrar úteis, mas Ben considerou essa hipótese pouco provável.

Ig deu um salto e o ultrapassou, correndo lépido em direção à junção entre o galho e o tronco da árvore, com um sorriso presunçoso. Foi difícil (ele não imaginava que uma *selkie* fosse tão pesada), mas Ben conseguiu guindar Prata para cima. Os dois percorreram o galho e, já do outro lado da cerca, olharam para baixo. Prata deixou escapar um repentino grito de prazer. Logo adiante, avistaram o lago iluminado pela lua. A superfície da água brilhava como um espelho no centro do parque. O menino ajudou-a a avançar mais um pouco. Passaram para outros galhos e, ao atingirem um ramo enorme que vergava para baixo, Ig e Ben saltaram, finalmente pisando o solo do parque.

Prata permaneceu deitada de bruços no galho, olhando para baixo.

– Acho que não consigo pular de lugar tão alto.

Ben fez uma careta. Acomodou Raminho ao pé do freixo e se posicionou bem abaixo de Prata com os braços abertos.

A *selkie* retorceu o corpo desajeitado, conseguiu sentar-se e pôs as barbatanas traseiras para fora do galho. Nesse momento, foi acometida de outro acesso de tosse, que a fez dobrar-se em aflição e fechar os olhos. Quando voltou a abri-los, estavam úmidos, como se lacrimejassem.

– É só se soltar que eu pego você – Ben a encorajou, tentando transmitir uma confiança que ele próprio não tinha.

Prata fechou os olhos novamente e se atirou do galho. Como se compreendesse o que ela sentia, Ben se viu impelido a também fechar os seus. Preparou-se para um impacto que não houve. Ouviu-se apenas o ruído do movimento e, em seguida, o som de tecido se rasgando, acompanhado de um baque suave. Ele abriu os olhos e viu o manto rasgado e pendurado em uma ponta saliente do galho. Prata, cuja queda fora amortecida pelo rasgão do tecido, estava sã e salva a seu lado.

– A sorte está do nosso lado – Ig murmurou aliviado.

Prata olhou de relance para o lago e começou a deslocar-se pesadamente em direção à água resplandecente, batendo as barbatanas na grama ao caminhar. Na beira do lago, livrou-se da vestimenta verde-mar e, um segundo depois, *splash!*, lançou-se na água e desapareceu nela sem deixar vestígios. A lua iluminava as águas escuras do lago e delineava em tom prateado o progresso das ondulações concêntricas que se espalhavam em direção à margem. Ben ficou apreensivo. Até que, após uma pequena agitação vinda das profundezas do lago, algo veio à tona. Não era a cabeça da moça que havia mergulhado. Era a cabeça de uma foca – lisa, com bigodes e olhos marejados. O animal mergulhava e ressurgia, mergulhava e ressurgia. Nadava com movimentos sinuosos e ágeis, com uma graça e uma leveza que enchiam Ben de inveja.

Ig, no entanto, observava a cena com ar de repugnância:

– Credo! Água... – comentou com desdém. Em seguida, virou-se de costas e tremeu.

Finalmente, após ter percorrido todo o lago de ponta a ponta, a foca encaminhou-se para a margem, onde se sacudiu deselegantemente e piscou para eles seus olhos grandes, redondos e úmidos.

Apesar do frio da noite, a água começou a evaporar de imediato sob o olhar deslumbrado de Ben, e a pelagem mosqueada e macia foi dando lugar a uma pele rosada. A foca esticou uma das barbatanas para alcançar o pedaço de tecido verde-mar que estava no chão. Enquanto executava o gesto, a barbatana começou a encompridar-se e a refinar seu contorno, até transformar-se em um braço, embora, em sua extremidade, restasse ainda uma massa escura e indistinta, que não era nem mão, nem barbatana. Ben estava tão hipnotizado por aquela transformação que não pôde distinguir o momento exato em que a foca se tornou uma menina. Quando voltou a si, Prata estava completamente vestida. Sorria um sorriso de encantamento e mantinha os olhos fixos nele. Ben percebeu de súbito que ela era muito bonita. Os cabelos antes sem vida e os olhos enormes revestiram-se de uma aura mais saudável.

– Obrigada – ela disse.

– Ah, de nada. O lago não é lá grande coisa – Ben retrucou.

– Não me refiro ao lago, embora esteja também muito grata por ele. Mas quero agradecer o seu cavalheirismo.

– O meu o quê?

– A sua gentileza de não ficar me olhando enquanto eu estava sem roupa.

– Ah, entendi. – Ele nem sequer tivera a intenção de não olhar. – Tudo bem. Não por isso...

– Você é um amigo de verdade, Ben Arnold.

Ben ficou tão satisfeito que chegou a enrubescer.

Sentindo-se preterido, Ig pigarreou para chamar a atenção dos dois.

– E quanto à estrada bravia? – perguntou.

A menina-foca sorriu para Ben e ele sentiu no peito o coração dobrar de tamanho. Ela olhou para a escuridão do céu e, depois, em volta.

– Lá, entre os arbustos.

Ben acompanhou a linha traçada pelo braço da *selkie* e viu uma enorme floresta de formas escuras e irregulares. Estremeceu. Lembrava-se bem daqueles arbustos.

– Tem certeza?

A *selkie* confirmou com um movimento de cabeça.

Ignácio Sorvo Coromandel se interpôs entre os dois.

– É melhor eu ir na frente. Por causa dos meus olhos, entendem? – E de fato eles brilhavam como faróis à luz da lua.

Ben o seguiu por entre as azaleias. Abaixo do sobrecéu de folhas estava muito escuro e mais frio que a céu aberto. Ben segurava o rabo de Ig com uma das mãos; Raminho se contorcia dentro do boné que ele segurava com a outra mão; e Prata vinha atrás dele, segurando a ponta de sua jaqueta e pisando ruidosamente nas folhas secas. O estranho comboio abriu caminho entre as folhagens durante vários minutos.

Finalmente Ig parou.

– O que foi? – Ben perguntou.

– Na... nada – Ig gaguejou e, em seguida, retomou a marcha.

Pouco tempo depois, se viram no mesmo lugar.

– Já passamos por aqui – constatou Prata.

– Achei que o chamassem de Andarilho por ser considerado um grande explorador – Ben ironizou, meio irritado.

– Ah, é... Isso mesmo – Ig respondeu, sem esticar o assunto, enquanto farejava o solo com uma pose de quem tinha grande precisão científica. Logo depois, começou a conduzir os companheiros por outro caminho. Todos se abaixavam para não esbarrar nos galhos que encontravam pela frente. De repente, se viram em uma pequena clareira circular.

Foi quando o foco de uma luz avermelhada e muito estranha iluminou todo o ambiente, conferindo ao rosto dos três e à parte inferior dos troncos das árvores um tom de violeta. Os olhos de Ig faiscaram como os de um demônio. Prata deixou escapar um guincho de susto. Ben vasculhava com o olhar a sua volta, tentando determinar a origem do fenômeno. De súbito, a luz se fez acompanhar por um zumbido agudo e desagradável, como se ali houvesse um mosquito gigantesco. Ben relanceou os olhos para a sua mão. Era Raminho. O pequeno espírito da floresta sentara-se de repente com as costas eretas e o tronco vibrando como um diapasão. Cantava, e a estranha luz vermelha emanava de cada poro de seu corpo. O foco de luz se estendeu pelo solo ressecado como um rastilho, fazendo resplandecer raízes e folhas mortas, até esbarrar na face de uma grande rocha parcialmente oculta por uma pequena mata de espinheiros.

Ignácio Sorvo Coromandel sorriu. Seus dentes reluziam, vermelhos como sangue.

– Viram só? Encontrei a entrada para a estrada bravia.

Curvou a cabeça e começou a farejar vigorosamente, seguindo a trilha formada pelo foco de luz. Ao se aproximar da pedra, parou. Em seguida, caminhou em seu redor. Completadas três voltas, durante as quais procurou desviar-se com cuidado dos espinhos, parou e voltou pelo outro lado.

– É esta mesma – anunciou. – Não há dúvida.

Prata adiantou-se, arrastando os pés.

– Deixa eu ver.

Agachou-se e deu um grito de alegria, seguido de outro acesso de tosse.

– O que foi? – Ben perguntou, postando-se de imediato a seu lado.

Ig esticou o pescoço, curioso como sempre.

A *selkie* estava mexendo em um galho de espinheiro. Preso entre os espinhos, havia um pedaço de tecido vermelho.

– Ajudem-me – ela pediu ofegante.

Ben ajeitou o espírito da floresta no boné e o colocou de volta dentro da jaqueta. A luz vermelha se enfraqueceu até reduzir-se a um leve brilho. O pedaço de tecido mudou de cor, adquirindo um tom claro de verde rosado. Ben o desembaraçou dos espinhos e o entregou a Prata.

– É um retalho do meu vestido!

Ela fez um rodopio para mostrar a Ben e a Ig a parte de trás de sua fina túnica verde-mar. Junto à bainha, havia um pequeno rasgo em forma de zigue-zague, como se o pedaço tivesse sido arrancado de maneira violenta. O retalho que ela segurava se encaixava perfeitamente no buraco.

– Nossa! – Ben exclamou, surpreso.

– Foi este o local de onde me carregaram para o seu mundo – ela explicou. – Foi aqui que me aprisionaram na caixa.

– Foi daqui que eu saí também – disse o gato, e rosnou baixinho.

– Há pegadas humanas aqui, e me lembro do cheiro da pedra.

Ben apalpou a pedra. As marcas de desgaste e as manchas de líquen denunciavam tratar-se de uma rocha muito antiga e incrustada profundamente no solo, por entre camadas de folhas mortas. Era possível notar que, à semelhança de um *iceberg*, a quantidade de rocha sob a terra era maior do que a parte visível. Os dedos do menino percorreram aquela superfície, como se ele estivesse se recordando de algo. Depois, ele tirou Raminho de dentro da roupa. Segurou-o como se fosse uma lanterna e o aproximou da pedra para melhor examiná-la.

Ben notou a presença de um desenho, apesar de estar obscurecido pelo líquen e pela corrosão provocada pela chuva. Alguém havia entalhado uma palavra na pedra. Consistia em várias linhas retas e ângulos e, durante alguns instantes, Ben não foi capaz de decifrar seu significado. Foi então que...

– Vejam!

Os outros se aproximaram.

– É o menir! A Pedra Velha! – o menino exclamou. – É uma espécie de ponto de referência...

Seus dedos percorreram os traços do desenho e ele soletrou a palavra:

– E-I-D-O-L-O-N!

E alguém, mais recentemente, traçara na rocha uma seta que apontava para o chão.

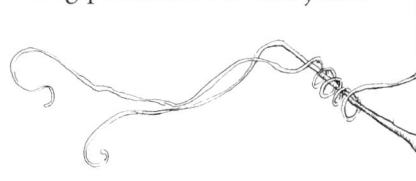

Ignácio Sorvo Coromandel afastou-se e contornou a rocha, chegando a um ponto onde os espinheiros formavam uma depressão escura. Ali fuçou com uma das patas dianteiras, que desapareceu. Ben observava. Ig pressionou a cara junto ao solo no local onde a pata havia entrado. Um segundo depois, sua cabeça também desapareceu.

Assustado, Ben ofegava alto.

Alguns segundos mais tarde, o gato ressurgiu são e salvo.

– Consigo farejá-lo! – gritou. – Consigo farejar o nosso lar.

O espírito da floresta havia se sentado. Os olhos grandes e prismáticos irradiavam a luz vermelha, como se neles houvesse framboesas acesas. Sua letargia cadavérica havia cessado diante da possibilidade de retornar ao País Secreto. "Ele parecia... ora, parecia espirituoso", Ben pensou. Em seguida, refletiu: como as pessoas sabiam o que significava "espirituoso" se não havia desses espíritos neste mundo?

Suas reflexões foram interrompidas por Prata, que lhe dava tapinhas no ombro.

– Venha conosco, Ben Arnold – disse ela.

O gato continuava a postos na beira da estrada bravia.

– Venha conosco para Eidolon, Ben – Ig o exortou. – Venha e conheça o destino que o aguarda.

O País Secreto: um lugar cheio de magia e maravilhas; um mundo que de certa forma também era dele: um mundo que fazia fronteira com o nosso, como uma sombra. Um mundo no qual só se podia entrar por uma estrada bravia. Ben estremeceu. Será que de fato queria ir a um lugar assim? E se não conseguisse voltar? Sofreria como Raminho e Prata sofriam neste mundo?

Ig já se mostrava impaciente.

Ben pensou na família. Pensou nas irmãs: Ellie, tão sarcástica e melindrosa, mas que, apesar de seus defeitos, havia economizado e comprado para ele, no último Natal, o presente perfeito: *Peixes: a enciclopédia completa*; Alice, ainda um bebê, que costumava agarrar-lhe o dedo com força em sua mãozinha, como se aquele aperto forte fosse a única maneira que tinha de transmitir seu amor por ele. Pensou no pai: tão ocupado com seu emprego no jornal, sempre fazendo piadas enquanto lavava a louça; o pai que, para fazê-lo feliz, tinha se oferecido para aparar toda a sebe do Terrível Tio Aleister em troca de um aquário. E, então, pensou na mãe. Não na mulher exausta e presa a uma cadeira de rodas, mas no brilho de seus olhos verdes, no gesto súbito e sutil de erguer uma das sobrancelhas antes de lhe dirigir uma de suas piscadelas lentas e cúmplices. "Não posso abandoná-los", pensou. "Não posso."

Então percebeu que tinha pensado alto, pois Prata irrompera em lágrimas. Ela se aproximou e o abraçou, envolvendo-o novamente naquela estranha sensação de frio. Era como se ele estivesse no mar.

– Sei que o verei novamente, Ben Arnold.

Ben limitou-se a concordar com a cabeça. Um súbito nó na garganta o impedia de falar.

Raminho, cuja luz vermelha finalmente se apagara, alçou voo até a altura do rosto do menino, arrastando consigo o boné de beisebol. Foi sem dúvida um grande esforço, mas o pequeno espírito da floresta sorria, exibindo duas fileiras de dentes brilhantes e afiados. Pousou o boné (grudento de lesmas e de restos de empadão) sobre a cabeça de Ben.

– Obrigado, Ben... por me salvar... nunca esquecerei...

Em seguida, tombou exausto no chão.

A *selkie* curvou-se, recolheu-o em suas grandes barbatanas escuras e aninhou-o junto ao peito.

Ignácio Sorvo Coromandel se afastou da entrada da estrada bravia.

– Tem certeza de que não quer vir conosco, Ben?

Ben meneou a cabeça afirmativamente. Uma única lágrima teimou em aparecer, mas ele esfregou o olho com força.

– Sinto muito, Ig. Não posso. Minha mãe está doente. Não posso abandoná-la.

O gatinho se mostrou triste.

– Eidolon é o seu destino, Ben, e eu gostaria de lhe mostrar seu outro lar.

Ben sorriu meio de lado.

– Mesmo assim.

Ig esfregou a cabeça contra a perna de Ben e um rom-rom prolongado ressoou pela mata. Ben postou-se sobre um dos joelhos e abraçou o gato com tanta força que chegou a sentir com as mãos o coração do bichinho bater.

– Vou sentir saudades de você, Ig.

Na escuridão, o gatinho sorriu.

– Eu possuo seu verdadeiro nome, Benjamin Christopher Arnold – disse ele com sua voz rouquenha de caubói. – Posso chamá-lo a qualquer hora.

Dizendo isso, Ig livrou-se do abraço e encaminhou-se para a entrada da estrada bravia, onde parou. Olhou para trás, fitou Ben e lembrou-lhe:

– E você tem o meu nome verdadeiro e pode fazer a mesma coisa. Mas só pode me chamar três vezes. Portanto, não desperdice nenhuma delas.

E, como o Gato de Cheshire das aventuras de *Alice no País das Maravilhas*, desapareceu aos poucos de vista até que não restasse nem mesmo um sorriso.

Prata curvou-se para a frente de repente e beijou o rosto de Ben. Depois, contornou o menir e desapareceu.

Ben ficou ali sozinho, parado no escuro, durante muito tempo, esfregando o rosto para sentir os vestígios gelados dos lábios da *selkie*. Então, voltou-se, afastou os arbustos e viu-se de volta no parque. A luz da lua mostrava as marcas deixadas por eles na grama orvalhada, como uma trilha escura e sinuosa. Ben seguiu essa trilha em direção ao freixo, escalou a árvore de volta para retornar à rua e tomou o caminho de casa.

A Tribuna Diária
OVNI avistado sobre o Parlamento

Ontem à noite, pedestres que atravessavam a ponte de Westminster relataram ter visto um objeto não identificado voando diante do mostrador do Big Ben.

"Era muito maior do que um pássaro normal", conta Paula Smith, 34 anos, especialista em ervas. "Nunca vi nada parecido com isso."

Um grupo de turistas japoneses tirou várias fotografias do objeto, uma das quais encontra-se reproduzida aqui. Entre o mostrador iluminado da torre do relógio e a luz da lua cheia, o objeto mostra-se um tanto indistinto; mas, na opinião deste jornal, ou se trata de uma garça ou de um embuste.

O professor Arthur James Dyer, do Departamento de Animais Extintos da Universidade de Londres, discorda.

"Trata-se com toda certeza de algo maior do que uma garça, e obviamente o par de asas não é característico de nenhuma ave. No que me diz respeito, não há dúvidas; é a primeira aparição distinta de um pterodáctilo vivo."

Este não é um incidente isolado. Houve vários casos semelhantes nas últimas semanas, em que testemunhas alegaram ter visto seres estranhos nas cercanias da capital.

Na última terça-feira, frequentadores noturnos do parque de Hampstead Heath viram o que descreveram como um animal grande, escuro e peludo correndo por entre a vegetação rasteira na ala leste do parque. Uma das testemunhas afirmou ter visto claramente a criatura. O suposto animal, cuja cabeça e torso eram de homem, tinha chifres. A parte inferior do tronco e as patas eram de um bode. Segundo a testemunha, tratava-se claramente de um sátiro.

Tal aparição foi considerada pela maioria das pessoas como obra de algum trapaceiro fantasiado.

Anúncio publicado na revista **Cavalo & Caça:**

Você procura algo mais esportivo do que a caça à raposa? Oferecemos-lhe a oportunidade de transformar sua caçada em um esporte bem mais empolgante. Se você alguma vez sonhou em matar um lobo pré-histórico, um tigre-dentes-de-sabre ou o lendário camelo-leopardo, podemos realizar seu sonho. Por que gastar horas perseguindo um patético animal indefeso em terras alheias, quando você pode ter algo realmente excitante para se vangloriar? Escreva para nós. Nosso endereço é WonderFinders Incorporated, caixa postal 721, Bixbury, Oxon OX7 9HP. Toda correspondência é mantida em completo sigilo. Não perca tempo, estes animais são raros: e você pode torná-los mais raros ainda!

O Correio de Kernow

HABITANTE DA REGIÃO HOSPITALIZADO

A besta de Bodmin: fato ou ficção?
Na manhã de domingo, os integrantes de um grupo que retornava de uma caminhada ao Reservatório de Sibleyback, no Pântano

de Bodmin, foram surpreendidos por um rugido ensurdecedor, vindo do outro lado de um muro de pedras, e correram para seus carros.

O senhor B. Wise, morador de Daglands Road, em Fowey, não teve o bom-senso de permanecer em seu veículo. Sua esposa, Bárbara, 43 anos, nos deu sua versão dos acontecimentos:

"Ouvimos aquele rugido terrível, e Bernard me disse: 'É a Besta, é ela mesma. Vou tirar umas fotos, vender para os jornais e ficar rico.' Quando dei por mim, ele já tinha pego a câmera e saído do Vectra. Então, começou a subir o muro. Meu marido não tem muito preparo físico, mas chegou quase ao topo e... bem, o que aconteceu depois foi muito confuso. Vi um vulto negro enorme surgir detrás do muro. Uma pedra caiu na mão de Bernard e ele caiu de costas, batendo com a cabeça no chão. Levei-o para a emergência do Hospital Callington mas ele está inconsciente desde então."

Um porta-voz do hospital nos informou que o senhor Wise já saiu da UTI e encontra-se "estável". A enfermeira Samantha Ramsay nos confidenciou que ele provavelmente teve muita sorte de ter sido derrubado por uma pedra que se soltou do muro, e não pelo que estava atrás do muro.

Há várias décadas circulam histórias sobre a "Besta dos Pântanos", mas, no último mês, os boatos se espalharam rapidamente. Foram relatadas mais de vinte aparições dessa criatura que se acredita ser um felino muito grande; fazendeiros da localidade perderam várias ovelhas. Especialistas do Departamento de Conservação de Animais Perigosos, do Zoológico de Londres, foram convidados a examinar os restos mortais de algumas das ovelhas vitimadas e ficaram surpresos com o que encontraram.

"Julgamos tratar-se de um puma ou leopardo foragido", disse o dr. Ivor Jones. "Mas, na realidade, a largura da mandíbula indicada pelas marcas das mordidas sugere um animal de porte muito maior, provavelmente com enormes dentes caninos, talvez até maiores que os do esmilodonte.

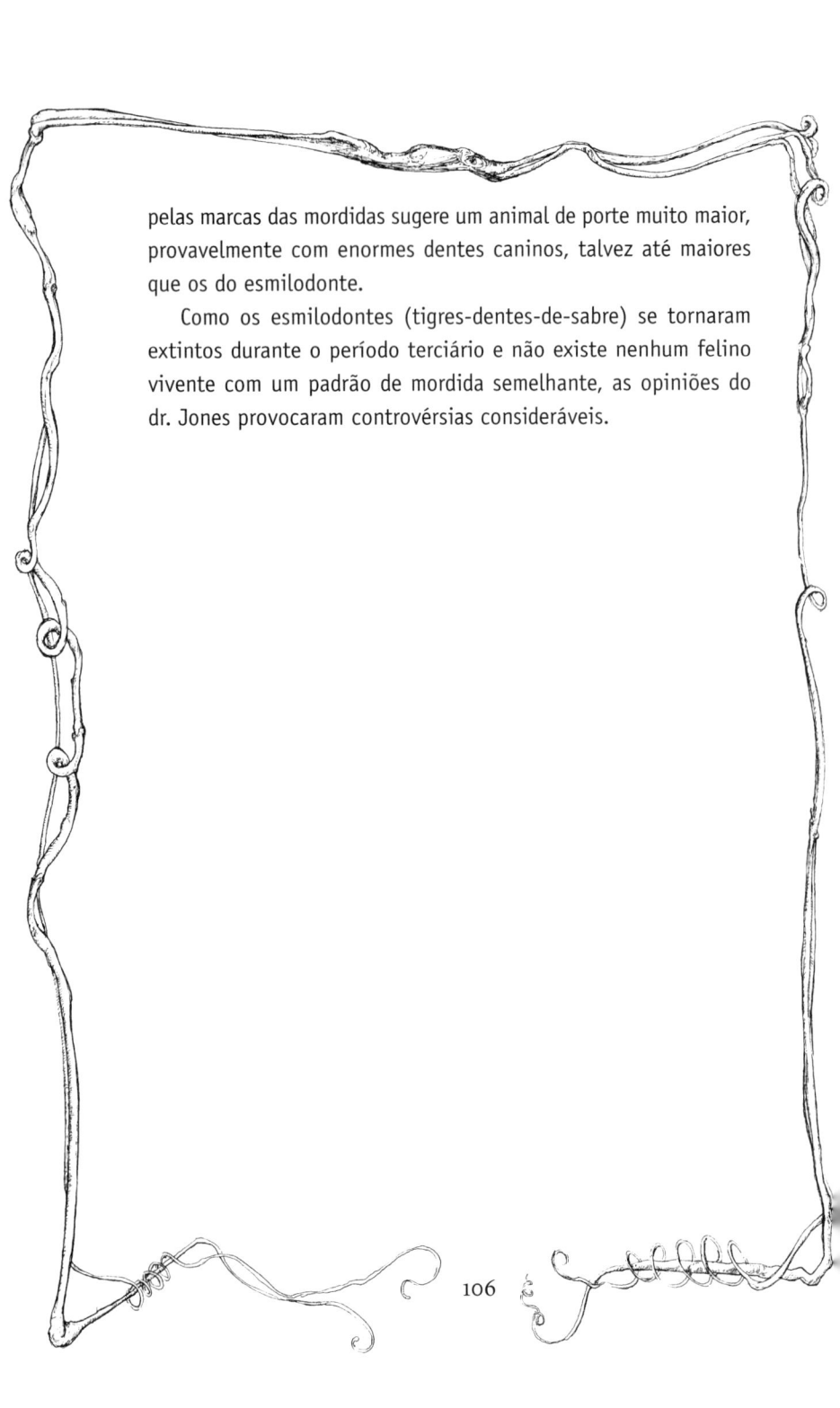

Como os esmilodontes (tigres-dentes-de-sabre) se tornaram extintos durante o período terciário e não existe nenhum felino vivente com um padrão de mordida semelhante, as opiniões do dr. Jones provocaram controvérsias consideráveis.

Parte 2

Lá

Capítulo
9

Na casa do Terrível Tio Aleister

Nos dias que se seguiram, Ben se arrependeu da decisão de não ter se juntado aos companheiros. O País Secreto não lhe saía da cabeça. Durante a aula, na escola, sua mente divagava; à noite via Ig, Raminho e Prata em seus sonhos: um gatinho malhado de preto e marrom com olhos dourados e brilhantes contemplando uma paisagem desconhecida do alto de uma torre de pedra; um espírito da floresta sorrindo de orelha a orelha, perseguindo mariposas sonolentas por entre os galhos de uma floresta escura. A presença mais marcante, porém, era Aquela Que Nada na Trilha Prateada da Lua, emergindo das profundezas tenebrosas do oceano à superfície de um mar resplandecente com um lânguido agitar de sua cauda.

Mas havia noites em que os sonhos não eram tão serenos. Certa vez, sonhou com uma figura alta e horripilante à espreita. A cabeçorra semelhante à de um cão desenhava uma silhueta contra a lua; os dentes brancos e afiados cintilavam na luz débil; e ele ouviu os gritos de animais aterrorizados, num som que lhe chegava cada vez mais baixo, como se estivessem sendo arrastados por um túnel muito comprido.

Às vezes, ao acordar desses pesadelos, constatava que, na verdade, os gemidos eram o choro da irmãzinha. Um sentimento indefinido de culpa, então, o assaltava, como se ele tivesse deixado de cumprir uma tarefa importante.

Na escola, tentava sufocar tais pensamentos, mas sempre acontecia alguma coisa que o fazia lembrar-se do País Secreto. Na aula de inglês, por exemplo, teve de fazer uma redação sobre o tema "Imagine que seu animalzinho de estimação foi repentinamente agraciado com o dom da fala"; na aula de desenho geométrico, o professor pediu que desenhassem circunferências divididas ao meio, e Ben então se recordou do momento em que Ig descrevera Eidolon se separando da Terra; e na aula de biologia, quando o senhor Soames discorreu sobre a extinção dos dinossauros, Ben, inadvertidamente, contestou:

– Não, não se extinguiram, professor; eles vivem em...

Felizmente seu colega Adam o salvou de maiores constrangimentos ao acrescentar:

– ... Bournemouth!

A turma toda caiu na risada e na zombaria.

Ben estava louco para contar a alguém sobre suas aventuras. O segredo oprimia-lhe o peito e ele tinha a sensação de que ia estourar. Pensou em comentar o assunto com Ellie, mas sabia que ela morreria de tanto rir, depois sairia por aí contando tudo para suas amigas desprezíveis (especialmente para a prima Cíntia, com quem era unha e carne) e elas caçoariam dele sem dó nem piedade. O pai vivia mais preocupado do que de costume. O senhor Arnold dissera ao filho que andava "às voltas com algo que poderia dar uma boa reportagem" e passava muito tempo fora de casa fazendo "pesquisa". Por diversas vezes quase contou para a mãe, mas ela parecia tão cansada e doente que, embora fosse a pessoa mais propensa a acreditar nele, tinha certeza de que a revelação só lhe traria preocupações que a deixariam mais cansada ainda. Portanto, saiu de casa certa manhã, olhou em volta para se certificar de que ninguém poderia ouvi-lo e se aproximou da gatinha branca e magra de olhos oblíquos.

– Olha – disse ele, tentando soar o mais natural e sensato que pôde –, preciso falar com alguém sobre isso ou vou enlouquecer. Você é gata, deve saber sobre Eidolon, o Andarilho, as estradas bravias e tudo o mais. É tudo verdade ou andei sonhando?

A gata relanceou os olhos em sua direção com um olhar penetrante e cheio de reprovação. Em seguida, arqueou o dorso e afastou-se.

"Caramba!", pensou Ben. "Que grosseria!" Em seguida, refletiu: "Talvez seja meio surda."

Foi atrás dela e tentou chamá-la, mas a gata escapuliu por debaixo da cerca e desapareceu. De duas uma: ou sua capacidade de conversar com animais tinha evaporado junto com Ignácio Sorvo Coromandel ou ele havia imaginado aquela história toda.

Mas quem seria capaz de inventar um nome como aquele? Quem, em seu perfeito juízo, inventaria uma trama tão inverossímil?

Assim que entrou em casa, a mãe gritou seu nome. Ela estava na cozinha, recurvada em sua cadeira de rodas. As roupas que tentara enfiar na máquina de lavar estavam espalhadas pelo chão.

– Ah, Ben – ela disse quando o viu, e em sua voz havia um tom de derrota.

As calças *jeans* que ele usara na noite em que havia levado Ig, Raminho e Prata para o parque Aldstane estavam sobre seus joelhos, e ela segurava alguma coisa pequena e escura. Seu rosto estava pálido e sério, e o olhar parecia distante, mas a voz estava carregada de indignação.

– Onde arranjou isto?

Ela abriu a mão. O objeto que segurava era marrom e ovalado, com uma das extremidades mais fina que a outra. De um lado havia pequenas rugas e estrias, mas a base parecia lisa. Assemelhava-se a uma pinha, mas não era de madeira. O menino precisou de alguns minutos para se lembrar de onde havia achado aquilo.

– E então? Estou esperando uma resposta, Ben.

Como ele poderia dizer à mãe que invadira o Empório de Animais do Senhor Doids e encontrara aquela coisa estranha no chão do depósito? Sabia que ela ficaria muito zangada, apesar de abominar qualquer gesto de crueldade contra os animais e do choque que sentiria se viesse a saber dos negócios escusos do senhor Doids.

– Eu... eu não sei o que é isso – disse ele, na esperança de fazê-la esquecer do assunto.

– Ah, mas eu sei, e isto não deveria estar de jeito nenhum neste mundo. – Ela fechou os olhos como se vencida pela exaustão. – Tarde demais – murmurou. – Eu deveria ter voltado, mas esperei demais...

Ben sentiu um aperto no coração.

– O que foi, mamãe? Você está doente?

A senhora Arnold dirigiu ao filho um olhar angustiado, tentou empurrar a cadeira em direção à porta dos fundos, mas desmaiou.

Ben ajoelhou-se ao lado da mãe.

– Mãe! O que houve, mãe?

Ela olhou para o filho com as pálpebras trêmulas, mas parecia não enxergá-lo. A boca se mexeu como se quisesse dizer algo, mas nenhum som saiu.

Ben sentiu-se desamparado. Ergueu o pulso da senhora Arnold e o objeto caiu de sua mão. Ele o enfiou de volta no bolso. Em seguida, ainda segurando o pulso da mãe, contou seus batimentos cardíacos, exatamente como lhe haviam ensinado na aula de primeiros socorros que teve na escola.

Cento e cinquenta. Não era possível. Na segunda tentativa, duzentos. Ben correu para o vestíbulo. Seria melhor chamar uma ambulância ou o pai? Acabou chamando os dois.

Ninguém soube dizer o que havia de errado com sua mãe. No hospital a mantiveram em isolamento, ligada a todo tipo de tubos, mas ela não apresentou nenhuma melhora. Uma amiga da família prontificou-se a cuidar de Alice e levou o bebê consigo. O Terrível Tio Aleister e Tia Sybil se ofereceram para tomar conta de Ben e de Ellie para que o senhor Arnold pudesse passar mais tempo cuidando da esposa.

– Papai... – Ben ia começar a implorar ao pai que não o deixasse ir, mas o rosto do senhor Arnold era a imagem da infelicidade. Ao vê-lo naquele estado, Ben decidiu obedecer.

– Será apenas por uma semana, mais ou menos, até ela superar esta fase crítica – o pai argumentou, tentando acreditar em suas próprias palavras.

Foram terríveis os dias na casa do Terrível Tio Aleister. Ben sabia que seria assim. Era uma espécie de vaga apreensão, sem nenhum detalhe em especial que a justificasse. A imaginação nunca fora seu forte, portanto, estava totalmente despreparado para tudo o que aconteceu então. Para começar, Tia Sybil o fez tirar os sapatos na porta de entrada ("não podemos estragar os tapetes"); depois, o obrigou a tomar banho e lavar a cabeça com uma mistura de cheiro repugnante, que, segundo ela informou em meio a uma risada nervosa, o livraria de "pequeninos visitantes asquerosos e indesejáveis".

Ben sequer desconfiava do significado daquelas palavras. Mas a ideia de ter visitantes no cabelo que se divertiam horrores e eram invisíveis ao resto do mundo era bem atraente. Mesmo assim, obedeceu, embora o xampu tivesse irritado seus olhos e o couro cabeludo. Ben só entendeu o que Tia Sybil quis dizer quando teve de enfrentar a zombaria de Cíntia, que mencionou alguma coisa sobre piolhos, e então sua cabeça coçou a noite toda.

A título de jantar, ele recebeu um prato de batatas cozidas e repolho ensopado com rins. O gosto era tão ruim que não conseguiu comer nada, apesar de estar morto de fome. Por causa disso, a tia o mandou cedo para a cama, em um aposento que ela chamou de "quarto das caixas", onde ele, depois de raspar o abominável prato, passaria a noite. Decerto tinha esse nome, imaginou ele, porque estava entulhado de caixas. Eram tantas que mal sobrava espaço para a cama. As caixas eram de papelão marrom e estavam amontoadas em pilhas altas e desordenadas. Nenhuma delas tinha etiqueta, mas todas estavam lacradas com uma fita adesiva marrom. A primeira que ele tentou erguer era tão pesada que nem saiu do lugar; mas, estranhamente, a segunda era leve, como se alguém tivesse encaixotado apenas ar. Quando a sacudiu, não ouviu nenhum som.

    Ben se sentou na beirada de uma precária cama de armar e fitou o prato de comida. Em seguida e devagar, comeu todas as batatas. Mas o repolho era acinzentado, viscoso e cheirava a água estagnada; quanto aos rins... Desistiu de comer. Achou um saco plástico onde jogou o resto da comida. Guardou o saco na mochila. No dia seguinte, poderia enfiá-lo clandestinamente em alguma lata de lixo antes de Tia Sybil descobri-lo. Pensou então em abrir uma das caixas com o canivete que os tios haviam esquecido de confiscar, mas receou que continuassem a alimentá-lo com rins e repolho se descobrissem. Ou com coisa pior. Assim, durante um longo tempo, pensou na mãe. As lágrimas insistiam em brotar. Para se distrair, tirou do bolso o objeto estranho que encontrara na loja de animais e o revirou de um lado para outro nas mãos, sentindo com os dedos o curioso serrilhado e a curva macia de sua face interna. Ele o segurava à altura dos olhos, com o braço esticado, enquanto se perguntava por que a mãe ficara tão perturbada ao vê-lo, quando a porta entreabriu-se e por ela assomou um bichinho orelhudo e desprovido de pelos, de cara angulosa e olhos ambarinos e enviesados. Dobras de pele se acumulavam ao redor das patas e nas juntas. O animal deu um empurrão com a cabeça, a porta abriu-se mais um pouco e ele entrou no cômodo, cravando os olhos no menino. Ben ficou tão surpreso com aquela aparição que deixou cair o que segurava. O objeto deslizou pelo assoalho e foi parar diante da criatura pelada, que primeiro recuou assustada mas, em seguida, aproximou-se para farejá-lo. O espanto fez o bicho espichar o pescoço. Finalmente, aplicou-lhe um golpe com a pata e soltou um sibilo que fez sua cara se contorcer em uma única prega gigante.

Foi nesse momento que Ben percebeu que o estranho animal era um gato: melhor dizendo, o novo gato de Cíntia. Mas os gatos costumam ser dotados de uma pelagem sedosa que lhes recobre todo o corpo, da cabeça às patas. A que novo tipo de atrocidade Cíntia teria submetido o pobre animal?

Ben esticou o braço.

– Aqui, bichano... psss, psss... – disse baixinho.

O gato (ou o que quer que fosse) olhou-o com raiva.

– Não me faça psss psss – ele respondeu. Sua voz era aguda e rouca.

Ben abriu um sorriso largo.

– Você sabe falar! Pensei que tudo tivesse sido fruto da minha imaginação. Qual é o seu nome?

O gato sorriu também.

– Você não vai conseguir me pegar.

Em seguida, atravessou o quarto, olhou-o de esguelha e, de um salto, foi parar no parapeito da janela, atrás de Ben, que sentiu os olhos do bicho pregados em sua nuca como uma sombra gélida. O menino estremeceu e voltou-se.

– Você é gato? O que houve com seu pelo?

– Perguntas demais.

– A Cíntia fez alguma coisa com você? Ela nem sempre cuida dos animais de estimação...

O gato sibilou para ele, carregando no esse.

– Animaisss de estimação? Não sou animal de estimação. Sou um Esfinge.

Ben ergueu as sobrancelhas. Era um nome pomposo, sem dúvida, mas as únicas esfinges que ele conhecia eram as que guardavam a Grande Pirâmide de Quéops, e aquele bichinho mirrado e enrugado se parecia mais com Yoda do que com um grandioso monumento egípcio.

Como se pudesse ler seus pensamentos, o gato revirou os olhos e continuou a carregar nos esses.

– Nósss, da raça Esfinge, somosss peladosss, não temosss pelo malcheiroso como osss gatosss comunsss. – E acrescentou, com ar matreiro: – Ao contrário do Andarilho.

– Você conhece o Andarilho?

O Esfinge começou a lamber uma das patas, como fazem todos os gatos.

– Claro. Conheço o Andarilho. – Ele examinou os dedos esparramados e, em seguida, ergueu os olhos para Ben, com um ar ingênuo.

– Você, por acaso, não sabe onde ele anda, sabe?

– Não. A última vez que o vi... – Ben se interrompeu. – Por que quer saber?

– Somosss... amigosss.

Alguma coisa no jeito do Esfinge ao responder levou Ben a duvidar do que ele dizia.

– Hã... ele foi perambular por aí – Ben arrematou, sem parecer muito convincente.

O gato o olhou desconfiado.

– ... em Eidolon. – Ben acrescentou, para testar a reação do animal.

Esfinge colou as orelhas no crânio.

– Sssssssssss! O que você sabe sobre o Mundo das Sombrasss?

– Ah, uma coisinha ou outra – Ben respondeu com afetação. – Como chegar lá, esse tipo de coisa.

Agora o gato parecia receoso. Pulou do parapeito e moveu-se furtivamente junto à parede, como se quisesse manter distância entre ele e o menino.

– Ela enviou você como essspião – balbuciou. – Eu devia ter desconfiado.

Em seguida, olhou para Ben com o cenho franzido.

– Não ssse meta onde não é chamado, Ben Arnold. Pode ser muito perigoso. – Dizendo isso, desapareceu.

Depois de permanecer sentado na cama durante algum tempo, com uma incômoda sensação de desconforto e desejando que Ig estivesse lá para conversarem, Ben se levantou e caminhou pé ante pé até a porta. Espreitou o corredor. Nenhum sinal do Esfinge ou de qualquer outra criatura. Fechou a porta com cuidado, pegou o objeto que achara no depósito do senhor Doids e voltou a examiná-lo.

Parecia tão comum. No entanto, o gato se assustara com ele.

Lembrou-se da reação da mãe ao encontrá-lo em seu bolso. O que poderia ser aquilo?

Examinou-o por todos os ângulos, mas sem encontrar nenhuma pista do que pudesse ser aquilo. Esfregou-o entre os dedos e percebeu que era áspero de um lado e liso do outro. Um olhar mais atento revelou que, antes de adquirir aquela tonalidade marrom opaca, o objeto talvez tivesse tido uma cor avermelhada. Aproximou-o do nariz. Cheirava um pouco a mofo, como algo que já fora vivo.

Pensativo, voltou para a cama e se deitou, procurando uma posição confortável. Os pensamentos se moviam em círculos como morcegos em uma caverna.

Ben dormiu mal. Atribuiu a noite maldormida ao colchão cheio de protuberâncias. Ou ao fato de estar na casa do Terrível Tio Aleister. Ou à fome. Quem sabe às risadinhas de Cíntia e Ellie no quarto ao lado. Ou ainda às palavras do Esfinge.

De qualquer modo, viu-se de olhos bem abertos em plena madrugada. Ouviu do lado de fora o ruído surdo de um motor em funcionamento. Levantou-se e espiou pela janela. Um caminhão estacionara de ré na entrada para carros. A traseira estava aberta, como se alguém estivesse carregando ou descarregando alguma coisa. Ben apertou os olhos para ver melhor no escuro. Durante muito tempo não conseguiu ver nada, pois não havia lua; mas o som dos passos sobre o cascalho e o burburinho de vozes indicavam que havia uma grande movimentação por ali. Alguns minutos depois, sua paciência foi recompensada. Algo se moveu perto da casa e as luzes de segurança se acenderam. Duas figuras de nariz adunco, corcundas e com garras...

As luzes se apagaram.

Ben ficou ofegante e piscou repetidas vezes. Esfregou os olhos. Será que viu mesmo o que pensava ter visto? Mas as luzes não voltaram a se acender e, pouco tempo depois, ele ouviu a traseira do caminhão fechar-se com força. Alguém subiu na boleia, assumiu a direção, e o veículo ganhou a rua. Ben viu a luz vermelha das lanternas sumir na distância.

Talvez ainda estivesse sonhando. Se fosse um sonho, tudo estaria explicado.

Mas, quando se afastou da janela, tropeçou no pé da cama. A dor o fez perceber que não se tratava de um sonho.

E que as figuras que vira carregando caixas no caminhão eram, na verdade, um par de duendes.

CAPÍTULO
10

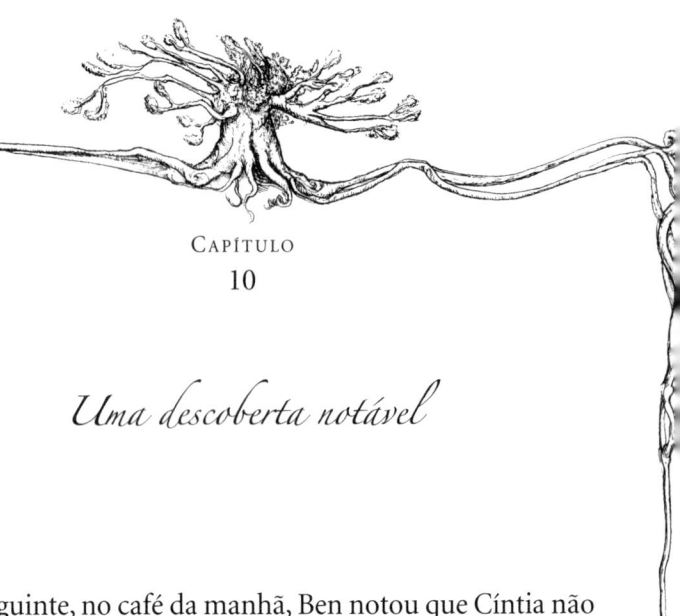

Uma descoberta notável

No dia seguinte, no café da manhã, Ben notou que Cíntia não tirava os olhos dele, o que fugia à rotina, já que ela mal lhe dirigia o olhar, a não ser quando queria provocá-lo. Até Ellie parecia desanimada. Sendo assim, apenas os tios conversavam à mesa, fazendo planos para uma saída qualquer. Ben não estava prestando atenção à conversa, em parte porque o assunto não lhe interessava (um freguês que reclamara de mercadorias defeituosas entregues pela empresa) e em parte porque o gato de Cíntia, o Esfinge que não tinha nome, estava sentado no alto da estante, como se fosse um suporte de livros particularmente desagradável, olhando para ele sem piscar seus olhos amarelos.

– E então, o que acham? Vamos aproveitar o dia? – Tia Sybil perguntou animada.

Tio Aleister não parecia muito feliz com a ideia de ter a companhia de toda a família em suas expedições.

– Vocês vão se sentir muito entediados – ele argumentava.

– Mas – Tia Sybil insistia – acho que a casa é um dos melhores exemplos da arquitetura Tudor do país. Seria bom para as crianças adquirir um pouco de cultura.

O marido revirou os olhos. Sabia quando tinha sido vencido.

– Lá tem alguma loja? – Era esse o único interesse de Ellie e Cíntia.

Tia Sybil sorriu e evitou responder.

– A casa está situada num terreno maravilhoso. Tem até um jardim em estilo Tudor.

Cíntia contraiu os lábios:

– Por acaso eu tenho cara de quem gosta de jardins? – resmungou a menina.

– E quadros famosos de Whistler. Meninas de branco...

Desta vez, a própria Ellie mostrou-se indelicada e interrompeu a tia com um riso de desdém.

– Quem disse que vamos de branco?

Tia Sybil ficou aturdida.

– Não, não, querida... Meninas de branco é o nome de um quadro...

Obviamente a explicação não surtiu o menor efeito.

Ben, que por alguns instantes mostrou algum interesse no diálogo entre a tia e a irmã, voltou a divagar sobre os duendes que vira na noite anterior. O que estariam fazendo lá, na casa do Tio Aleister? Que coisa mais estranha. Ele preferia ficar ali, à procura de novas pistas, a visitar uma casa de campo caindo aos pedaços e cheia de quadros antigos e mobília mofada. E queria também outra chance de conversar com o Esfinge.

– Resolvido, então. Chega de conversa fiada. – Tio Aleister anunciou. – Vamos todos e ponto-final. Andem logo! Não podemos deixar Lady Hawley-Fawley esperando.

Ben ficou de orelha em pé.

– Lady Hawley-Fawley de Crawley? – ele arriscou.

O Terrível Tio Aleister o olhou com desprezo.

– Que diabos um menino como você sabe da aristocracia?

Ben se atrapalhou.

– Hã... eu... – Tentou desesperadamente encontrar uma resposta plausível, mas acabou dizendo a primeira coisa que lhe veio à mente.

– Ouvi dizer que ela tem uma coleção de sapatos de fama mundial.

Quem mandou ele dizer justamente *aquilo*?

– Sapatos? – o rosto de Ellie se iluminou.

– Fantástico! – disse Cíntia.

E foi assim que, meia hora depois, todos se amontoaram no Range Rover de Tia Sybil e partiram em direção a Crawley.

Durante todo o trajeto, Ben tentou se lembrar onde foi exatamente que ouvira falar no nome de Lady Hawley-Fawley, já que nunca fora apresentado a pessoas da nobreza. Talvez o pai tivesse mencionado esse nome quando estava escrevendo alguma matéria para o jornal. Não, tampouco parecia ser isso. Foi só quando o Tio Aleister comentou com a esposa sobre um incinerador de jardim defeituoso que lhe veio o estalo.

Lembrou-se da carta com a insígnia em relevo pousada sobre o tampo da escrivaninha no escritório do Empório de Animais. Mas a carta estava endereçada ao senhor Doids.

Sendo assim...

Ben não desgrudava os olhos da nuca do Terrível Tio Aleister, pensando nas implicações daquilo.

Com a desculpa de querer explorar os jardins, ele não se juntou ao grupo na visita à mansão. Para sua surpresa, ninguém o contestou. O tio tinha seus compromissos, e Tia Sybil, a prima Cíntia e Ellie estavam agitadas demais com a história da famosa coleção de sapatos para se importarem com o que ele fazia ou deixava de fazer. Mais uma razão para ele tomar um chá de sumiço durante algum tempo.

A primeira coisa que ele avistou foi uma placa indicando o caminho para o jardim, e resolveu ir até lá dar uma olhada. Mas ficou meio desapontado. Tudo não passava de um punhado de sebes verdes formando desenhos geométricos e cascalhos coloridos. Os chafarizes estavam desligados, e em suas bordas descansavam alguns pombos gordos, com ar de enfado. Seguiu o caminho junto aos lagos ornamentais – onde robustos peixinhos-dourados de escamas alaranjadas serpenteavam preguiçosamente por entre as ervas daninhas como submarinos em miniatura – e saiu finalmente em um pomar. As folhas secas do ano passado, espalhadas na grama entre as árvores frutíferas, tornavam aquele cenário um pouco mais desarrumado que o restante do terreno. Mas Ben preferia essa beleza mais natural. Chutou algumas folhas e observou-as espiralarem-se impulsionadas pela brisa. Pegou uma maçã caída e, depois de aplicar-lhe uma rápida esfregadela contra o *jeans*, deu uma mordida. Mas a fruta estava ácida e verde e, quando examinou a marca da dentada, viu uma coisa branca e serpenteante junto ao miolo.

– Que nojo! Vermes!

Atirou a maçã longe com toda a força e seguiu adiante.

Além do pomar, em uma área onde a grama havia sido pisoteada, espalhavam-se objetos marrons que se esmigalhavam sob os pés, como se fossem cascas ressecadas de nozes. Logo adiante, o gramado pisoteado terminava em outro trecho ainda mais sujo e malcuidado, onde, em total desordem, máquinas enferrujadas, fardos de feno, rolos de arame para redes e estacas de madeira ocupavam um espaço entre galpões castigados pelo tempo e telheiros recobertos de limo. Havia também vasos de plantas quebrados, sacos de adubo apodrecido e apetrechos de jardinagem. Engradados velhos, uma bicicleta sem a roda dianteira e... um dragão.

Ben parou subitamente, com os olhos quase saltando das órbitas.

Ele nunca havia visto um dragão em sua vida, a não ser em livros. Lá, no papel, tinham cores maravilhosas e cuspiam labaredas de fogo que, num piscar de olhos, transformavam donzelas em frango frito. Ou lutavam com cavaleiros audazes dispostos a assassiná-los. Ou habitavam cavernas nas montanhas, onde vigiavam tesouros valiosos, guardando-os de ladrões. Eram criaturas lendárias, poderosas, cruéis e magníficas, subindo e descendo nos céus crepusculares da mitologia.

Este dragão não tinha cara de quem alguma vez pairou nos ares ou enfrentou um cavaleiro ou mesmo cozinhou uma donzela. Era pequeno (para um dragão) e tinha uma pesada coleira em volta do pescoço, presa por alguns metros de corda esfiapada a um mourão de cerca. O dragão estava sentado de cócoras, com o rabo de escamas e um par de asas finas e duras enroscados em volta das patas, como um gato doméstico. Seu couro era mosqueado. A cabeça pendia em desalento. Ele sequer levantou os olhos à aproximação do menino.

– Olá – disse Ben.

O dragão ergueu a cabeça devagar, como se o peso dela fosse demais para ele.

Os olhos eram cor de violeta e pareciam ter vários anéis de íris. Ben sentiu que, se tivesse de encará-los durante algum tempo, ficaria bastante confuso.

Quando viu que o visitante não passava de um garoto, o dragão pendeu novamente a cabeça e passou a contemplar os próprios dedos longos e cheios de escamas. Ben aproximou-se com cuidado. Sabia que deveria ter medo, pois os dragões dos livros eram monstros terríveis. Mas aquele dragão lhe despertava apenas curiosidade, além de certa pena. O monstro parecia ao mesmo tempo inofensivo e derrotado, triste até. Ben teve ímpetos de abraçá-lo. Queria desamarrá-lo da cerca e libertá-lo.

Enfiou a mão no bolso e apertou a coisa ali guardada; de repente soube exatamente do que se tratava.

– Com licença – reiniciou a conversa, julgando ser uma boa ideia mostrar-se o mais educado possível. – Por acaso isto lhe pertence?

Tirou a escama do bolso, segurou-a na palma da mão bem abaixo do focinho da criatura e viu suas narinas se inflamarem. Em seguida, duas pequenas protuberâncias no topo da cabeça do dragão, que ele imaginou serem orelhas, começaram a se mexer para lá e para cá. Ben deu um passo para trás, receando que o monstro estivesse se preparando para transformá-lo em churrasco.

– Mais uma – disse o dragão desanimado.
– O quê?
– Você achou outra – o dragão repetiu.

O monstro balançou a cabeça de um modo um tanto vago. De súbito, Ben percebeu que as coisas que pensara serem cascas de nozes secas eram escamas que tinham se soltado da pele do dragão e caído na grama, e que o efeito mosqueado do couro era o resultado das escamas desfalcadas que deixavam expostas áreas castanho-acinzentadas de sua pele. E mesmo aquelas escamas que ainda permaneciam estavam opacas e sem vida.

– Você está doente? – o menino perguntou de chofre. – Sua aparência não está nada boa.

– Estou muito cansado – o dragão respondeu devagar, fixando seus olhos estranhos em Ben. – E muito faminto.

Ben deixou escapar um riso nervoso.

– Quer dizer então que ninguém alimenta você?

Com esforço, o dragão ergueu uma das patas dianteiras e apontou um monte de folhas de repolho e cascas de batata apodrecidas junto a um dos galpões. – Se é que dá para chamar aquilo de comida.

– Do que você gosta? Talvez eu possa ir pegar para você.

Os olhos da fera faiscaram por alguns instantes.

– Sempre tive uma predileção especial por mamíferos de sangue quente – disse o dragão, olhando o menino de cima a baixo sem pressa. Em seguida, dirigiu-lhe um sorriso de crocodilo. – Sorte sua eu não ter força suficiente para assar um coelho neste exato momento. Ou um pateta qualquer.

– Um o quê?

Mas o monstro parecia pensativo e melancólico. O olhar vago perdia-se na distância.

Ben teve uma ideia. Vasculhou a mochila, onde guardara as sobras do jantar da noite anterior. Estavam no saco plástico que pretendia jogar na lata de lixo e cujo conteúdo agora derramou no chão diante do dragão.

– Quem sabe você gosta disso? – sugeriu, embora mal pudesse imaginar que alguém conseguisse gostar daquela comida, ainda que fosse uma criatura esfomeada de outro mundo.

O dragão farejou aquele monte de matéria gosmenta. Depois enfiou a ponta do focinho no meio dela e separou o repolho da carne. Foi quando, de súbito, surgiu uma língua comprida e cinzenta (como a de uma cobra, mas muito, muito maior). Dois segundos depois, todos os pedaços de rim haviam desaparecido.

O dragão o olhou esperançoso.

– Mmmmmm – disse. – Que delícia! Tem mais?

A comida no País Secreto era obviamente bem menos apetitosa do que a comida neste mundo. Foi esta a conclusão a que Ben chegou, lembrando-se, inclusive, da voracidade de Ig diante do empadão.

– Não – disse ele –, sinto muito. Só tinha isso...

Estava cogitando sobre a conveniência de manter o dragão escondido no jardim do Terrível Tio Aleister, no caso de precisar livrar-se de algum jantar intragável, quando ouviu vozes. Duas pessoas atravessavam o pomar e, pelo som tonitruante da voz, uma delas era o Tio Aleister.

Ben franziu o cenho. Em seguida, pegou a mochila e o saco plástico e saiu em disparada, indo se esconder atrás de um dos galpões. Enquanto corria, chegou a ouvir o dragão resmungar:

– Nossa, que falta de educação. Nem disse até logo. Aliás, nem sequer se apresentou...

– Posso lhe garantir que é totalmente inútil... – disse a voz que não era do Tio Aleister. – Não funcionou direito desde o primeiro dia. Não serve para nada, só para passar o dia à toa com uma cara de infeliz. Como o senhor mesmo pode constatar, não queimou uma única folha sequer nesse tempo todo. O pomar está num estado lastimável! Não posso nem mostrá-lo às visitas, é tão feio; e tenho certeza de que está doente, como o senhor mesmo vai perceber. As escamas estão caindo.

A dona da voz era uma mulher alta e magra. A cabeça estava envolta por um lenço de cores vibrantes. O nariz era afilado, e os braços, compridos. Vestia uma saia justa e longa cuja bainha quase tocava o chão. Tio Aleister caminhava a seu lado. Ben, que espiava por entre os rolos de barbante da enfardadeira e os rolos de arame para redes, achou que o rosto do tio estava vermelho, como se ele quisesse dizer muito mais coisas para a mulher do que uma boa relação com fregueses permitiria.

– Deixe-me dar uma olhada no animal, Lady Hawley-Fawley – ele argumentou, finalmente, batendo a cinza do charuto. – Tenho certeza de que é um problema de alimentação. Esses animais exóticos levam de fato algum tempo para se adaptar a um novo ambiente, a senhora entende?

Postou-se diante do dragão e passou a observá-lo com apreensão. Em seguida, estendeu a mão na direção dele.

A fera o olhou com um interesse consideravelmente maior do que mostrara antes. Em seguida, arreganhou os dentes (todos os dentes, que, aliás, eram muitos) e rosnou de modo ameaçador. Tio Aleister deu um passo rápido para trás.

– Quero meu dinheiro de volta! – a mulher exigiu irritada. – Cada uma das 1500 libras e sem discussões, meu caro.

– Se a senhora se deu ao trabalho de ler todas as cláusulas... – Tio Aleister tentou argumentar.

– Não me venha com essa história de cláusulas – disse Lady Hawley-Fawley. – Conheço meus direitos. Dinheiro de volta ou substituição da mercadoria por uma nova em folha, e imediatamente.

– Nós... hã... quer dizer... não temos mais nenhum no estoque neste momento.

Lady Hawley-Fawley pousou as mãos nos quadris.

– Se é esta a sua atitude, terei de procurar as autoridades. E chamar o Procon. E o *ombudsman*. E o deputado em que votei.

E como Tio Aleister não tivesse nada a dizer em sua defesa, ela acrescentou, encarando-o com determinação.

– E a polícia!

– Está bem, está bem. Vou lhe providenciar outro novo.

– E retirar o antigo. Não quero este negócio atravancando mais o meu jardim; e muito menos que esta porcaria morra aqui. Não quero nem imaginar o que a Sociedade Protetora dos Animais pensaria a respeito.

Tio Aleister aquiesceu com um movimento cansado da cabeça.

– E me faça também o favor de sair daqui junto com aquela sua família de malucos. Famosa coleção de sapatos. Cada uma! Quem vocês pensam que eu sou?

E retirou-se bruscamente – embora qualquer retirada brusca parecesse impossível dentro daquela saia justa e do enorme par de galochas verdes –, deixando o Terrível Tio Aleister (aparentemente) sozinho com o dragão.

O dragão nem se dignou a olhá-lo. Preferiu farejar o chão onde antes estivera o jantar de Ben, como se procurasse ainda alguma sobra, e lambeu a grama. Tio Aleister deu um passo em sua direção, depois outro e mais outro. Colocou a mão no pescoço do monstro. Uma pequena baforada saiu-lhe de uma das narinas.

Assustado, Tio Aleister deixou cair o charuto.

– Vamos, vamos, não precisa fazer assim – disse ele apressado. – Fique aqui, seja bonzinho... enquanto vou buscar o carro.

E lá se foi pelo pomar, rápido como um raio.

Ben esperou até o tio desaparecer para sair de seu esconderijo.

– Você vai para casa conosco – Ben anunciou com alegria.

– Para casa? – estranhou o dragão. – Não existe casa para mim neste mundo. – Ele olhou para Ben. – Sinto falta da minha casa. Tenho medo de nunca mais voltar a vê-la. Vão me levar para outro lugar horrível e não haverá escapatória: ou me matarão porque não conseguem lucrar nada comigo ou morrerei à míngua. Ou de tristeza por nunca mais poder ver minha esposa e meus filhinhos.

Uma única lágrima grossa formou-se no canto de um de seus olhos cor de violeta e rolou-lhe pela face. Ben jamais imaginara que um dragão pudesse chorar. Já tinha ouvido falar em lágrimas de crocodilo, que ele sabia serem aquelas que não expressam um sentimento genuíno – lágrimas cujo intuito era iludir os incautos a fim de caírem dentro daquelas mandíbulas enormes. O dragão se assemelhava muito mais com um crocodilo do que com qualquer outro animal de que ele se lembrasse, mas pareceu tão sincero e tão pesaroso que o menino sentiu os próprios olhos se encherem de lágrimas.

Ben tomou uma decisão rápida.

– Está bem, então. Temos de fazer você voltar para casa. Temos de levar você de volta para Eidolon.

Os olhos do dragão reluziram.

– Você conhece a minha terra?

– Nunca estive em Eidolon – Ben admitiu. – Mas sei como se entra lá.

Agora ele tinha um plano. E o melhor da história era que o Terrível Tio Aleister iria ajudar a concretizá-lo sem nem sequer desconfiar disso.

Foram necessários vinte longos minutos para Tio Aleister convencer o dragão a entrar na mala do Range Rover. O cheiro do escapamento e do combustível enchia o pobre monstro de pavor. O tio desamarrou a corda do mourão e o arrastou pela coleira. Não funcionou. Apoiou o ombro na anca do animal e o empurrou. Também não adiantou. Por fim, mais para se livrar de seu torturador do que por qualquer outra razão, a fera arremessou-se para dentro da mala e lá ficou, agachada e acuada. Os olhos cor de violeta observavam tudo com uma expressão funesta, enquanto Tio Aleister recuperava o fôlego e maldizia o estado em que ficara seu terno. Mas o dragão acabou se deitando e deixou que o homem o cobrisse com um cobertor xadrez. Assim coberto, parecia tão inofensivo quanto uma pilha qualquer de mercadoria barata.

Ben observou o veículo serpentear pelo caminho. O peso fizera a traseira arriar de um modo um tanto preocupante. Assim que o carro se afastou, ele saiu em disparada. Atravessou o pomar como uma flecha, passou voando pelos lagos, cruzou correndo o jardim de estilo Tudor e foi parar em frente da casa bem a tempo de ver o Range Rover aparecer, vindo da estrada que contornava os fundos da propriedade de Lady Hawley-Fawley. Tia Sybil, Cíntia e Ellie já estavam esperando. Não pareciam muito contentes.

– Que vergonha! – Tia Sybil o repreendeu assim que pôs os olhos nele. – Nunca fui tão humilhada em toda a minha vida.

– Não tinha coleção de sapato nenhuma, queridinho – Cíntia ironizou, afundando os dedos dolorosamente no braço do menino.

– Ai! – ele protestou.

– Deixa ele em paz – Ellie interveio. – Ele é *meu* irmão, não seu. – No íntimo, ela sentira certa satisfação ao presenciar a cena entre Lady Hawley-Fawley e sua terrível tia.

A prima Cíntia ficou tão surpresa que se sentou no banco traseiro do carro sem dizer mais nada.

Era esquisito estar de conluio com o Tio Aleister, mesmo que o tio ignorasse que dividiam um segredo. Quando o dragão se mexeu de repente durante uma curva acentuada, o Range Rover deu uma guinada e Tia Sybil reclamou da imperícia do marido na direção. A discussão que se seguiu fez Ben esboçar um sorriso. Quando o dragão bufou, Ben fingiu que tinha sido ele. Todos o olharam desconfiados, até mesmo Tio Aleister, que o observava pelo espelho retrovisor. Na estrada, em vez de pegar a via expressa, seguiram pela faixa da direita, sendo ultrapassados até pelos calhambeques mais vagarosos e mais surrados. Finalmente, depois de serem deixados para trás por um triciclo caindo aos pedaços, Tia Sybil não se conteve.

– Não sei que diabos está acontecendo com você! – gritou. – Está dirigindo como uma velha. Encoste o carro e deixa que eu dirijo.

Não adiantava discutir com a Tia Sybil quando ela estava decidida. No posto de gasolina seguinte, trocaram de lugar. Assim que assumiu a direção, ela pegou a via expressa.

A tia afundou o pé no acelerador, mas o Range Rover avançava com dificuldade por causa do peso inusitado.

– Não tem jeito! – Tia Sybil desabafou. – Tem alguma coisa errada com este carro. Acho que o turbo foi para o espaço. Está uma *lesma*.

Ben tinha somente uma vaga ideia do que ela queria dizer com "o turbo foi para o espaço", mas adorou ouvi-la dizer que o carro estava uma lesma. Sentiu-se tentado a olhar pela janela traseira para ver se estavam deixando uma trilha prateada e reluzente na estrada, uma trilha que marcava sua entrada em um mundo de magia.

Capítulo
11

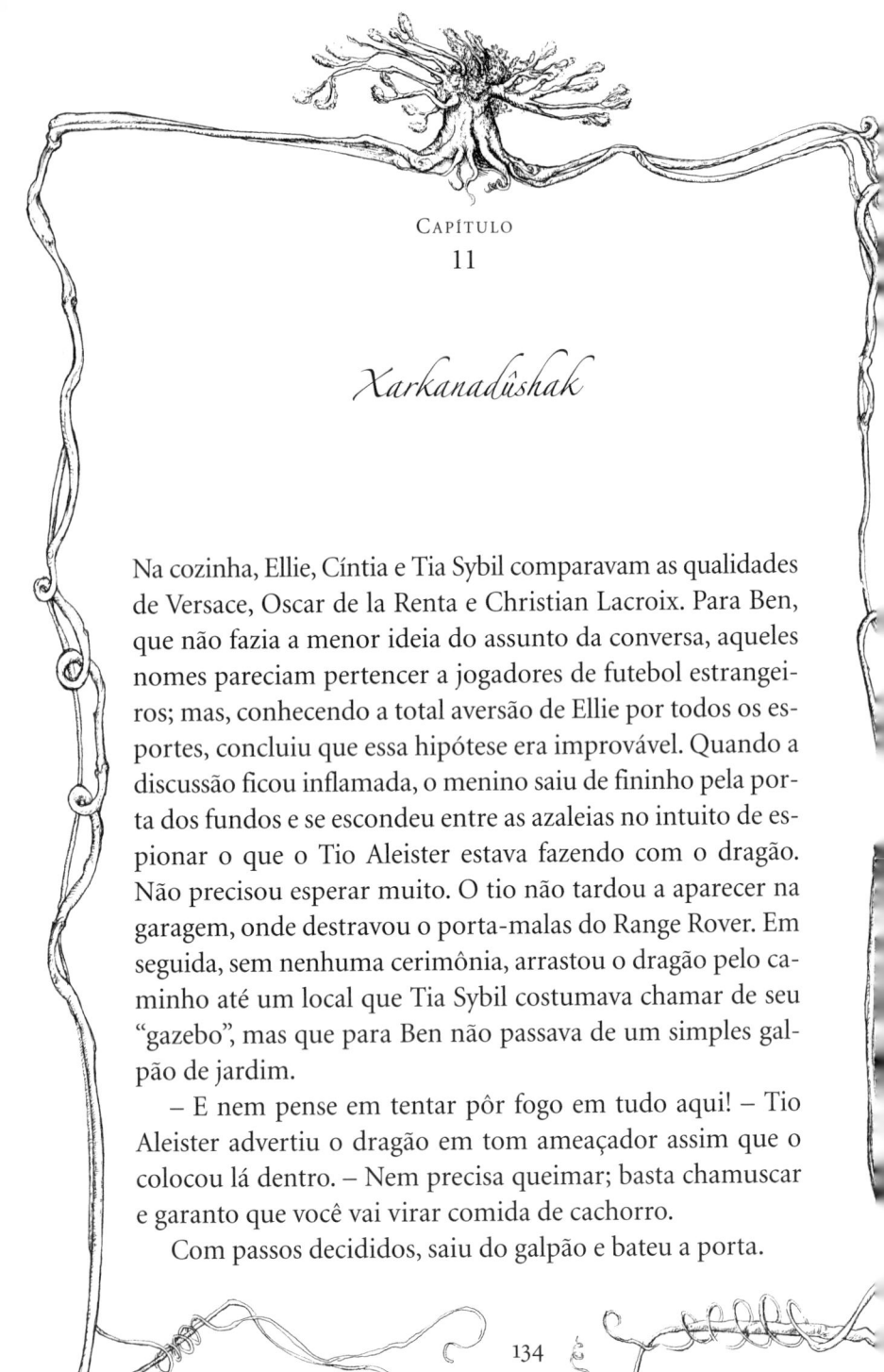

Xarkanadûshak

Na cozinha, Ellie, Cíntia e Tia Sybil comparavam as qualidades de Versace, Oscar de la Renta e Christian Lacroix. Para Ben, que não fazia a menor ideia do assunto da conversa, aqueles nomes pareciam pertencer a jogadores de futebol estrangeiros; mas, conhecendo a total aversão de Ellie por todos os esportes, concluiu que essa hipótese era improvável. Quando a discussão ficou inflamada, o menino saiu de fininho pela porta dos fundos e se escondeu entre as azaleias no intuito de espionar o que o Tio Aleister estava fazendo com o dragão. Não precisou esperar muito. O tio não tardou a aparecer na garagem, onde destravou o porta-malas do Range Rover. Em seguida, sem nenhuma cerimônia, arrastou o dragão pelo caminho até um local que Tia Sybil costumava chamar de seu "gazebo", mas que para Ben não passava de um simples galpão de jardim.

– E nem pense em tentar pôr fogo em tudo aqui! – Tio Aleister advertiu o dragão em tom ameaçador assim que o colocou lá dentro. – Nem precisa queimar; basta chamuscar e garanto que você vai virar comida de cachorro.

Com passos decididos, saiu do galpão e bateu a porta.

– Na realidade – acrescentou pelas frestas da parede –, talvez esta seja a melhor solução. Aposto que o Doids arranca uma boa grana daqueles donos de *dobermann* por uns bons filés de dragão.

– *Dobermanns...* – o dragão retrucou – Eu costumava comê-los no café da manhã.

Tio Aleister soltou uma risada cruel.

– Tenho lá minhas dúvidas se você daria conta de um *chihuahua* no seu atual estado.

Ato contínuo, ainda rindo para si próprio, cambaleou de volta pelo caminho escuro até chegar em casa.

Ben observou o tio até ele desaparecer. Então, pé ante pé, se dirigiu ao galpão, destrancou a porta e esquadrinhou o local. O dragão estava encolhido no chão, com a cabeça sobre as patas dianteiras. Tremia.

– Está com frio? – Ben perguntou delicadamente, enquanto se aproximava, quase de cócoras.

O dragão ergueu a cabeça. No escuro, os olhos do monstro brilhavam como joias.

– Carne para cachorro... – ele bufou. – Ele quer me dar de comer aos cachorros.

– Tenho certeza de que ele não falou a sério – foi a resposta automática de Ben. Porém, conhecendo o tio como conhecia, sabia que provavelmente era isso mesmo que ele faria, principalmente se pudesse lucrar com aquilo. Então, de repente, percebeu a importância do que acabara de testemunhar.

– Ele ouviu o que você disse! Vocês falaram um com o outro!

– Ah, sim – o dragão concordou com sarcasmo. – Somos grandes amigos, apesar de as aparências dizerem o contrário.

– Não, o que quero dizer é que pensei que fosse só eu.

– Ah, ele consegue ouvir você também, não é? – disse o dragão. – Maravilha. Parabéns.

– Não, não... – Ben sussurrou. – Não é isso... é que pensei que *só* eu conseguisse ouvir o que as criaturas de Eidolon falam. Mas se o Tio Aleister ouve você também...

– Todos eles estão metidos nisso, todos aqueles traidores – o dragão revelou com gravidade. – Ele, o Doido e seus comparsas. Sempre quiseram o poder que o seu mundo oferecia. Devíamos ter impedido seus planos quando tivemos a chance, mas nunca percebemos até que ponto eram ambiciosos.

Ben mostrou-se preocupado.

– Quem é o Doido?

O dragão o fitou com seriedade. Apesar da escuridão, o menino pôde sentir a intensidade daquele olhar.

– Você está tentando me irritar de propósito?

Ben sentiu o rosto enrubescer. Ainda bem que estava escuro.

– É o senhor Doids? – arriscou.

– Ah, é assim que vocês o chamam por aqui?

– Por que se refere a ele como o Doido?

O dragão fechou os olhos.

– Reze para nunca descobrir. Agora é melhor me deixar em paz. Se pegarem você falando comigo, vão transformá-lo em comida para cães também.

Ben estremeceu.

– Não vou permitir que façam isso – disse com firmeza. – Com nenhum de nós. – Levantou-se e dirigiu-se para a porta.

– Volto mais tarde – prometeu. – Para ajudá-lo a voltar para casa.

O dragão abriu um olho e olhou para Ben com incredulidade.

– Que chances um menino como você tem de enfrentá-los? É perigoso demais. O melhor que você faz é se safar e esquecer que eu existo.

– Meu nome é Ben – ele disse, respirando fundo. – Benjamin Christopher Arnold. E estou falando sério.

O dragão abriu o outro olho.

– Ora, foi muito corajoso da sua parte revelar seu nome verdadeiro para um dragão; se é que este é o seu nome verdadeiro – disse depois de alguns instantes. – Embora você provavelmente não conheça todas as histórias. De qualquer modo, muito obrigado. É um consolo para mim ter encontrado um amigo neste lugar, Ben. Mesmo que você seja o último amigo que eu venha a fazer.

Voltou a pousar a cabeça sobre as patas num gesto de derrota e fechou os olhos.

– Então, é só isso que tem para me dizer, não é? – Ben retrucou, tomado de uma raiva repentina. – Vai entregar os pontos, certo? Sem sequer se dar ao trabalho de me dizer o seu nome.

O dragão suspirou.

– Para quê? Você não vai conseguir pronunciá-lo mesmo...

– Não vou? Experimente – Ben o desafiou.

– Será que posso confiar em você? – O dragão cravou nele seus olhos extraordinários, que pareciam girar e faiscar a ponto de fazer o menino sentir-se à beira de um desmaio. Então, o dragão suspirou.

– Parece que posso e devo confiar, pois você é um dos dela. Mas jovem, muito jovem... Tudo bem, então. Meu nome é Xarkanadûshak.

– Oh.

Uma longa fileira de dentes brancos brilhou por alguns instantes na escuridão. Depois de um momento de pânico contido, Ben percebeu que o dragão sorria.

– Se quiser, pode me chamar de Zark.

– Zark – Ben repetiu. Ele esticou o braço e tocou a cabeça do dragão bem devagar. As escamas eram secas e frias como as de uma cobra, só que mais duras. Sem saber o que fazer em seguida, afagou-o como faria a um cachorro.

– Preciso ir agora, antes que deem pela minha falta, mas vou trazer comida para você mais tarde.

– Repolho, não – disse Zark.

– Tá. Repolho, não – Ben garantiu.

O jantar naquela noite foi salada. Desconsolado, Ben remexeu as folhas à procura de algo que pudesse reconhecer como comida. Tanto Ellie quanto Cíntia se declararam em dieta, embora fossem magras como varapaus. Tia Sybil as acompanhou, já que o Terrível Tio Aleister tinha saído para uma reunião de negócios. Ben suspeitou que ele fora ao encontro do senhor Doids: o Doido.

Foi dormir com fome. Na cama, sentiu o estômago reclamar. "Pudera", pensou. "Era por isso que o dragão estava tão cansado e mal-humorado. O pobre passara várias semanas seguindo a Dieta Hawley-Fawley: cascas de batata e repolho. Quem sabe não seria uma boa sugestão de cardápio para a prima Cíntia?"

Finalmente a casa ficou às escuras e mergulhou no silêncio. O Jaguar do Tio Aleister ainda não estava de volta à garagem, mas Ben resolveu não esperar mais. Atravessou furtivamente o patamar, com cuidado para não pisar em nenhuma tábua solta do assoalho, e deslizou pelo corrimão para evitar o rangido dos degraus. Estava paramentado para uma ação clandestina, pois vestira *jeans* e blusa pretos. O casaco de lã também era preto. Sentia-se o próprio James Bond.

Seu primeiro ataque foi à geladeira espaçosa e prateada, de portas duplas. Lembrava um guarda-roupa só para comidas. Para uma família de dieta, o eletrodoméstico guardava uma quantidade absurda de coisas. Ben pegou uma sacola de plástico e a encheu com: uma galinha assada inteira, dois bifes de contrafilé, um pedaço bem grosso de presunto cozido, um pouco de salmão defumado, uma fatia generosa de queijo Cheddar, dois pacotes de *bacon*, um grande saco molengo que suspeitou tratar-se de mais rins e um quarto dianteiro de carneiro. Tudo aquilo dava para quebrar um galho. Mas, por via das dúvidas, acrescentou um pote grande de sorvete e uma colher.

Atravessou sorrateiramente o jardim. Quando entrou no galpão, encontrou o monstro de pé, esperando por ele ansiosamente. O dragão nem esperou ele fechar a porta: foi logo enfiando a cabeça dentro da sacola. Logo, todo o seu conteúdo espalhou-se pelo galpão.

– Mmmmm – exclamou a fera com entusiasmo. – Vaca. Porco. Carneiro. Peixe. Ave. Excelente: todos os principais tipos de carne.

Em seguida, farejou o pote de sorvete.

– E isso aqui, o que é?

– Sorvete Ben & Jerry, sabor de banana com... – O dragão o interrompeu com um olhar de surpresa.

– Mas isso é comida de macaco – comentou.

Enquanto Zark comia a galinha assada, os bifes e o corte de carneiro, Ben tratou de devorar o pote de sorvete. Depois, ajudou o dragão a abrir os pacotes de *bacon* e as embalagens de salmão e de rins e ficou admirado com a rapidez com que ele engoliu tudo.

Ben pensou em comer o queijo, mas constatou que a simples ideia de comer mais alguma coisa depois de todo aquele sorvete o deixava enjoado. Enfiou, então, o queijo no bolso para comê-lo mais tarde.

Finalmente, Xarkanadûshak comera tudo que um dragão podia comer. Deu um arroto de satisfação e acomodou-se no chão com as garras dobradas sobre o ventre.

– Ei! Você não pode dormir agora.

– Só uma soneca... – justificou-se o dragão com um bocejo.

– Não temos tempo. O Tio Aleister pode voltar a qualquer momento. Você *quer* virar comida de cachorro?

A única resposta que recebeu foi um ronco, atrás de outro e mais outro. A cada ronco, todo o gazebo reverberava, como se alguém tivesse ligado o cortador de grama.

Ben pegou um ancinho e cutucou o dragão com força.

– Acorda!

Zark resmungou. Pequenas chamas passaram por entre os dentes e iluminaram o interior do galpão.

Ben sufocou um grito.

– O que foi? – disse o dragão irritado. – Qual é o problema agora?

– Suas escamas. Estão... brilhando.

– E daí? É assim mesmo. Elas brilham quando estou pronto para assar alguém.

Ben recuou.

– Ah, é? Então asse o Tio Aleister – sugeriu. – Ou o senhor Doids: eu, não. E se você não quer voltar para Eidolon, vou para a minha cama dormir.

A referência ao País Secreto embaciou os olhos do dragão. Devagar e com dificuldade, ele pôs-se de pé.

– Vamos embora, então – disse.

Agora que o dragão estava revigorado, Ben achou que a pequena distância entre King Henry Close e o parque Aldstane seria vencida com menos dificuldade do que havia previsto; mas estava errado. Para começar, Zark demoliu o portão dos fundos porque estava de barriga cheia e gordo demais para passar por ele. Em seguida, parou na garagem e farejou a porta.

– O monstro está lá dentro, não está? – perguntou.

– Que monstro?

– A fera que me trouxe até aqui.

– Ah, você está se referindo ao Range Rover da Tia Sybil?

O dragão lançou-lhe um olhar desconfiado.

– Esse mesmo, o tal monstro... Tenho umas contas para ajustar lá dentro.

E antes que Ben pudesse retrucar ou detê-lo, Xarkanadûshak empurrou o portão da garagem com a cabeça e derreteu todos os pneus do veículo. O cheiro e a fumaça eram insuportáveis.

– No fim das contas – o dragão comentou satisfeito –, esses bichos não passam de uns covardes. Na hora H, não oferecem resistência.

Ben sentiu um arrepio na nuca, como se estivesse sendo espionado, mas, quando se virou, não havia sinal de ninguém.

– É melhor corrermos – disse ele, enquanto observava nervoso a coluna de fumaça negra espiralando em direção ao céu.

– Corrermos? Dragões não correm, garoto: quem corre é galinha. Dragões voam!

– Ah, tudo bem, só que não consigo voar.

– Claro que consegue – Zark contestou com delicadeza. – Suba a bordo.

O dragão arriou uma de suas asas vermelhas e reluzentes.

– Está falando sério?

– Claro que estou.

Ben subiu nas costas de Xarkanadûshak com a sensação inquietante de que se esquecera de algo. Mas antes que pudesse pensar a respeito, o dragão agachou-se com força, como quem prepara um bote, e, num salto, alçou voo, movendo-se com grande ruído. Ben quase caiu. Agarrou-se com o que pôde: as mãos, os joelhos, os pés. Então entendeu o porquê da sensação inquietante. Ele se esquecera que: a) os dragões não têm nada que sirva de apoio para um menino e b) voar significava estar nas nuvens.

Ben cometeu o erro de olhar para baixo.

Lá longe, muito longe, viu King Henry Close se afastar até cada um dos casarões se reduzir ao tamanho de uma caixa de fósforos. Mesmo assim, sua visão era aguçada suficiente para lhe permitir avistar o Jaguar do Tio Aleister entrando na garagem. Haviam de fato escapado por um triz. Agora o dragão voava em círculos e pairava no ar, e o vento frio assobiava nos ouvidos de Ben. O casaco de lã inflara e o tecido tremulava de modo assustador. Minutos depois, o queijo escorregou do bolso e mergulhou no espaço, espatifando-se no solo. Ben teve a sensação desagradável de que estava fadado a imitar o trajeto do queijo, se não conseguisse fazer Zark aterrissar logo. Naquele momento não se sentia tão parecido com James Bond.

– Desça! – gritou para o dragão. – Desça!

Mas Xarkanadûshak estava em êxtase. Cantarolava para si mesmo enquanto voava, e à medida que cantarolava as escamas mudavam de cor. Sob o luar, Ben percebeu que elas iam do vermelho ao violeta, do azul ao verde, do verde ao amarelo, ao dourado, ao laranja e de novo ao vermelho. Era um espetáculo impressionante: mesmo apavorado, Ben não pôde deixar de notá-lo. Mas exatamente por isso eles se tornavam visíveis a qualquer um que, por acaso, olhasse para o céu naquela hora da noite.

– Zarka... Zarkan...

Ele não conseguia lembrar o nome verdadeiro do dragão.

– Zarnaka... Zarkush...

O dragão dava giros no ar, e seus rugidos de alegria abafavam o som da voz de Ben. O menino chegou a sentir a copa das árvores roçar neles e viu quando uma coruja de olhar espantado saiu em disparada do galho onde descansava.

O pânico o fez desembuchar o nome finalmente.

– Xarkanadûshak! – Ben gritou em desespero. – Temos de aterrissar no parque. Agora!

Por fim, conseguiu a atenção da criatura, que rosnou, deixando escapar das mandíbulas uma pequena labareda logo extinta. Em seguida, como se derrotado pelo uso de seu nome, Zark estendeu as asas e contornou Bixbury como uma gaivota planando em uma corrente de ar quente. Ben esticou o tronco para a frente em direção ao pescoço de Zark e gritou junto a uma proeminência em sua cabeça que julgou ser um dos ouvidos.

– Está vendo aquele lago ali, à esquerda? Aterrisse perto dele.

Dobrando as asas como um falcão que se inclina sobre a presa, Zark começou a descer. À medida que perdiam altitude, o solo se aproximava deles numa velocidade assustadora. Numa situação como aquela, alguns garotos dariam gritos estridentes de entusiasmo; mas Ben não era assim. Fechou os olhos com força e se preparou para uma morte cruel. Felizmente, não tinha chegado a sua hora. Sentiu o dragão diminuir repentinamente a velocidade. Depois, uma guinada e um baque. Quando abriu os olhos, estavam no chão, no parque Aldstane.

– Até que, dadas as circunstâncias, não foi uma aterrissagem ruim – Zark analisou. – Só uma guinada meio desajeitada para a direita já na reta final. A perda de todas aquelas escamas prejudicou um pouco a minha aerodinâmica; mas foi bem razoável, considerando que ando meio sem prática.

Ben deslizou das costas do dragão, sentindo uma ligeira fraqueza nos joelhos. Sob seus pés o chão parecia oscilar e mergulhar no vazio.

– Me sinto um novo dragão. – Zark orgulhou-se. – O grande Xarkanadûshak está em plena forma! – Respirou fundo, inalando uma quantidade tão grande de ar que o peito inflou como uma vela cheia de vento. Em seguida, expirou em meio a um assobio. Infelizmente, uma enorme língua de fogo se formou e, de súbito, onde antes havia um banco de jardim, restou apenas uma estrutura de ferro enegrecida em meio a uma pilha de cinzas.

– Caramba, Zark...

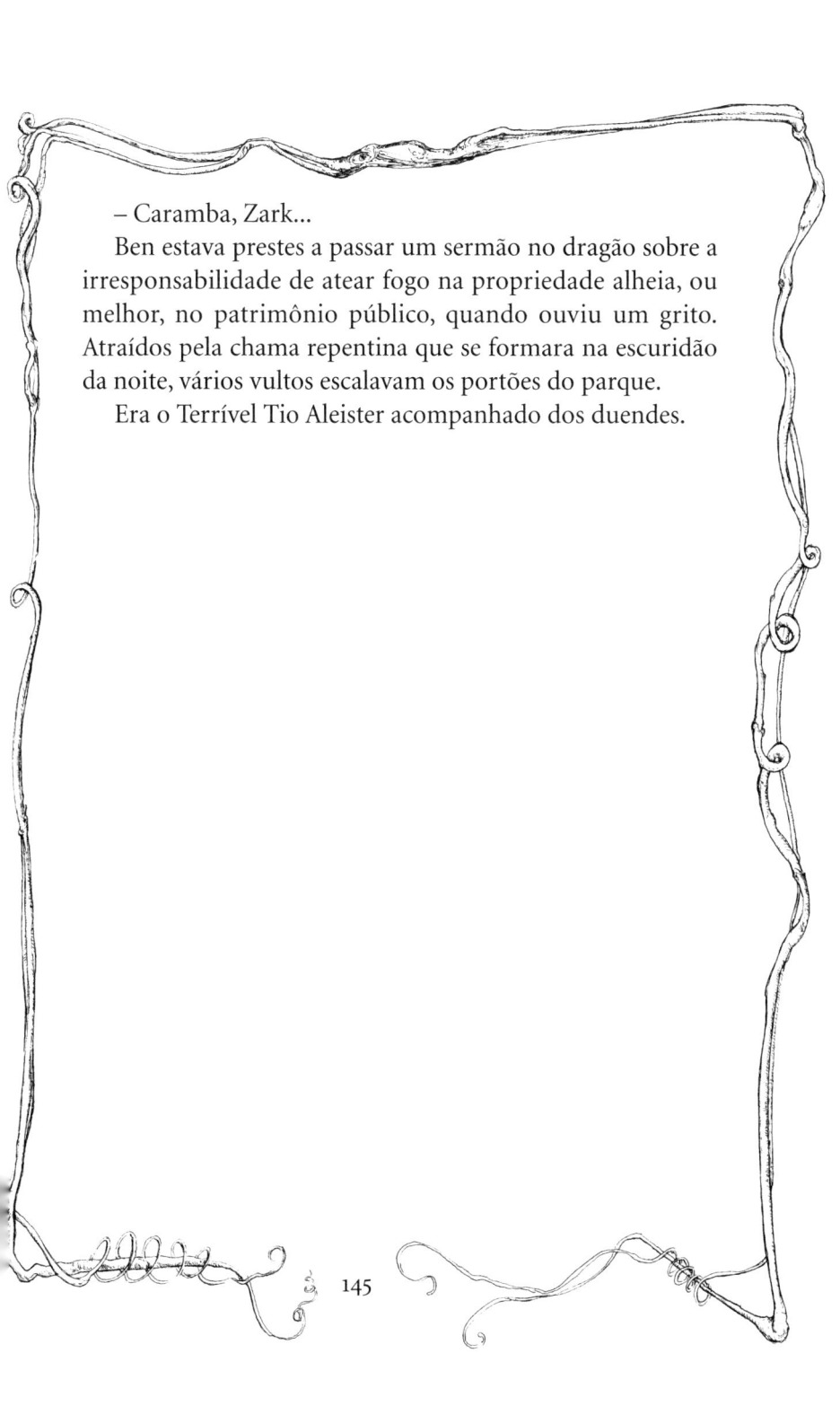

Ben estava prestes a passar um sermão no dragão sobre a irresponsabilidade de atear fogo na propriedade alheia, ou melhor, no patrimônio público, quando ouviu um grito. Atraídos pela chama repentina que se formara na escuridão da noite, vários vultos escalavam os portões do parque.

Era o Terrível Tio Aleister acompanhado dos duendes.

Capítulo
12

Eidolon

– Zark! Depressa!

A cabeça do dragão girou na direção do menino.

– O que foi agora? – o monstro reclamou aborrecido.

Ben apontou para os portões.

– Ha! O Grande Xarkanadûshak vai assar todos eles.

– Não acho que seja uma boa ideia – Ben ponderou. Afinal de contas, apesar de detestar o Tio Aleister, ele era irmão de sua mãe.

Zark tornou a respirar fundo como se estivesse se preparando para assar algo. Então, a lua surgiu detrás de uma nuvem, iluminando os vultos no portão, e sua expressão mudou de bravata arrogante para puro terror.

– O Doido – disse ele num suspiro, e tudo o que saiu de sua boca dessa vez foi um insignificante rolo de fumaça.

Ben sentiu um aperto no coração.

– Querendo ou não, agora você vai ter de correr! Venha, siga-me!

Saíram os dois em disparada pelo parque, menino e dragão, rumo à floresta de arbustos, rumo ao menir. Mas dessa vez não havia um espírito da floresta para iluminar o caminho. Assim que entrou no emaranhado de azaleias, Ben se perdeu. Lembrava-se vagamente do local onde a rocha ficava, mas no escuro e na confusão não conseguiu encontrá-la de imediato. Às suas costas, a movimentação desajeitada de Zark esmagava arbustos, quebrava galhos, deixando um rastro de devastação à sua passagem. Sempre que olhava por sobre os ombros, Ben via os lacaios do senhor Doids cada vez mais próximos, com a vantagem de já terem o caminho aberto diante de si.

O dragão também olhava para trás.

– Duendes desprezíveis! – rosnava. – Vou queimá-los!

– Não! – Ben segurou-lhe a asa, puxando-a freneticamente. – Você vai botar fogo no parque inteiro!

Continuaram a correr. Ben olhava para a direita e para a esquerda na esperança de localizar a clareira onde ficava a rocha. Em sua mente, a imagem do monumento era clara como o dia; mas, infelizmente, não era dia claro.

Quando olhou para trás de novo, conseguiu distinguir o Terrível Tio Aleister e o senhor Doids, que vinham logo atrás dos dois duendes que, sem dúvida nenhuma, eram os seres que ele vira carregar o caminhão na entrada de carros da casa do tio.

Ben recolheu do chão um galho quebrado de pinheiro.

– Zark! – chamou com premência. – Você pode acender isto com todo o cuidado, mas só isto?

O dragão o olhou ofendido. Em seguida, soprou o graveto bem devagar. Não demorou muito para uma chama se abrir como uma flor em sua extremidade. Ben continuou a correr com sua tocha erguida como um atleta olímpico.

Agora conseguiria se orientar.

– Por aqui! – gritou, embrenhando-se por um matagal particularmente denso. Espinhos agarravam-se na lã do casaco, riscavam o tecido do *jeans*. Ele ouvia a respiração do dragão logo atrás e torcia para que ele não estivesse abrindo o caminho a fogo.

De repente, lá estava ele: o menir, o marco para Eidolon.

Agora que o encontrara, as dúvidas de antes voltaram a afligi-lo. Será que teria coragem de tomar a estrada bravia para o Mundo das Sombras, do qual talvez jamais retornasse, ou será que devia empurrar o dragão para a entrada e se arriscar a continuar neste mundo? Mas achou que não conseguiria correr mais rápido do que os duendes, mesmo que conseguisse escapar dos dois homens; e nem era bom pensar no que aconteceria se o pegassem. Engolindo o medo, contornou rapidamente a rocha, aproximando-se do local onde Ignácio Sorvo Coromandel e seus amigos haviam desaparecido.

O dragão deu-lhe um encontrão e quase o derrubou.

– Por que parou? – Zark reclamou. – Eles vão nos alcançar.

– Veja – Ben colocou o galho em brasa junto à rocha, e as letras esculpidas em sua superfície se iluminaram.

O dragão fixou os olhos na pedra e depois em Ben.

– Veja o quê?

Ben passou os dedos sobre a palavra.

– Não está vendo? Aqui está escrito Eidolon.

Xarkanadûshak relanceou-lhe um olhar murcho.

– Você acha honestamente que os dragões se preocupam com esse negócio de saber ler?

Ben poderia ter pensado em várias respostas para tal pergunta, pois adorava livros e histórias, mas agora não havia tempo.

– Você aí, menino, pare!

O sangue do menino gelou.

Era o senhor Doids: sabe-se lá como conseguira ultrapassar os duendes. Estava parado na extremidade da clareira e tinha o rosto deformado pela fúria.

– Aonde pensa que vai com esse dragão?

Ben sentiu o coração disparar, mas encheu-se de coragem.

– Vou levá-lo de volta para Eidolon! – respondeu em tom de desafio. – Que é o lugar dele.

– O lugar dele é comigo, ele me pertence – retrucou o homem. – E tenho aqui toda a papelada que prova o que estou dizendo! – vociferou o homem, brandindo uma pilha de documentos.

Xarkanadûshak ergueu a cabeça e rosnou. Uma fina língua de fogo cortou a noite com a intensidade de um raio *laser* e, pouco depois, a papelada se dispersou no ar, sob a forma de minúsculas partículas de cinza negra ao sabor da brisa. O senhor Doids praguejou, levando a mão ferida ao peito.

– Vocês vão se arrepender! – ameaçou. Ben teve a impressão de que seus dentes se alongaram mais e se tornaram mais afiados. – Os dois!

– Rápido, Zark, entre na estrada bravia! – Ben insistiu. Ele estendeu a mão para dentro da entrada e ambos a viram desaparecer por completo.

O dragão piscou e recuou.

– Mas eu não quero desaparecer – ponderou indeciso.

– É o único caminho para a sua casa! – Ben gritou desesperado. – Só conheço este caminho para nos levar a Eidolon.

A esta altura, o Terrível Tio Aleister e os duendes haviam se juntado ao senhor Doids. Tio Aleister estava corado e ofegante como um cão doente. Havia uma escoriação em sua cabeça e vários pedaços suspeitos de queijo Cheddar em seu paletó.

O tio ficou admirado quando viu Ben. Por alguns momentos, chegou a parecer assustado. Mas logo inflou o peito e berrou:

– Benjamin Arnold, volte para casa e vá para a cama imediatamente! Você não tem nada que ficar vadiando num parque no meio da noite!

O senhor Doids virou em sua direção.

– Benjamin Arnold? Seu sobrinho? – Encarou o comparsa, relanceou os olhos para Ben e tornou a encarar Aleister. – Filho *dela*?

– Sim, é o filho de Isa.

O senhor Doids arreganhou os dentes numa careta tão grande que eles brilharam no escuro.

– Eu devia ter desconfiado – sibilou. – E você, Aleister, devia ter me contado. – Fez uma pausa. – É preferível ter inimigos do que aliados: pelo menos, com eles a gente sabe onde pisa.

Voltou a encarar Ben.

– Você de fato se parece com ela – disse num tom de voz assustador. Seus olhos se estreitaram. – Mas você não é o menino que comprou aquele maldito gato de mim? – perguntou de súbito.

Ben fez um gesto hesitante com a cabeça.

– Maldito intrometido! – Doids vociferou. – Que confusão. Acho bom resolvermos esta história direitinho, Benjamim Arnold, e de uma vez por todas. Antes que a situação fique fora de controle. – Deu um passo na direção do menino.

Ben empurrou o dragão.

– Vá! – insistiu aflito. – Anda logo...

Um dos duendes deixou escapar um risinho, exibindo uma fileira de dentes pretos que combinavam muito bem com as garras pretas e compridas.

– Deixe-nos comê-lo – imploraram ao senhor Doids. – Uma carne fresquinha e deliciosa, esse menino.

– De jeito nenhum – contestou o senhor Doids. – Tenho outros planos para ele. Vocês vão capturá-lo sem derramar uma única gota de sangue. Sei muito bem como ficam quando veem sangue. – Arregaçou as mangas do terno e deixou à mostra duas mãos parecidas com garras.

Ben arrepiou-se. *Eram* garras.

– Entre na estrada bravia, Xarkanadûshak! – gritou.

Forçado a obedecer, já que Ben o havia chamado por seu nome verdadeiro, o dragão lançou-lhe um olhar acusador e depois arriscou pisar na estrada bravia. Uma de suas patas dianteiras tremeluziu e desapareceu, seguida por um pedaço de sua cabeça. Então, num gesto de quem prepara um bote, o dragão contraiu as ancas e saltou. Num piscar de olhos, sumiu.

No exato momento em que a ponta da cauda de escamas de Zark desaparecia atrás da rocha, alguém segurou Ben pelo braço.

Era um dos duendes, que exibia seus terríveis dentinhos num sorriso maldoso.

– Peguei você!

Num gesto instintivo provocado pelo medo, Ben enfiou-lhe no rosto o galho incandescente. O duende soltou um grito estridente e largou o braço do menino. Ben atirou a tocha no outro duende e, em seguida, mergulhou na estrada bravia.

Imediatamente, foi tomado pela sensação de ter sido capturado em um redemoinho, arremessado cada vez mais longe, com a vida por um fio, à mercê de algo assustador e primordial. O mundo passava diante de seus olhos como um relâmpago, numa profusão de cores e formas indistintas, um lampejo de luz e de sombra. A pergunta era: qual dos dois mundos?

"Talvez", pensou Ben subitamente apavorado, "apenas aqueles que de fato pertenciam ao País Secreto conseguissem sobreviver à transição." Ele iria sucumbir e ninguém tomaria conhecimento. Pensou na mãe presa a um leito de hospital, ligada a tubos e monitores, com suas pálpebras muito finas cerradas, e arrependeu-se amargamente da decisão que tomara. Mas no exato momento em que a imagem materna lhe veio à mente, ele a viu arregalar os olhos.

– Ah, Ben... – ela sussurrou. – Seja valente, tome cuidado. Encha-se de coragem...

Era apenas um sonho, um desejo; mas, mesmo assim, foi fundamental. Ben rangeu os dentes e encheu-se de coragem.

O mundo parou de girar.

Respirou fundo e olhou em volta. Era noite ali e ele estava em uma floresta junto a um menir muito parecido com aquele em que havia entrado. No entanto, tudo *parecia* diferente. Não conseguia definir que sensação era aquela, mas era como se se sentisse mais vivo. A pele formigava como se uma corrente elétrica percorresse seu corpo. Será que magia era assim? Ou será que era apenas medo? Virou-se e fitou a escuridão. Onde estaria o dragão? Não havia nenhum sinal dele. Embora o luar brilhasse debilmente, Ben percebeu que enxergava com nitidez. Mas com um olho só. Se fechasse o olho direito, o mundo ficava turvo; se fechasse o esquerdo e olhasse com o direito, tudo entrava em foco.

Que curioso.

Mas ele não tinha tempo para refletir sobre tal singularidade, pois um barulho ensurdecedor espalhou-se por toda a parte e ele ouviu a voz do senhor Doids, estranhamente amplificada e retumbando como o latido de um cão de caça:

– Benjamin Arnold, venha à minha presença!

"Ele só pode estar brincando", Ben pensou. Em seguida, refletiu: "Ele está tentando me fazer obedecer me chamando pelo meu nome verdadeiro." E finalmente pensou: "Ainda bem que ele não sabe qual é."

Mas o senhor Doids estava com o Tio Aleister. A mão gelada do medo apertou-lhe o coração. O Terrível Tio Aleister sabia seu nome completo? Como o tio costumava chamá-lo de Benny e nunca de Ben ou mesmo de Benjamin, preferiu pensar que ele talvez não soubesse. Mas não dava para confiar na sorte. De cabeça baixa, usando o olho que enxergava bem para espionar seu caminho por entre o emaranhado de árvores e matagal, Ben correu.

Enquanto corria, perscrutava hesitante a escuridão misteriosa, esmiuçando as formas e contornos negros e abstratos à procura de vestígios de algum predador, pronto para correr mais rápido e salvar a pele. Um arrepio percorria-lhe o corpo. Ele *sentia* que estava sendo observado, como se a magia daquele lugar o deixasse em um estado de alerta sobrenatural. Galhos, folhas, céu, lua, galhos... E um par de olhos!

Ben sentiu o coração parar e, em seguida, bater num ritmo alucinante. Olhos o observavam; um par de olhos escancarados e cor de âmbar que na certa não era de uma coruja.

Aterrorizado, arriscou uma olhadela por sobre os ombros; talvez existisse do outro lado do arvoredo uma rota mais segura através desse lugar estranho e apavorante. Mas então um arco-íris de luzes fragmentadas se despregou das árvores atrás dele e, por alguns segundos, viu muito claramente, delineados por aquele brilho misterioso, quatro vultos. Os dois primeiros eram os duendes; o terceiro ele mal conseguiu distinguir; mas o quarto vulto era tão assustador que ele, esquecendo-se de olhar onde pisava, tropeçou e caiu, batendo a cabeça no chão com tanta força que não conseguiu conter um grito.

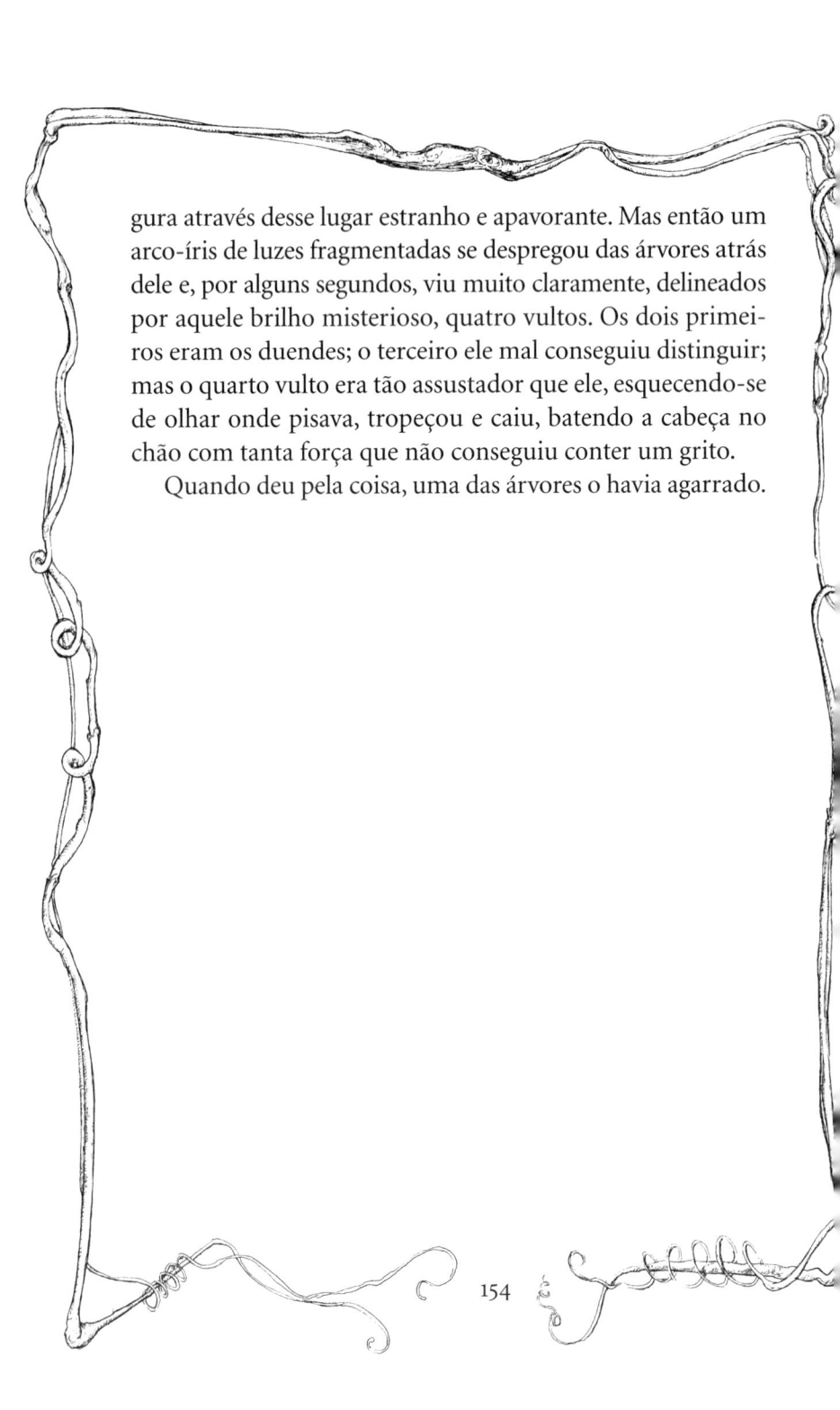

Quando deu pela coisa, uma das árvores o havia agarrado.

Capítulo
13

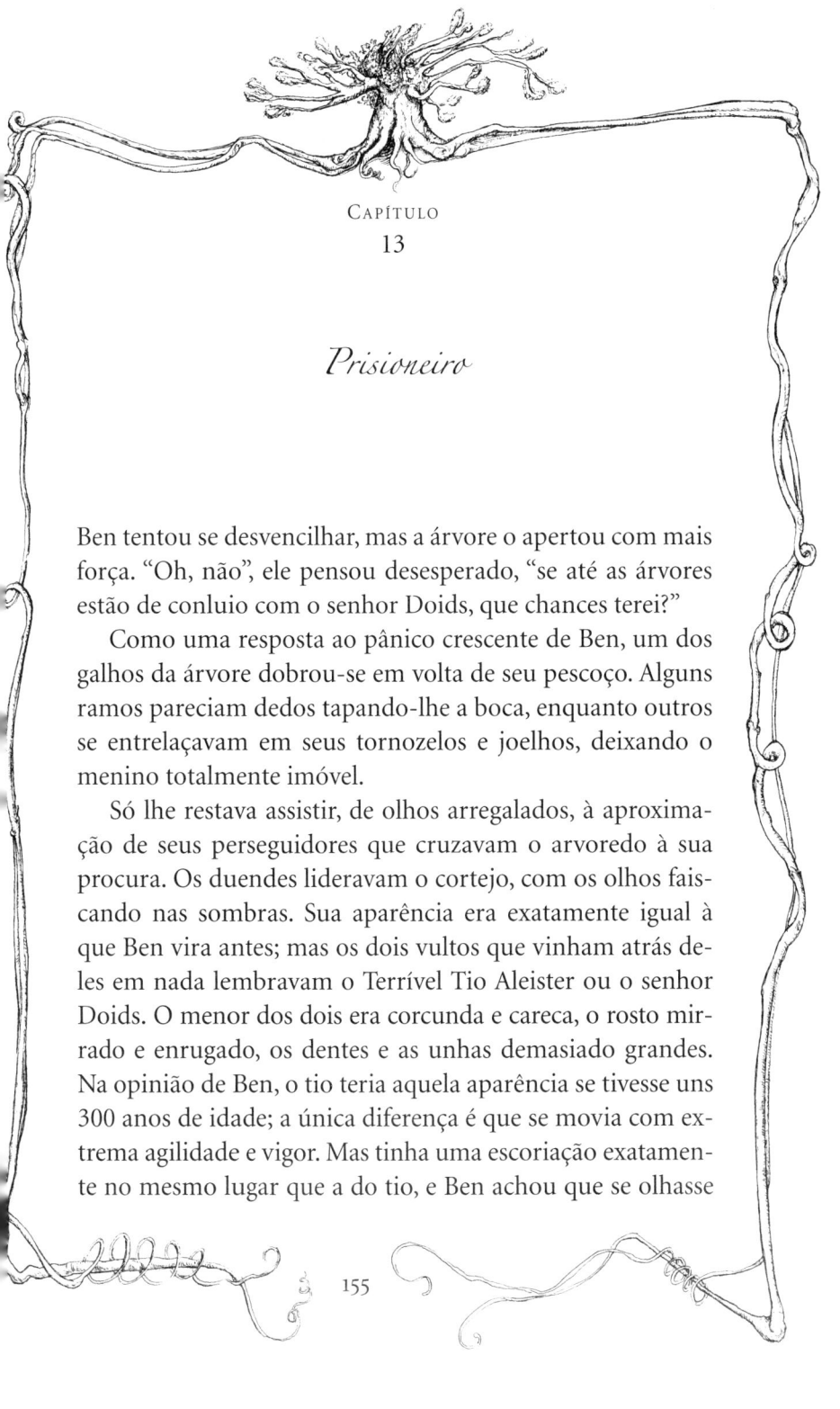

Prisioneiro

Ben tentou se desvencilhar, mas a árvore o apertou com mais força. "Oh, não", ele pensou desesperado, "se até as árvores estão de conluio com o senhor Doids, que chances terei?"

Como uma resposta ao pânico crescente de Ben, um dos galhos da árvore dobrou-se em volta de seu pescoço. Alguns ramos pareciam dedos tapando-lhe a boca, enquanto outros se entrelaçavam em seus tornozelos e joelhos, deixando o menino totalmente imóvel.

Só lhe restava assistir, de olhos arregalados, à aproximação de seus perseguidores que cruzavam o arvoredo à sua procura. Os duendes lideravam o cortejo, com os olhos faiscando nas sombras. Sua aparência era exatamente igual à que Ben vira antes; mas os dois vultos que vinham atrás deles em nada lembravam o Terrível Tio Aleister ou o senhor Doids. O menor dos dois era corcunda e careca, o rosto mirrado e enrugado, os dentes e as unhas demasiado grandes. Na opinião de Ben, o tio teria aquela aparência se tivesse uns 300 anos de idade; a única diferença é que se movia com extrema agilidade e vigor. Mas tinha uma escoriação exatamente no mesmo lugar que a do tio, e Ben achou que se olhasse bem veria farelos de queijo em seu paletó. Atrás dele vinha o vulto que o deixara atônito a ponto de fazê-lo cair nas garras da árvore que agora o mantinha prisioneiro: não era mais o senhor Doids, mas com toda a certeza o Doido em pessoa.

Com dois metros e meio de altura, ou mais, assomou diante de Ben, pisando forte na vegetação rasteira e olhando para a esquerda e para a direita. Até a altura dos ombros, era um homem; mas, do pescoço para cima, tinha a cabeça de um canzarrão preto, como um deus egípcio que Ben vira certa vez em um livro. Igual à figura que ele havia visto no pesadelo.

Ben começou a tremer diante da visão do tio e do senhor Doids em suas novas formas surpreendentes, que pareciam refletir suas índoles de maneira muito perturbadora. A árvore comprimiu-lhe as costelas, quase o impedindo de respirar.

À medida que andava, o homem-cão farejava com o focinho, de boca aberta, como se saboreasse o ar. O luar refletia-se nas duas fileiras de dentes, afiados como navalhas.

As folhas se enroscaram em volta do rosto de Ben e ele sentiu as pernas sendo envolvidas pela casca da árvore. Era difícil saber o que era pior: ser comido vivo por uma árvore ou ser encontrado pela coisa que o dragão chamara de Doido e pelo velho tenebroso que certa vez fora seu tio. Ben fechou os olhos.

– Sinto seu cheiro, Benjamin Arnold!

Agora o Doido olhava em sua direção e sorria.

– Nada poderá salvá-lo, Ben: nada neste meu mundo.

Ele olhou em volta. Os olhos caninos, grandes e pretos, estavam prateados pelo luar, dando a impressão de que haviam sido substituídos por um par de rolimãs de aço brilhante. Seu olhar intenso se fixou em um ponto à direita de Ben e suas orelhas tremeram, uma, duas vezes, como se ele estivesse ouvindo algo além do limite da audição humana. Em seguida, encaminhou-se direto para a árvore na qual o menino estava aprisionado. Ben sentiu seu hálito quente perpassar o véu formado pelas folhas.

– Solte-o! – ordenou à árvore.

Ben sentiu a árvore estremecer até as raízes, como se tivesse sido atingida por uma forte ventania; mesmo assim ela não o libertou. E agora que via o Doido bem de perto, elevando-se sobre ele, Ben concluiu que preferia ser tragado pela árvore a ser levado por um monstro daqueles.

O Doido, que calçava botas, desferiu na árvore um pontapé violento, e Ben a ouviu gemer como gemeria qualquer pessoa chutada por um brutamontes.

– Solte-o!

– Não solto!

Ben retesou todo o corpo. A voz, que era suave e gentil, feminina e muito determinada, parecia se originar de um ponto acima de sua cabeça e, ao mesmo tempo, de todos os lados à sua volta, como se a própria árvore tivesse falado.

O que seria impossível, certo?

– Se não o soltar, será pior para você, Dríade.

Dríade? Ben ficou intrigado. Lembrava-se vagamente de ter lido aquela palavra em algum livro de mitologia.

– Deixe-o em paz – disse a voz da árvore. – Eu dei a ele a proteção desta floresta e, se não for embora, será pior para *você*!

– Você não conhece este menino nem o que ele fez, portanto por que arriscaria sua saúde por ele? É um ladrão e um renegado – o Doido vociferou –, e *você* vai entregá-lo a mim.

– Os elfos e as ninfas da floresta têm um parentesco; e se este jovem elfo está sendo perseguido por alguém como você, então eu sei com quem está a razão – a dríade retrucou em tom desafiador.

Agora as coisas estavam sofrendo uma reviravolta estranha. Árvores falantes, vá lá; mas ninfas da floresta e elfos? Que conversa era aquela?

– O menino é só metade elfo, o que diminui consideravelmente seus laços com ele – o Doido ponderou sem perder a calma. – E ele se meteu onde não era chamado. Portanto, se não entregá-lo a mim por livre e espontânea vontade, serei obrigado a usar a força.

E, dizendo isso, virou-se para o velho.

– Aleister, creio que uma pequena fogueira não seria nada mal. Você tem fósforos, por favor?

Segurando o que aparentava ser uma caixa de fósforos comum na mão cheia de nós, o velho medonho aproximou-se do pé da árvore e tentou acender um palito. Em seu próprio mundo, o Tio Aleister conseguiria acender um charuto em meio a uma ventania; entretanto, no Mundo das Sombras, suas horripilantes unhas compridas atrapalhavam. Tentou riscar o primeiro fósforo, mas o deixou cair. Conseguiu riscar o segundo, mas quase ateou fogo ao paletó. O Doido observava impassível seus gestos estabanados.

– Dê esses fósforos para os duendes! – berrou, mas eles se negaram com um movimento de cabeça e recuaram.

O Doido arrancou a caixa das mãos decrépitas do Terrível Tio Aleister. Mas seus dedos eram garras, com unhas duras e pretas como as de um cão, e não eram feitos para a tarefa delicada de riscar um fósforo.

Um lampejo de frustração emanou-lhe dos olhos; por alguns instantes, Ben pensou que, diante da humilhação, ele talvez desistisse de seu intento e fosse embora. Vã esperança. O homem-cão não demorou a erguer o focinho para o céu e ladrar em alto e bom som:

– Xarkanadûshak!

O coração de Ben disparou e, logo em seguida, pesou-lhe no peito como uma pedra.

Do outro lado da clareira, um vulto negro surgiu e bateu as asas devagar, como se estivesse decidindo se devia ou não atender ao chamado. Depois, voou em círculos e mergulhou na escuridão da floresta. Minutos mais tarde, ouviu-se um farfalhar na vegetação rasteira: alguém se aproximava bufando. Era o dragão, que surgia por entre as árvores com uma expressão de perplexidade e vergonha no olhar. Quando o Doido voltou-se em sua direção, ele estremeceu.

– O senhor me chamou? – Zark limitou-se a dizer.

– Ah, chamei sim. – O enorme focinho negro do Doido enrugou-se, expressando aversão e uma provável pitada de júbilo. – Tenho um trabalho para você. Quero que incendeie esta árvore.

Zark relutou em levantar a cabeça e olhar para o freixo. Seus olhos se estreitaram e faiscaram.

– Não posso atear fogo em uma dríade – argumentou. – É uma criatura sagrada.

– Se não me obedecer, será meu escravo para o resto de seus dias. E, pelo que me consta, os dragões vivem muito...

Xarkanadûshak ficou cabisbaixo.

A pressão que a árvore exercia sobre o menino diminuiu ligeiramente quando a dríade percebeu as implicações da ameaça do Doido. Ben aproveitou a chance para livrar o queixo do abraço de seus galhos e gritou:

– Não!

Todos olharam para ele.

Por alguns instantes, Ben teve a sensação de ser duas pessoas em uma só pele: um menino assustado e perdido em um mundo que não compreendia, ameaçado por criaturas fantásticas; e um habitante altivo e indignado de Eidolon, que herdara do berço o direito de andar livremente pelo País das Sombras sem medo.

– Solte-me, Dríade – disse finalmente. – Não posso permitir que eles a machuquem apenas para salvar minha própria pele; e não posso permitir que meu amigo Zark, cujo nome verdadeiro tive a insensatez de revelar ao Doido, seja usado para isso.

– Mas ele vai lhe fazer mal – ela contrapôs baixinho, tão baixinho que o som de sua voz lembrava o farfalhar de folhas ao sabor da brisa. – Ele é o Doido, e seu comparsa chama-se Velho Sinistro: ambos odeiam todas as coisas mágicas e estão fazendo o que podem para levar o mundo à ruína.

– Mesmo assim – disse Ben, tentando parecer corajoso apesar dos joelhos trêmulos. – Um erro não justifica o outro. – Esse era mais um ditado de sua mãe. – Obrigado, Dríade, por tentar me salvar, mas não quero colocar ninguém em perigo. Por favor, me solte.

– Ahhhhhhh... – a dríade suspirou.

Então, muito lentamente, a árvore afrouxou a pressão sobre ele. As folhagens e a casca se desenrolaram de suas pernas; os galhos se desprenderam de seus braços e peito. Finalmente, ele estava livre e de pé no solo da floresta. Mas embora Ben sentisse sobre ele o olhar intimidador do Doido, não conseguiu resistir à tentação de voltar-se para ver que cara teria uma dríade.

A princípio, só conseguiu ver que se tratava de um freixo, uma árvore muito semelhante à que havia no parque Aldstane, junto ao muro que dava para a rua. Então, fechou o olho esquerdo e usou somente o direito; imediatamente conseguiu discernir uma forma espectral dentro do tronco nodoso da árvore. Como se reagisse ao interesse do menino, a dríade moveu-se e ele viu dentro da árvore a figura de uma mulher de pele morena e macia. Os olhos tinham o verde brilhante de uma planta em botão e neles havia lágrimas como gotas de orvalho.

– Cheguei a pensar que você fosse um dos meus elfos, mas bastou segurá-lo um pouco para ver que você era mais do que isso. Quando o Doido o chamou de semielfo, percebi meu erro – ela esclareceu. – E agora deixei que você caísse nas mãos do nosso inimigo. Sua mãe nunca vai me perdoar.

Ben ficou intrigado.

– Minha mãe?

Um miado estridente e prolongado se fez ouvir às suas costas.

– Esssse menino não sabe de nada messsmo! Que coisa maisss divertida!

Ben voltou-se em um único giro. Não deu outra. Era o Esfinge, que passeava o corpo magro por entre as pernas do Doido. Quando ele e Zark fugiam da casa do Terrível Tio Aleister, percebera que alguma coisa os observava; durante a correria pela floresta, notara que, do alto das árvores do Mundo das Sombras, havia olhos cravados nele. Aquele espiãozinho...

Os olhos do Esfinge brilhavam de deleite.

– Não dissse? – o gato pelado comentou com seu dono. – Não passsa de um garotinho sssimplório, apesssar dos olhosss e de todosss os problemasss que nos causou.

Com um esgar, o Doido replicou:

– Pensei que você tinha dito que ele sabia tudo sobre o Mundo das Sombras. E que ele andou falando com aquele gato infernal.

– O Andarilho? O Andarilho é um idiota. Ele sssequer reconheceu a própria Rainha, nem quando esssteve na casa do menino!

– Mas... o Andarilho nunca entrou na minha casa – Ben interveio devagar, tentando unir as peças daquele estranho quebra-cabeças. Voltou-se para a dríade.

– Quem é a minha mãe? – perguntou, com o coração aos saltos. – E quem sou eu? – quis saber.

– Sua mãe é a Rainha Isadora – explicou a dríade. – Há muito tempo, quando não passava de uma menina, ela costumava dançar por esta floresta... que era diferente, sabe? Cheia de clareiras ensolaradas e lagos repletos de ninfas, e não sombria e assustadora como agora. Um dia, ela dançou tanto que fez nascer uma estrada bravia, um caminho entre dois mundos. Quando deu por si, estava em uma floresta completamente diferente, um lugar onde não havia nenhuma magia – pelo menos não a magia que ela conhecia em Eidolon. Mas, por ironia do destino, foi tomada por um outro tipo de magia, pois conheceu um habitante desse outro mundo e os dois se apaixonaram...

– Ah, que história comovente...

Era o velho que falava, mas a expressão de seu rosto, desfigurado por uma careta, não combinava com suas palavras.

– A burra da minha irmã foi cair de amores por aquele humano estúpido e imprestável do Clive Arnold!

Ben ficou boquiaberto. Clive Arnold era o nome de seu pai. Agora estava completamente confuso. Como sua mãe poderia ser uma rainha? E como poderia ele ser um elfo, ou mesmo um semielfo? E que história era aquela de dançar até fazer nascerem estradas bravias...? Por um lado, sentia-se perdido e perplexo; por outro, aceitava tudo aquilo como fatos concretos, fatos que começavam a iluminar para ele as duas metades do seu espírito.

– Era comigo que ela tinha de se casar!

Quem falava agora era o Doido, e havia amargura em sua voz. Um brilho avermelhado emanava-lhe dos olhos, como duas pequenas fogueiras.

– Agora está definhando no Outro Mundo; mas será minha, assim que estiver fraca demais e não conseguir mais opor resistência a mim!

A dríade lançou um olhar de repugnância para o homem-cão.

– Você pode roubar a magia de Eidolon; pode dispersá-la pelas estradas bravias e destruir o delicado equilíbrio entre os mundos; pode deixar Isadora à beira da morte com suas atividades criminosas, mas ela nunca vai amá-lo!

O Doido a fuzilou com os olhos.

– Amor? Quem está falando de amor? Amor é para os fracos e os tolos. Eu a tomarei para mim sem amor mesmo e sua magia será minha; então, serei o Senhor de Eidolon.

A dríade riu, mas não havia alegria em seu riso.

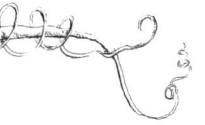

– Ela é mais forte do que você pensa, Doido; assim como o amor também é. O amor e seus frutos acabarão por derrotá-lo. Quando Isadora partiu do nosso mundo e se apaixonou pelo humano Clive Arnold, ela tornou-se mãe dos filhos dele e, com isso, começou a cumprir uma antiga profecia.

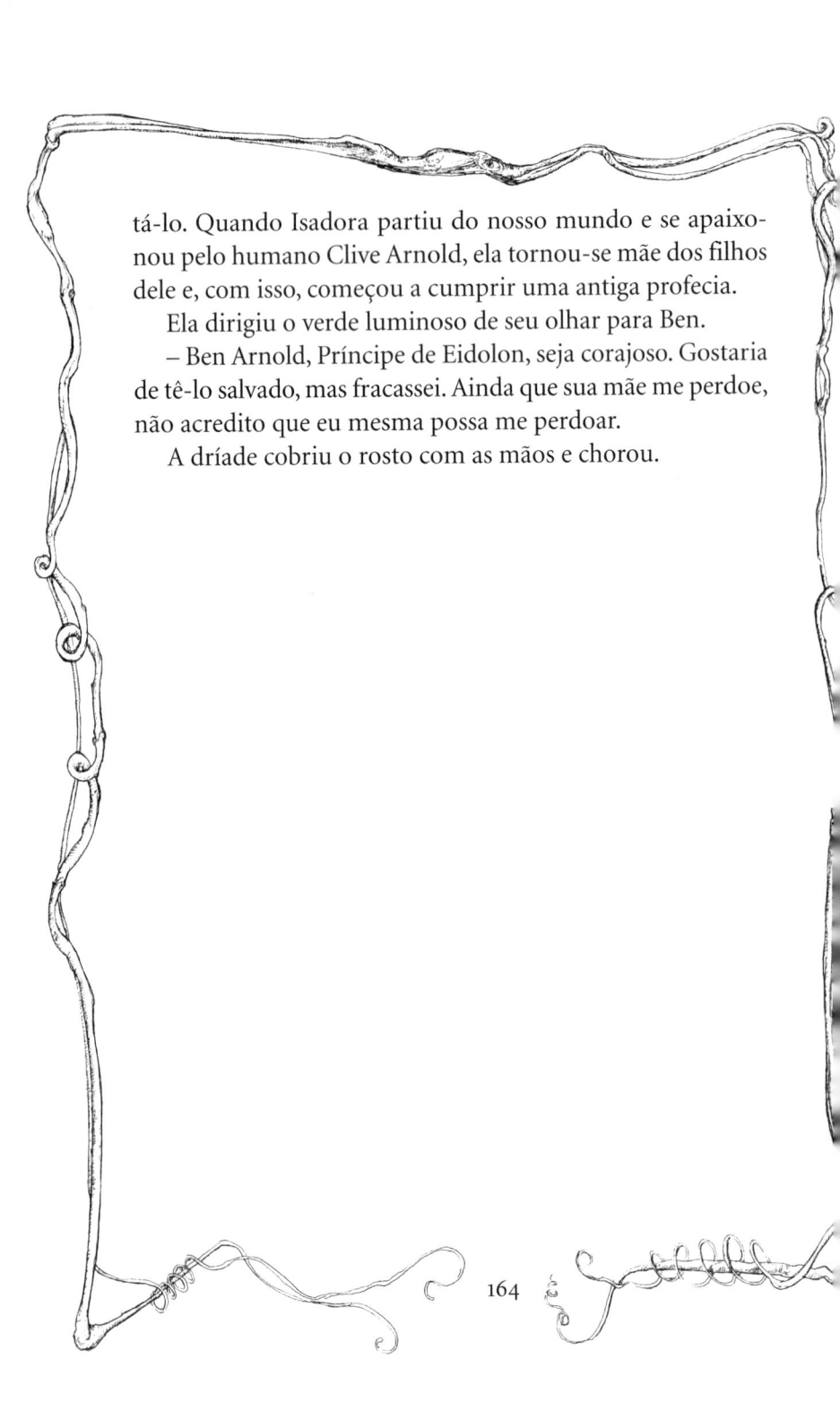

Ela dirigiu o verde luminoso de seu olhar para Ben.

– Ben Arnold, Príncipe de Eidolon, seja corajoso. Gostaria de tê-lo salvado, mas fracassei. Ainda que sua mãe me perdoe, não acredito que eu mesma possa me perdoar.

A dríade cobriu o rosto com as mãos e chorou.

CAPÍTULO
14

O castelo dos Canzarrões da Morte

Então os duendes investiram na direção de Ben às gargalhadas, carregando dois pedaços de cipó.

– Amarre as mãos dele!

– E os pezes!

– Seu burro! Não é pezes. É pés!

– Pezes!

– Imbecis! – gritou o Doido. – Se amarrarem os pés dele, como vai andar?

Os duendes se entreolharam.

– Idiota!

– Pateta!

– Cabeça de vento!

– Cabeça de bagre!

Ben observava a discussão com os dentes trincados de medo. Os duendes tinham nariz pontiagudo e olhinhos vermelhos que faiscavam na penumbra. Seria aquela a Floresta Sombria? E seriam esses os tais duendes sobre os quais Ig o advertira, aqueles que ninguém merece encontrar numa noite escura? *Estava* escuro na floresta; e ele desejava com todas as forças não ter encontrado criaturas tão medonhas. Calculou mentalmente a distância que teria de correr e a velocidade que teria de emprestar aos calcanhares, caso tentassem agarrá-lo. Na escola ele sempre chegava em segundo lugar, atrás de seu colega Adam, quando a corrida era de cem metros; mas conseguia derrotar o Adam em todas as corridas acima de duzentos metros. Mas isso num terreno plano, em plena luz do dia e, ainda por cima, em um outro mundo...

– Nem pense em tentar fugir, Ben Arnold – rosnou a criatura que certa vez fora seu Tio Aleister e que a dríade chamava de Velho Sinistro. "O nome lhe caía bem", o menino pensou. "Qualquer um que tivesse aquela pele amarelada, aquela corcunda, aquela cabeçorra calva, aquelas unhas compridas e aqueles dentes horrendos só poderia mesmo se chamar Sinistro."

– Os duendes correm muito mais do que os meninos humanos e são tão rápidos quanto um elfo, e como você é metade de uma coisa e metade da outra, não creio que tenha muitas chances de competir com eles.

– Além disso – o Doido continuou, dirigindo-lhe um sorriso assustador –, se tentar escapar, vai sobrar para seu amigo aqui. – Completou a ameaça lançando ao dragão um olhar tão maldoso que Zark começou a tremer de pavor.

Não havia outra saída. Ben levantou as mãos com calma e ofereceu-as aos duendes, que usaram os cipós para atá-las com rapidez e eficiência, como se tivessem muita prática em subjugar prisioneiros.

Ben teve a sensação de que, afinal de contas, a condição de elfo, ou até mesmo de príncipe, não era de grande valia no Mundo das Sombras, pelo menos no que dizia respeito a poderes especiais ou privilégios. Isso se tudo aquilo fosse verdade e não apenas um conto de fadas. Arrastando os pés, começou a seguir o Doido e o pobre Zark, consciente da presença do tio transfigurado e do par de duendes em seus calcanhares.

Queria conversar com o dragão, fazer-lhe perguntas sobre o País Secreto; mas, quando sussurrou seu nome, o homem com cabeça de cão voltou-se e o fuzilou com os olhos. Zark também olhou para ele, mas com olhos de súplica, e fez um aceno quase imperceptível com a cabeça. Ben achou que ele se deixara intimidar pelo Doido.

Sentindo-se muito sozinho, continuou a caminhar pesadamente. Estava ansioso também: ansioso por estar preso, à mercê do temível Doido, e ansioso por se encontrar em um mundo que não compreendia. "Talvez", pensou com seus botões, "se eu encarar a minha situação mais como uma aventura do que como uma provação, exatamente como um personagem de livro, consiga enfrentá-la melhor." E assim, determinado a não sentir muita pena de si mesmo, começou a observar com atenção o ambiente que o cercava, tentando entender que mundo era aquele, tão diferente do seu.

À primeira vista, uma pessoa distraída não veria nada de tão estranho no Mundo das Sombras. Ben descobriu que, se olhasse com o olho esquerdo, a paisagem ficava um tanto desfocada, como se ele precisasse de óculos; e parecia-se com o mundo que ele considerava seu lar, com árvores e pássaros e flores e efeitos de luz e de sombra, que se modificavam à medida que o sol surgia atrás das montanhas e cruzava o céu, ganhando altitude.

Mas quando via a mesma cena com o olho direito, que emoção! A paisagem adquiria uma característica mais distinta e perturbadora. Para início de conversa, os animais que ele pensara serem gaviões planando entre as nuvens esgazeadas eram muito parecidos com pterodáctilos, dinossauros voadores considerados extintos em seu mundo havia milhões de anos. As árvores tinham rosto, e uma delas piscou para ele quando passou por ela; outra lhe acenou com mãos cheias de galhos e emitiu um bramido quase inaudível. Algumas flores *eram* de fato flores, apesar de suas formas estranhas e de suas cores; mas havia as que exibiam excrescências parecidas com línguas e tentáculos, como se estivessem à procura de algo apetitoso para comer. E os vultos que se moviam sob as árvores eram de seres completamente diferentes dos que ele conhecia.

Avistou um grupo de gnomos reunidos no meio de touceiras de cogumelos chapéu-de-sapo salpicados de pintas. Não lembravam em nada os benevolentes gnomos de gesso com que algumas pessoas enfeitavam seus jardins, lá em Bixbury; os de gesso tinham gorros vistosos, calças de cores vibrantes e carregavam varas de pescar. Estes, não. Em vez de roupas, usavam camisas compridas tecidas com grama. Seus olhos negros e brilhantes como antracito pousaram sobre ele ao passar.

Na verdade, do alto dos galhos, de postos montados em samambaias gigantes, de tocas no solo, uma infinidade de olhos espreitava o estranho séquito: um menino-elfo arrastado por dois duendes da Floresta Sombria e seguido pelo Doido, por um dragão e pelo Velho Sinistro. Ao depararem com o homem-cão, muitos desses espectadores saíam em disparada, à procura de um esconderijo seguro, e, de lá, continuavam a observar ou, se pudessem, levantavam voo ou sumiam na poeira. Nos últimos meses, haviam se acostumado a ver animais serem levados do Mundo das Sombras, mas era a primeira vez que viam uma criatura sendo trazida para ele. Apenas um teve a audácia de permanecer em seu posto, observando a cena sem se esconder. Tratava-se de um vulto alto, que ostentava um par de chifres de cervo.

Ben olhou para ele e um ligeiro tremor percorreu-lhe a espinha, como se alguma lembrança o perturbasse, uma lembrança tão bem guardada em seu íntimo que ele não conseguia localizá-la. Com toda a certeza já o vira antes. Ou não? Estava prestes a perguntar a Zark quem era aquele homem de chifres, quando o vulto deixou a proteção das árvores e deu um passo à frente, sendo iluminado pela luz do sol, que lhe mosqueou a face. No lugar de roupas, folhas de carvalho cobriam-lhe o corpo. Ben reparou que sua pele era esverdeada.

– Esta floresta é minha! – vociferou, dirigindo-se ao homem-cão com ar atrevido. – Você não me pediu permissão para atravessá-la, Doido. E sabe, mais do que ninguém, que não é bem-vindo em meus domínios, esteja sozinho ou acompanhado. Ouvi dizer que anda roubando as criaturas de Eidolon para levá-las embora do nosso mundo. É verdade?

Fez uma pausa como se esperasse uma resposta àquela acusação; mas o homem-cão desviou o olhar.

– Não duvido nada – o chifrudo continuou –, pois percebo que o equilíbrio da natureza foi abalado. E tenho notado os efeitos desse roubo. – Ele escancarou os braços. – Minha floresta não está tão bonita quanto antes e meus animais estão amedrontados. Eles se encolhem quando veem estranhos onde antes caminhavam livremente e sem medo, como é direito de todo o povo de Eidolon. Vigio aqueles que me pertencem, sempre que posso; mas reparei que dois dos meus unicórnios sumiram e dei por falta de vários espíritos alados. Os duendes sempre se governaram, mas me dói ver esses dois aí serem escravizados por você. Ouvi dizer que para além dos domínios desta floresta as coisas vão de mal a pior, muito pior do que aqui, e que a Senhora ainda não voltou para pôr um ponto-final no estrago. O que você fez com ela, Doido?

O homem-cão sorriu e seus dentes reluziram ao sol.

– Eu? Não sei onde ela anda – disse, fingindo indignação. – Não venha me culpar pela ausência dela, Cornuto.

O Cornuto encarou o Doido com tamanha determinação que ele desviou o olhar. Ben percebeu que o ódio fazia o sangue ferver nas veias do senhor Doids a ponto de quase transbordar, como um radiador superaquecido. E percebeu nele algo mais também. Seria uma espécie de medo?

Agora o homem verde voltara sua atenção para a criatura que, no outro mundo, era o tio de Ben.

– E você, Velho Sinistro! – provocou. – Você é irmão dela. Deve saber onde nossa Rainha está e por que não voltou ainda para nós.

Mas o velho pavoroso limitou-se a mostrar os terríveis dentes pontiagudos e riu.

– Isadora foi embora porque quis. E nunca mais vai voltar! – gritou triunfante.

– Não!

Ben se surpreendeu com o próprio desabafo repentino. Todos olharam para ele. Ia começar a dizer mais alguma coisa, contar ao Cornuto onde a mãe estava, quando o Doido investiu em sua direção e o envolveu em um abraço quente e fétido, sufocando-lhe as palavras.

– Ora! Não leve em conta o que o garoto diz – interveio ferozmente. – É uma criatura simplória e de ideias completamente atrapalhadas: fala cada asneira, nunca se sabe qual é a próxima maluquice que vai inventar!

– Para onde está levando esse menino e por que ele está amarrado? – Cornuto o interpelou.

O Doido agora perdeu as estribeiras e deixou escapar um rosnado surdo.

– Meta-se com a sua gente, Cornuto, e não tente me desafiar. O garoto é um ladrão e deve ser punido: ele não tem nada a ver com você.

O homem verde estreitou os olhos.

– Eu diria que ele tem um jeito da Senhora.

Mas o Doido deu a conversa por encerrada. Empurrando Ben à sua frente, forçou-o a caminhar.

Enquanto se afastava, Ben sentiu os olhos do Cornuto pregados em sua nuca. Por um breve instante o menino cogitou livrar-se das garras do homem-cão e correr em direção ao homem verde; mas lembrou-se de que Zark era prisioneiro do Doido e que ele o forçaria a incendiar a floresta inteira para recapturá-lo. Então, mergulhado em um turbilhão de pensamentos confusos, seguiu aos trancos e barrancos, afastando-se dos únicos aliados que parecia ter conquistado naquele mundo.

O grupo percorreu a floresta durante bastante tempo, horas, talvez. Quando finalmente saíram em uma paisagem aberta, Ben quase perdeu o fôlego.

A floresta dera lugar a montanhas onduladas e verdejantes, que terminavam em um pântano enevoado e purpúreo. Era o lugar mais bonito que ele já vira. As cores eram mais brilhantes do que as de seu mundo, e o canto dos pássaros soava mais alto.

Observou um par de cotovias cruzar o céu azul, dançando e mergulhando, seu trinado formando uma bela canção de notas agudas. Mas quando fechou o olho esquerdo para focalizá-las melhor, percebeu que não eram cotovias, mas sim espécies de fada. Sorriu ao vê-las perseguirem uma à outra, ziguezagueando como andorinhões. Era bom ver que alguém em Eidolon estava se divertindo.

Ainda com o sorriso nos lábios, arriscou olhar para Zark; mas o dragão estava cabisbaixo e não disfarçava a tristeza.

As fadinhas voaram mais perto – perto demais. Com um salto repentino e uma flexão do corpo, que o fez erguer-se uns três metros acima do solo, o homem-cão pegou uma delas e a segurou firme. A criaturinha se contorceu e esperneou, bateu as asas em vão, presa naquela mão cheia de garras. Durante alguns instantes, o Doido examinou o minúsculo ser com indiferença; em seguida, ergueu os olhos com um ar zombeteiro e, cravando-os no rosto de Ben, esmagou a fada entre os dedos e a deixou cair no chão. Ela permaneceu imóvel. As lindas asas estavam amassadas e quebradas.

Ben ficou horrorizado. Ajoelhou-se ao lado da fadinha e a acomodou nas palmas das mãos em concha. Mas seus olhinhos estavam fechados e o peito não se mexia. Olhou para o homem-cão com lágrimas nos olhos.

– Você a matou! – gritou.

Mas o Doido limitou-se a escancarar um sorriso.

– Não se perdeu grande coisa – comentou. – Valem muito pouco em seu mundo e não duram nada.

O menino fitava a criatura morta, lembrando-se de Raminho e dos cuidados que teve com ele. A outra fadinha alada voava sobre a cabeça de Ben, sem ousar se aproximar demais. Seus movimentos espasmódicos revelavam o abalo e a angústia que sentia. Finalmente, encheu-se de coragem e fez um voo rasante para resgatar a companheira morta. Batendo as asas com grande esforço, conseguiu arrastar o cadáver das mãos de Ben e alçou voo, levando-o consigo. Ben observou as duas minúsculas criaturas desaparecerem no azul do céu. Depois, levantou-se e enxugou com o punho as lágrimas que queria esconder do Doido. Continuaram a marcha, os olhos de Ben postos nas costas largas e negras do homem-cão, cheios de aversão.

– E é assim que mais um habitante do País Secreto vai embora deste mundo, subtraindo um pouco mais de sua magia – Zark disse baixinho. – É assim que o mundo vai sucumbir, Ben: com essas demonstrações inconsequentes de crueldade. E se um príncipe e um dragão não têm coragem de impedir o massacre de uma pequena fada, o que vai ser de Eidolon?

Ele pretendia continuar, mas o Doido chutou com força uma de suas patas.

– Pare de reclamar, dragão – rosnou. – Seu precioso lar ainda aguenta um pouquinho mais de estrago.

E assim prosseguiram a caminhada. A cada passo, Ben ficava mais pesaroso: embora o cenário do País Secreto continuasse a deslumbrá-lo com sua beleza, descobriu que tudo parecia em ordem apenas quando olhava em volta com ambos os olhos abertos: se usasse apenas o olho direito, tinha a sensação de que, para onde quer que olhasse, havia algo errado. Eram apenas sutilezas. A grama sobre a qual pisavam estava um tanto chamuscada, com as pontas marrons e secas. As folhas de alguns arbustos estavam recobertas de bolor; as flores das roseiras-bravas em uma sebe tinham pedúnculos apodrecidos. Os insetos zumbiam indolentes; um cheiro acre emanava de poças de água salobra; não havia nenhuma touceira de cogumelo selvagem igual às que a mãe lhe havia mostrado na floresta de seu mundo, nem dos cogumelos frescos, brancos e comestíveis que colheram em um campo, mas chapéus-de-sapo de caule fino e recobertos de limo, orelhas-de-pau lúgubres, coisas com espinhos salientes e manchas de aspecto venenoso.

No trajeto, passaram junto a um riacho de águas tão límpidas que Ben conseguiu ver cada uma das pedras e seixos em seu leito. Mas viu também peixes mortos levados pela correnteza. Estavam de barriga para cima, o ventre branco exposto ao sol. No topo de um rochedo, ao lado de uma piscina natural, avistou o vulto arqueado de uma moça que penteava os cabelos com seus dedos longos e alvos.

Ela se voltou na direção do grupo. Ben então percebeu que não se tratava de uma moça, e sim de uma mulher idosa e encarquilhada. Os olhos tinham o mesmo brilho esbranquiçado dos olhos de uma truta ao ser levada ao fogo para cozinhar. Quando se aproximaram, ela deslizou da pedra e mergulhou na água. Ben julgou ter visto um rabo de peixe no lugar de pernas; mas antes que pudesse distinguir melhor, ela desapareceu entre os juncos e as ervas daninhas.

Finalmente atingiram as margens de um grande lago. Àquela altura, o céu enchera-se de nuvens, que cobriram o sol como uma cortina. A superfície da água estava sombria e parada, meio embaciada, como uma velha bandeja de estanho que havia na cozinha de casa e que pertencera à mãe do senhor Arnold.

Na outra margem havia uma construção semelhante a um castelo. Era imponente e tinha uma fachada de pedras brancas. Em cada uma das quatro torres havia bandeirolas que, altivas, tremulavam ao vento. Ben gostava de castelos; tinha muitos livros sobre eles e havia visitado alguns na companhia do pai: o Castelo de Warwick; o Castelo de Carew; a Torre de Londres; as ruínas de Restormel, na Cornualha; e os Castelos de Carnarvon, Harlech e Stirling. O que via agora não lembrava em nada os castelos que visitara; no entanto, de alguma forma, parecia com todos eles ao mesmo tempo. Era uma visão indistinta, como se o castelo entrasse e saísse dos dois mundos simultaneamente.

Fechou o olho esquerdo e parou de repente.

Com o olho direito, ou seja, o olho que concluíra ser o de Eidolon, o castelo não parecia um lugar bonito de jeito nenhum. Era compacto e soturno, recoberto de liquens e de manchas; e as bandeirolas não passavam de nuvens esfarrapadas. Ele estremeceu. Parecia um lugar escuro e opressivo.

Quando chegaram à beirada do lago, o Doido levantou a cabeça e uivou. Era um som fúnebre que varreu toda a água como o lamento de uma alcateia inteira. Poucos segundos depois, ouviram-se outros uivos em resposta, vindos de além das muralhas do castelo. O céu que cobria a construção começou a encrespar-se.

Apavorado, Zark parou de repente, acometido de uma tremedeira nas pernas.

– O que é isso? – Ben sussurrou, mas o dragão não conseguia dizer uma palavra.

O menino olhou com cuidado, usando o olho de Eidolon. Acima dos muros do castelo, alguma coisa estava se materializando no ar. Fixou o olhar para ver melhor e tentar distinguir o que era; mas a imagem era tão estranha que não fazia nenhum sentido para ele. Por alguns instantes, teve a sensação de que uma matilha de cães fantasmagóricos saltara as ameias das torres, arrastando consigo algo semelhante a uma carroça, e cruzava o trecho de céu entre o castelo e a margem do lago em uma explosão de luz.

À medida que a aparição chegava mais perto, Ben percebeu que era isso mesmo que estava vendo. Simultaneamente fascinado e assustado, observou a matilha se aproximar.

– Cães fantasmas – exclamou meio sem fôlego.

O Doido riu.

– Que menino ignorante. São os Canzarrões da Morte, os sabujos dos caçadores espectrais, e só obedecem a mim. Fui eu que os atrelei pela primeira vez na história. Sou seu dono e senhor.

Mas Ben não achou que os cães fantasmas gostassem muito de seu dono, pois rosnavam e mostravam os dentes e tinham um olhar feroz. Quando o Doido entrou na carruagem, eriçaram o pelo e enfiaram o rabo entre as pernas.

Quando chegou a sua vez de subir a bordo, Zark recuou. De suas narinas, saíam pequenas chamas.

– Será que o senhor não poderia me libertar agora? – pediu com a voz carregada de tristeza.

– Nada disso – o homem-cão negou. – Você sabe demais. Terá de vir conosco.

– Já que tenho de ir também, deixe-me ir voando – o dragão implorou.

O Doido o encarou resoluto.

– Se tentar escapar, vai se arrepender amargamente: posso forçá-lo a me obedecer, como você sabe muito bem. Aterrisse no pátio e me espere lá.

Esperou o dragão subir aos ares para acrescentar, com voz macia e seu sorriso horripilante:

– É isso aí, meus cães fiéis, vou recompensá-los com carne de dragão de primeira!

– Você não pode fazer isso! – Ben retrucou horrorizado.

– Mas os cães precisam se alimentar, meu jovem. – O Doido exibiu-lhe sua desagradável fileira de dentes. – Todos nós precisamos nos alimentar.

Ben acompanhou com os olhos a silhueta distante do dragão circundar o castelo e bater as asas para descer. Talvez houvesse algo que pudesse fazer para salvar Zark. Enquanto os Canzarrões da Morte passavam sobre o lago, cortando o ar frio que o envolvia, Ben, sentado na carruagem, pensava unicamente no amigo, tão maltratado nos dois mundos. Era tanta injustiça que seus olhos ardiam em lágrimas. Revoltado, piscou com força para expulsá-las. Não queria que aquelas criaturas terríveis o vissem chorar.

Assim que os cães começaram a descida no pátio do castelo e o dragão estava ao alcance de sua voz, ele se levantou e gritou a plenos pulmões;

– Xarkanadûshak! Salve sua pele! Voe para casa!

O dragão o olhou surpreso, revirando os olhos cor de violeta em sua direção. Por um momento, Ben pensou que o uso do nome verdadeiro de Zark não estava mais surtindo efeito. Então, escapando das dentadas dos Canzarrões da Morte, Zark juntou as ancas contra o corpo e saltou em direção ao céu, batendo as asas com todas as forças que conseguiu reunir.

O Doido assistiu à cena com os olhos semicerrados.

– Como posso comandar a fera apenas três vezes, eu a deixarei ir embora por enquanto.

Ben sentiu no peito uma pontada de arrependimento. Gastara todas as chances de invocar o nome verdadeiro do dragão: primeiro, para fazer Zark aterrissar no parque Aldstane; depois, para incentivá-lo a entrar na estrada bravia; e, naquele instante, para libertá-lo. Agora estava na mais completa solidão naquele lugar horrível: literalmente, sem um único amigo no mundo.

CAPÍTULO
15

O Aposento Rosa

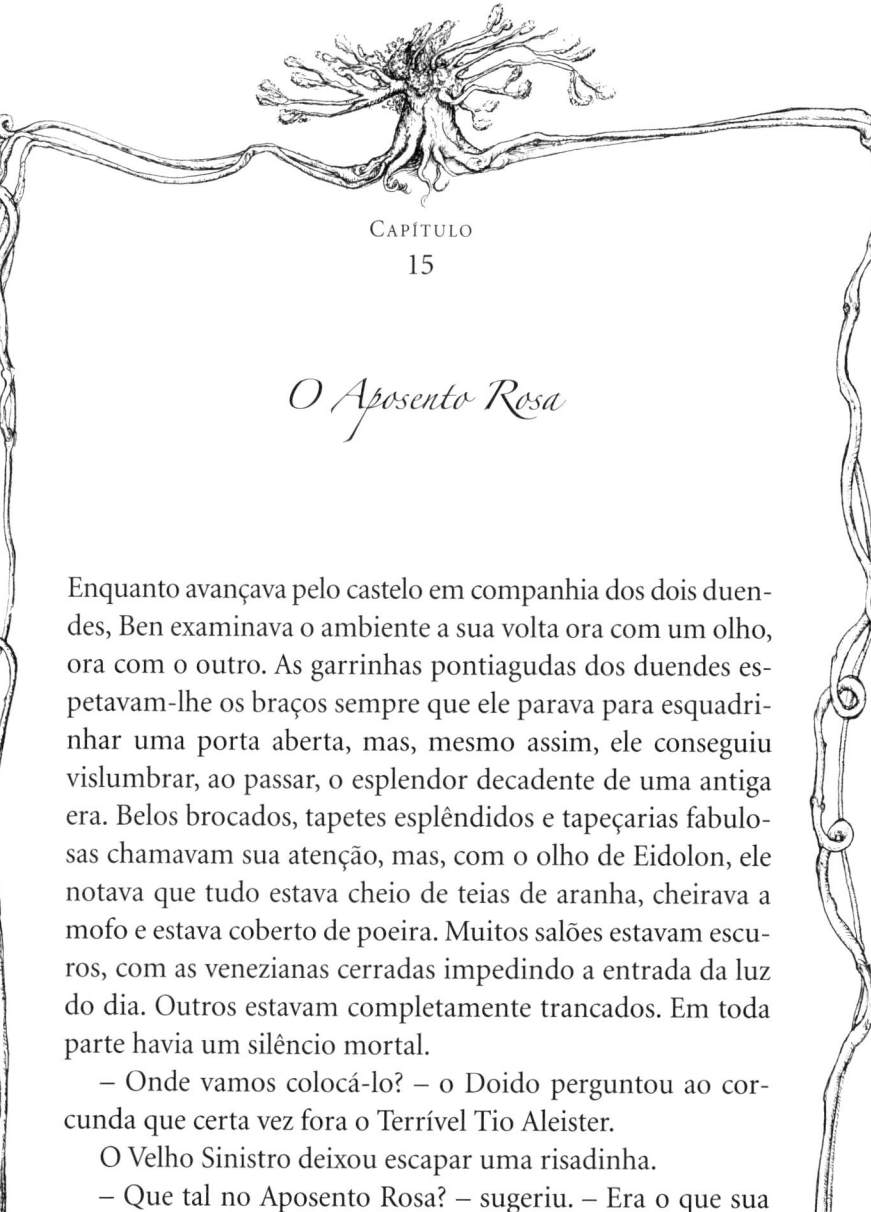

Enquanto avançava pelo castelo em companhia dos dois duendes, Ben examinava o ambiente a sua volta ora com um olho, ora com o outro. As garrinhas pontiagudas dos duendes espetavam-lhe os braços sempre que ele parava para esquadrinhar uma porta aberta, mas, mesmo assim, ele conseguiu vislumbrar, ao passar, o esplendor decadente de uma antiga era. Belos brocados, tapetes esplêndidos e tapeçarias fabulosas chamavam sua atenção, mas, com o olho de Eidolon, ele notava que tudo estava cheio de teias de aranha, cheirava a mofo e estava coberto de poeira. Muitos salões estavam escuros, com as venezianas cerradas impedindo a entrada da luz do dia. Outros estavam completamente trancados. Em toda parte havia um silêncio mortal.

– Onde vamos colocá-lo? – o Doido perguntou ao corcunda que certa vez fora o Terrível Tio Aleister.

O Velho Sinistro deixou escapar uma risadinha.

– Que tal no Aposento Rosa? – sugeriu. – Era o que sua mãe costumava usar.

– Perfeito. – O homem-cão escancarou seu sorriso medonho.

Subiram mais um lance de degraus de pedra e o velho retirou (do nada, aparentemente) um molho de chaves enferrujadas e abriu a porta. Os duendes empurraram Ben para dentro do cômodo.

Os olhos do Doido faiscaram.

– Só o Diabo sabe como você vai se alimentar, garoto. Mas ousaria dizer que na certa conseguiremos encontrar algumas baratas gigantes ou, quem sabe, um ou dois basiliscos. – E bateu a porta com tanta força que as dobradiças estalaram em protesto.

Ben ouviu a chave virar na fechadura e os passos de seus captores ecoarem no corredor à medida que se afastavam. Então, começou a explorar seu cativeiro.

Para uma prisão, não era nada mau. Havia uma enorme cama de baldaquim coberta com um pesado dossel. As estantes estavam repletas de livros, e os armários, abarrotados de roupas e de coisas estranhas e interessantes: penas e pedras e pedaços de madeira esculpida pela água, ou seja, tudo o que sua mãe gostava de colecionar em seu mundo. E as estreitas janelas de pedra davam para o lago.

Mas parecia um lugar triste, mais vazio do que um quarto vazio deveria ser, como se estivesse de luto pela pessoa que um dia dormira ali. A sensação era de solidão, Ben avaliou. E não era de admirar, pois parecia que ninguém no mundo visitava o castelo – ninguém exceto o Doido e seus ajudantes.

"Que desperdício", Ben pensou, olhando pela janela. Fechando os dois olhos, conseguia imaginar o castelo em seus melhores dias, quando a mãe ainda morava lá, quando ele ainda fervilhava de vida. Risos ecoavam pelos corredores, a Princesa Isadora e suas amigas brincavam nas escadas, e as pessoas (e todos os tipos de animais maravilhosos) nadavam no lago. No pátio, que agora parecia ser território dos Canzarrões da Morte, com ossos espalhados por todos os lados, teria havido árvores frutíferas das quais se colhiam maçãs e peras, chafarizes para mergulhar e um punhado de laguinhos de peixes (repletos de várias espécies, menos os peixes-de-briga da Mongólia).

De algum modo, o castelo se reduzira a uma sombra de si mesmo.

Quando Ig lhe descrevera o País Secreto, ele havia imaginado uma terra repleta de maravilhas, tal como um dia acreditara que fosse o Empório de Animais. Mas percebeu que tinha sido ingênuo. Assim como a loja de animais se revelara de perto uma fachada mal disfarçada dos negócios escusos do senhor Doids – que contrabandeava de um mundo para o outro animais que não lhe pertenciam –, Eidolon também deixara de ser o glorioso refúgio da magia que Ben esperava que fosse.

O descaso e a ganância roubaram-lhe o encanto.

Ben pensou nos habitantes do País Secreto que conhecera: o Andarilho, o espírito da floresta, a *selkie*, o dragão. Todos, com exceção de Ig, que parecia capaz de se adaptar a qualquer mundo em que estivesse, adoeceram quando deixaram Eidolon, piorando cada vez mais com o passar do tempo.

E o próprio País Secreto estava sofrendo. Pensou no mofo e nos fungos, na grama chamuscada, no ar parado da floresta. Pensou nos peixes boiando de barriga para cima, no riacho, na sereia velha de olhos embaciados, nos animais que correram a se esconder à sua passagem, nas lágrimas da dríade e nas palavras que ela lhe dissera.

"Se Eidolon já teve uma rainha e ela foi embora, era essa a razão do sofrimento", ele pensou. Sua ausência permitiu que o Doido fizesse o que bem entendesse, pois não parecia haver ninguém por ali que pudesse impedi-lo: nem mesmo o Cornuto, dono da floresta que eles haviam atravessado e que parecia tão digno e imponente. A ausência da rainha permitiu que o Terrível Tio Aleister vendesse o coitado do Zark como incinerador de jardim e que ganhasse rios de dinheiro com a venda dos animais do País Secreto, consumindo, assim, toda a magia de Eidolon.

Lembrou-se das palavras de Zark quando da morte da fadinha: *E é assim que mais um habitante do País Secreto vai embora deste mundo, subtraindo um pouco mais de sua magia. É assim que o mundo vai sucumbir, Ben: com essas demonstrações inconsequentes de crueldade. E se um príncipe e um dragão não têm coragem de impedir o massacre de uma pequena fada, o que vai ser de Eidolon?*

Zark tinha razão.

Ben afastou-se da janela e sentou-se na cama. A cama de sua mãe. Imediatamente uma enorme nuvem de poeira se levantou e o envolveu, fazendo-o tossir. Quando a poeira baixou, Ben teve a impressão de sentir o perfume dela, muito suavemente, em todo o ambiente: um aroma delicado, como pétalas de rosa. A perda da mãe, de sua família e de seu mundo era insuportável.

Seja valente, Ben.

Estar ali naquele aposento imaginando a jovem que a mãe fora um dia, reconhecer os sinais concretos de sua ausência, fez alguma coisa se encaixar em sua mente, como a última peça de um quebra-cabeça. Percebeu subitamente que tudo o que a dríade dissera devia ser verdade. A mãe *era* a Rainha do País Secreto; por isso ela adoecia cada vez mais no outro mundo.

Quanto mais tempo ficasse longe do seu mundo e da magia que o sustentava, pior seria o seu estado. E pior seria a situação de Eidolon e de seus habitantes.

Mas, se tudo isso era verdade, ele era o culpado. Ele e Ellie e Alice. E o pai. A culpa era de todos. Se não fosse por eles, ela teria continuado em Eidolon e tudo estaria em ordem.

Ben encolheu-se na cama velha e bolorenta e aninhou-se nos próprios braços, mergulhado em tristeza. Ele era o único a saber da verdade e o único a transitar entre os dois mundos, além do senhor Doids, do Terrível Tio Aleister e dos duendes; e estava ali, trancado em um castelo no meio de um lago, e não havia nada que pudesse fazer para salvá-la, ou salvar Eidolon e seus habitantes.

Deixou-se levar pela autocomiseração, e a escuridão da noite começou a envolvê-lo.

Nada a fazer... Mais ninguém capaz de transitar entre os dois mundos...

Ben sentou-se na cama com o tronco ereto.

– Que idiota que eu sou! – gritou. E riu. E saltou da cama. Dançou pelo quarto. Girou uma estrela e escancarou o maior dos sorrisos.

Havia algo que ele podia fazer. *Havia* alguém que poderia fazer a viagem.

Então caiu em si. Seria perigoso.

Mas não havia escolha. Dirigiu-se à janela, debruçou no parapeito e gritou na escuridão:

– Ignácio Sorvo Coromandel! Onde quer que esteja, apresente-se a mim!

Capítulo
16

Ignácio Sorvo Coromandel

Ben esperou. Olhou pela janela para o lago escuro e esperou. Sentou-se na cama, balançou os pés e esperou. Andou de um lado para outro no quarto, abrindo e fechando distraidamente as portas dos armários, e esperou.

Nem sinal de Ig.

Então, maldisse a própria estupidez. Mesmo que Ignácio Sorvo Coromandel tivesse ouvido seu chamado, como o encontraria? E, se o encontrasse, como atravessaria o lago? Especialmente um gato como o Andarilho, cuja inépcia como explorador ele, no fundo, conhecia muito bem. Àquela altura, Ig poderia estar em qualquer lugar: poderia ter tomado a estrada bravia errada e ido parar na antiga China; poderia estar pregando sustos no imperador Napoleão na véspera da batalha de Waterloo; ou estar preso no topo do Rochedo Ayers, nos cafundós da Austrália.

Ou poderia ter sido arrastado até ali contra sua vontade e caído nas garras dos Canzarrões da Morte.

Ben segurou a cabeça com as mãos.

Passos ressoaram na escada.

Olhou para a porta como se, por um simples ato de sua vontade, pudesse acionar uma visão de raios X e ver exatamente quem estava do outro lado. Quando deu por si, alguém enfiava uma chave na fechadura, e as dobradiças começaram a ranger.

Era o Velho Sinistro acompanhado dos dois duendes: um deles carregava um prato, e o outro, uma caneca e uma vela acesa. O estômago de Ben roncava; mas, ao examinar o conteúdo do prato, percebeu que o Doido não estava brincando.

– Trate de comer tudo, Benny! São muito nutritivas essas baratas gigantes de Malaca. Meio barulhentas para se mastigar, mas tenho certeza de que você vai se acostumar. – O Velho Sinistro casquinou um risinho irônico. – Não tem outro jeito: é só o que tem neste buraco. Mais tarde vou para casa comer um bom bife com fritas; mas não se preocupe, Bogar e Bog vão tomar conta de você. Ah, e não tente escapar nem fazer nenhuma tolice.

Ben fitou o velho enrugado que, em um outro mundo, era seu terrível tio; olhou-o no fundo daqueles olhos pretos que não piscavam e se deteve nos dentes demasiado grandes, no queixo barbado e no nariz adunco. Era difícil ver naquela fisionomia qualquer traço de parentesco com ele, mas não pôde evitar a pergunta:

– Mas se você é irmão dela, como suporta deixá-la morrer?

O Velho Sinistro soltou uma risada convulsiva.

– Você ainda não desconfiou, Benny? – Ele olhou por cima do ombro para se certificar de que ninguém o ouvia e, em seguida, curvou-se na direção do menino e segredou:

– Quando Isadora morrer, vou trazer minha filha Cíntia para cá, para que assuma seu legítimo posto como Rainha de Eidolon!

"A insuportável prima Cíntia, Rainha de Eidolon? Se isso acontecer, este mundo estará perdido", Ben pensou.

Ao ver a expressão de horror estampada no rosto do sobrinho, o velho esfregou as mãos de satisfação e soltou aquela risada colérica e tonitruante que o menino tanto detestava.

Em seguida, o velho se dirigiu aos capangas:

– Quero vocês lá embaixo tão rápido quanto uma salamandra abana o rabo – ordenou, empregando o mesmo tom imperativo que costumava usar com Ben e Ellie quando queria que eles executassem alguma tarefa doméstica desagradável. – Temos de providenciar a captura de um substituto para o incinerador de jardim de Lady Hawley-Fawley. Tratem de dar logo essa comida para o garoto e não deixem de conferir se ele raspou o prato. Depois me encontrem lá no pátio.

Dada a ordem, girou o corpo sobre os calcanhares e saiu, batendo a porta atrás de si.

Os duendes olharam para Ben de soslaio. Havia um brilho de malícia em seus olhos miúdos e brilhantes. Colocaram o prato e a caneca sobre a cômoda aos pés da cama e lá ficaram olhando para a refeição com um olhar meio invejoso.

– O que tem aí dentro? – Ben perguntou, apontando para a caneca.

Os duendes se entreolharam.

– Diga a ele, Bog – disse o duende da direita.

– Não, diz você.

– Você!

– Não, você!

– Sangue de rato – Bogar informou finalmente. – Um delicioso sangue de rato.

Ben sentiu ânsia de vômito.

– Podem beber, se quiserem – ofereceu com falsa gentileza.

Os duendes lamberam os beiços com suas línguas negras e escorregadias.

– Não podemos.

– Podem, sim.

– Não, não podemos. O Doido vai nos esfolar.

– Não vou contar para ele – Ben argumentou.

– Vai, sim.

– Não vou, não.

Aqueles dois já estavam se tornando enfadonhos. Ben tinha a sensação de ter aterrissado em um palco de teatro, no meio de uma pantomima de má qualidade. Para a cena ficar completa, só faltava agora alguém gritar: "Ele está bem atrás de você."

Quando Bogar esticou o braço para pegar a caneca, os olhos de Bog se arregalaram.

– Ele está bem atrás de você! – sibilou.

Bogar recolheu a mão rapidamente como se a tivesse queimado.

O Doido estava parado na soleira.

– O que ele não vai me contar?

– Nada – respondeu Bogar.

– Nada – respondeu Bog.

Olharam para Ben com desconfiança.

– O que eu não ia lhe contar é que a minha mãe vai castigar você pelo que fez com os animais dela – Ben respondeu.

Os duendes trocaram olhares apavorados e fugiram antes que o homem-cão perdesse a paciência.

O Doido deu de ombros.

– Não acredito que ela tenha forças para me punir seja lá por que motivo – ele contrapôs com crueldade. Em seguida sorriu. – Trouxe companhia para você.

Enfiou a mão embaixo do casaco preto e comprido e retirou um vulto que se debatia e pingava. Por um momento, Ben não identificou o que via, mas logo percebeu que se tratava de um gato.

– Oh, Ig – disse pesaroso.

O gato livrou-se das garras do Doido e escapou, arisco como um rato, indo se meter debaixo da cama, onde ficou tremendo, um par de olhos na escuridão.

O Doido riu.

– O Andarilho e o Príncipe de Eidolon. Que bela dupla de heróis! Se é assim que pretendem resistir a mim, não tenho muita coisa a temer. Mais uma outra encomenda de animais de sua mãe despachada para o Outro Mundo e sua mãe estará arruinada para sempre: então usurparei o trono!

Ben pensou rápido. Lembrou-se das palavras do Velho Sinistro sobre sua prima insuportável. Talvez estivesse na hora de semear um pouco de discórdia entre o Doido e seu comparsa.

– Mas o Tio Aleister disse que a Cíntia seria a rainha – ele arriscou. E foi com satisfação que viu a cabeça do Doido se voltar para ele perigosamente, seus olhos lançando faíscas sob a luz das velas.

– Ah, foi? Ele falou isso? Que interessante.

Sem dizer mais nada, deu as costas e saiu. Ben ouviu a chave ranger na fechadura. Logo em seguida, silêncio total.

Ignácio Sorvo Coromandel saiu de seu esconderijo parecendo um esquilo encharcado. Uma água lamacenta o seguia, formando poças no chão. Ig começou a lamber o pelo para limpá-lo e secá-lo com uma energia surpreendente.

– Estou muito chateado por ter trazido você até aqui, Ig.

– Espero que esteja mesmo. Eu estava numa boa, vendo o pôr do sol no Mar Ocidental em companhia de uma linda gatinha jamaicana de seis dedos que me deu o maior trabalhão para conquistar, quando o seu apelo quase me furou o tímpano e tive de sair na maior correria para pegar a primeira estrada bravia que encontrei, sem nem ter tempo de dizer "até logo".

Olhou para Ben com um ar de gravidade.

– Se ela se recusar a falar comigo quando eu voltar, a culpa vai ser toda sua. E, como se não bastasse, ainda tive de encarar um lago e uma cachorrada escandalosa. Para cães fantasmas, até que eles têm uns dentes bem afiados. – Virou-se para que Ben pudesse ver seu rabo, cuja ponta estava bastante maltratada.

– Se não fosse por isso, eu teria escapado são e salvo; mas o escândalo que fizeram alertou o Doido...

– Não sabia que os gatos sabiam nadar.

Ig o olhou atravessado.

– Só os da raça Van Turco e os tigres nadam por *escolha* – explicou. – A água é fria e estraga o pelo. Mas você deve ter notado que nado melhor do que você, Ben Arnold.

Ben sorriu.

– Isso não é tão difícil: eu nado feito uma pedra!

Ig se sacudiu com um vigor repentino.

– Chega de conversa fiada – disse. – Melhor dizermos a que viemos e começarmos logo a salvar o mundo, que tal? – Reparou no jantar trazido pelos duendes sem esconder a avidez.

– Isto aqui é seu? – perguntou, tentando fingir indiferença.

Ben desviou os olhos de Ig para o prato e do prato para Ig. A expressão de seu rosto dizia tudo.

– É todo seu – disse, e precisou virar o rosto para não ver Ig devorar as baratas com sofreguidão, mastigando-as ruidosamente.

– Entendeu agora? Sabe o que vai dizer?
– E quem vai querer dar atenção a um gato falante?
– Eu dei.

Ignácio Sorvo Coromandel pestanejou.

– É verdade.
– Você é a única chance que eu tenho de salvar Eidolon e a minha mãe. Apenas tenha cuidado para que o Terrível Tio Aleister, a Tia Sybil, a Pavorosa Prima Cíntia e seu horripilante gato pelado estejam bem longe e não ouçam nada.
– Gato pelado, você disse?

Ben se lembrou de alguma coisa.

– Ele disse que era um Esfinge, e acho que era um espião do Doido. Na verdade, ele deu a entender que conhecia você.
– E conhece. – Os olhos de Ig cuspiram fogo. – Tenho umas contas a acertar com ele.

Mas se Ben estava esperando uma história, o gato não parecia disposto a satisfazer sua curiosidade.

– Melhor ir andando, então – Ignácio Sorvo Coromandel anunciou, antes de dar uma última sacudidela. Ben só não conseguiu entender o motivo de tanto trabalho, se ele ia ter de se molhar de novo.

– Tome cuidado, ouviu, Ig? Não vá se afogar... ou sei lá o quê.

O gatinho exibiu os dentes.

– Afogamento não está nos meus planos, pode deixar.

Ben olhou em volta: para a porta fechada, para as sombras móveis que a luz da vela produzia, para a noite além das janelas.

– Mas como você vai sair daqui?

A resposta de Ig foi um elegante salto para o peitoril mais próximo, seguido de um miado rouco, agudo e esquisito que varou a escuridão.

Durante algum tempo, não se ouviu nenhum som. Ben percebeu que estava prendendo a respiração. O gato continuava sentado no parapeito, fitando a noite lá fora, como se fosse uma escultura de pedra.

Então, uma luz tênue e alaranjada surgiu do nada e provocou um reflexo nas águas paradas do lago. Ben correu até a janela para ver melhor e, em sua agitação, quase derrubou Ig de seu poleiro.

A princípio, Ben pensou tratar-se de uma nuvem de vaga-lumes voejando sobre o espelho d'água: o luar revelava uma infinidade de asas diáfanas e tremeluzentes e de cabeças e antenas prateadas.

Finalmente, um dos supostos vaga-lumes se desgarrou do bando e esvoaçou para dentro do quarto, onde a luz da vela iluminou uma névoa dourada proveniente de asas atarefadas.

– Olá, Ben... olá, Ig! – disse a voz estridente e familiar.

Um sorriso enorme de dentinhos afiados parecia dividir em dois o rostinho minúsculo.

– Raminho! – Ben exclamou deslumbrado.

– E veja: ele trouxe toda a família – Ig disse orgulhoso. Ele olhou primeiro para a barriga estufada, repleta de baratas de Malaca, e, depois, para os espíritos da floresta que se aproximavam. – Espero que haja um número suficiente deles – acrescentou nervoso.

Os espíritos da floresta atravessaram a janela um por um até o Aposento Rosa parecer iluminado por uma luz incandescente. Traziam um emaranhado de cipós.

– Achamos que... talvez... você pudesse fazer... um cesto – disse Raminho, esperançoso. – Para colocarmos o Andarilho... assim daria para dividir o peso... – Ele relanceou um olhar dúbio para o gato. – Embora ele pareça... mais robusto do que eu pensei que fosse – balançou a cabeça com tristeza –, mas naquela ocasião eu... não estava muito bem.

O menino olhou para os cipós. Artesanato não era sua praia. Na verdade, era obrigado a admitir que não fazia a menor ideia de como trançar um cesto. Mas o destino do Andarilho dependia de sua habilidade. Pegou os cipós e se sentou na cama. Meia hora se passou. E mais meia hora. Tudo o que Ben tinha a exibir, depois de tanto esforço, era um punhado de pedaços de cipó e um monte de folhas, misturados em um emaranhado ainda pior do que o anterior. Deu um sorriso amarelo.

– É... foi mal, Ig.

O gato o olhou com cara de poucos amigos.

– Já estava esperando por isso. – Vagou pelo quarto, enfiou a pata no primeiro guarda-roupa que encontrou e o abriu.

Dentro havia uma mixórdia de vestidos e xales, capas e chapéus. Ben deu um salto, espalhando cipós por todos os lados, e começou a vasculhar o armário. Finalmente saiu lá de dentro com ar triunfante, segurando uma touca preguedada de borda larga e enfeitada de rendas.

– Pronto, resolvido! – declarou. – Perfeito!

Ig olhou para a touca com desprezo.

– Não vou usar isto nem que me matem.

– Não é para você usar, seu bobo – Ben respondeu em tom descortês. – Você vai entrar nela e Raminho e sua família vão transportá-lo.

– Vou ficar ridículo aí dentro.

Ben colocou a mão nos quadris (um gesto idêntico ao do pai, quando estava meio aborrecido com alguma coisa; um gesto que ele ignorava ter herdado).

– E daí? Qual é o problema?

O gato olhou de novo para aquela monstruosidade rendada e deu de ombros.

– Nenhum, eu acho. – Fez uma pausa. – Mas nem um pio sobre isto. – Ficou pensativo por alguns instantes. – Se aqueles Canzarrões da Morte me virem, vão pegar no meu pé para o resto da vida. O Andarilho numa touca... Pelo amor de Deus.

A cena era de fato inusitada: Ignácio Sorvo Coromandel, dentro de uma touca enfeitada com renda branca, atravessando o lago negro, carregado por uma dúzia (um esforço e tanto) de espíritos da floresta. Ben chegou a sentir vontade de rir, mas descobriu que estava mais perto de chorar e teve de fazer esforço para não derramar uma lágrima. Ig, por sua vez, olhava firme para a frente, como um almirante na proa de seu navio, tentando parecer o mais digno possível. Ben observou o estranho cortejo até todos desaparecerem de vista, provavelmente na outra margem do lago.

Então, saiu da janela e foi deitar-se na cama da mãe, torcendo com todas as forças para que a missão do Andarilho fosse bem-sucedida.

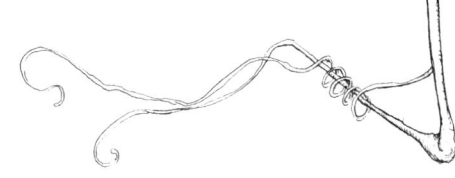

Capítulo 17

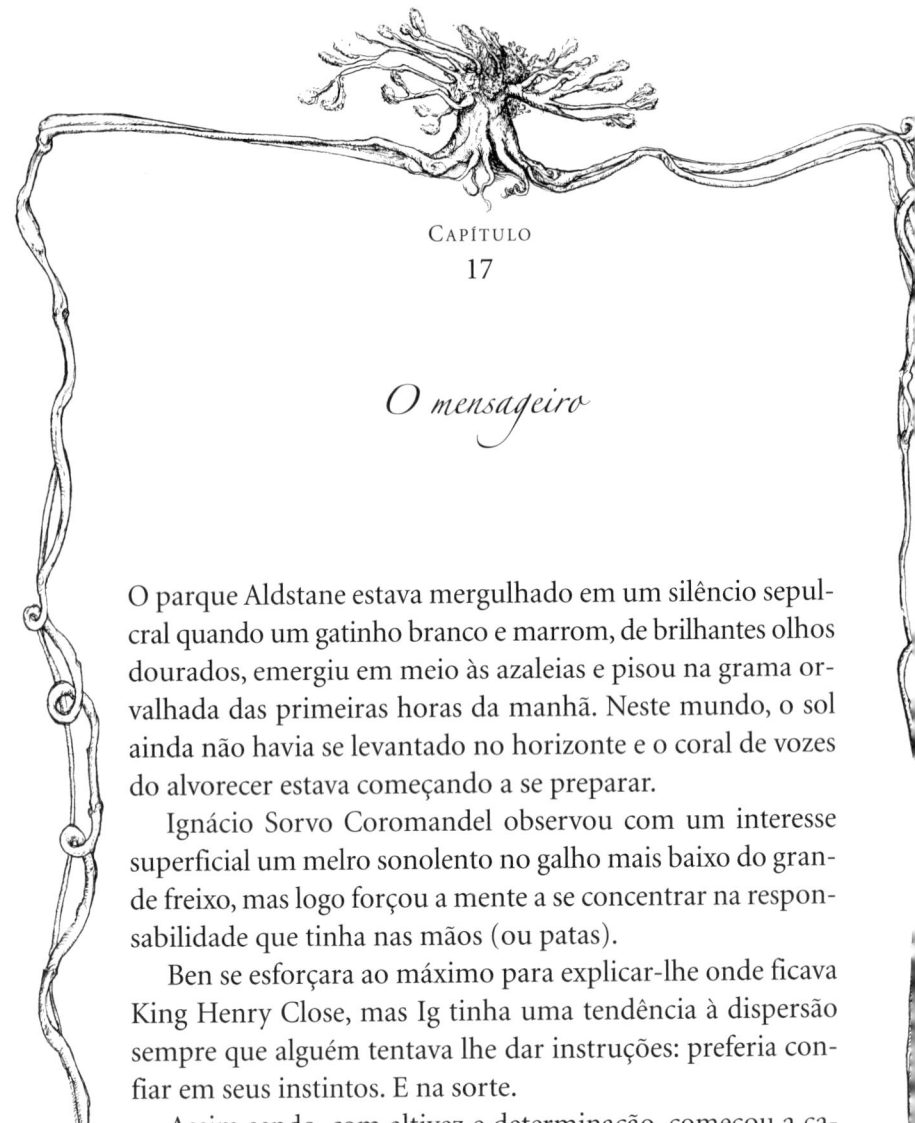

O mensageiro

O parque Aldstane estava mergulhado em um silêncio sepulcral quando um gatinho branco e marrom, de brilhantes olhos dourados, emergiu em meio às azaleias e pisou na grama orvalhada das primeiras horas da manhã. Neste mundo, o sol ainda não havia se levantado no horizonte e o coral de vozes do alvorecer estava começando a se preparar.

Ignácio Sorvo Coromandel observou com um interesse superficial um melro sonolento no galho mais baixo do grande freixo, mas logo forçou a mente a se concentrar na responsabilidade que tinha nas mãos (ou patas).

Ben se esforçara ao máximo para explicar-lhe onde ficava King Henry Close, mas Ig tinha uma tendência à dispersão sempre que alguém tentava lhe dar instruções: preferia confiar em seus instintos. E na sorte.

Assim sendo, com altivez e determinação, começou a caminhar pela rua, olhando para a esquerda e para a direita, na tentativa de lembrar-se do que Ben lhe havia contado sobre a casa do Tio Aleister. Alguma coisa sobre um enorme Jaguar preto e reluzente, que ficava do lado de fora, na entrada para carros...

Depois de esquadrinhar todas as ruas residenciais de Bixbury durante quase duas horas, Ignácio Sorvo Coromandel não conseguira nada em troca de seu esforço, a não ser algumas bolhas nas patas. Nem sombra de jaguar ou de qualquer outro tipo de onça. Sequer um cheiro ao longe. Além disso, estava completamente perdido.

Saltou sobre um muro de pedra e, desanimado, lambeu as patas. De que lhe adiantava ser o filho de dois grandes exploradores de Eidolon? De que lhe adiantava ser o famoso Andarilho? Iria decepcionar Ben; iria decepcionar a Rainha Isadora; e iria decepcionar Eidolon: tudo porque não conseguia encontrar a casa certa. Ficou cabisbaixo.

– Desça do meu muro!

O susto o colocou em alerta. No gramado junto ao muro, um enorme gato alaranjado o observava com olhos furiosos e o pelo eriçado.

– Eu disse desça... agora!

Ig o encarou.

– Que tal pedir por favor? – retrucou ofendido.

Não foi uma boa ideia. Antes que desse pela coisa, o gatão alaranjado saltou sobre o muro, escancarou a bocarra e abocanhou-lhe a cabeça. Ig sentiu as presas do outro fincadas no seu couro cabeludo.

– Ai! Me solte!

O gatão alaranjado disse algo ininteligível (principalmente porque estava com a boca cheia) e lhe deu uma patada. Os dois caíram sobre a grama guinchando. Ig finalmente conseguiu livrar-se por alguns segundos, tempo suficiente para dizer:

– Meu nome é Andarilho e preciso da sua ajuda!

O agressor retirou os dentes devagar, como se os soltasse um a um do crânio de Ig. Em seguida, recuou e olhou para o gatinho malhado de preto e marrom com cara de poucos amigos. As orelhas estavam arriadas, e o focinho, enrugado.

– Ouvi falar a seu respeito – disse. – Como vou saber se você é quem diz que é?

– Viajei pelas estradas bravias de Eidolon para chegar aqui – Ig argumentou em desespero.

O gatão ficou de orelha em pé.

– Eidolon, é? O País Secreto?

– Você já esteve lá?

O gatão ficou melancólico.

– Sempre quis ir...

– Se não levar meu recado para a pessoa que precisa recebê-lo, gato nenhum mais conseguirá entrar com segurança no Mundo das Sombras.

O outro soltou um riso constrangido, como se estivesse lidando com alguém meio amalucado.

– Ah, a situação não deve ser tão grave *assim*. Você disse uma pessoa? E por que cargas-d'água você quer falar com um Pamonha?

– Algumas pessoas são Pamonhas. Mas outras carregam nas veias o sangue de Eidolon.

– Você está se referindo ao sangue da Rainha? – agora o gato era todo ouvidos.

Ig se arrependeu de ter falado demais. Começou a lamber o corpo freneticamente, que é a maneira que os gatos têm de mudar de assunto.

Em seguida, acrescentou:

— Estou procurando uma menina chamada Ellie. Ela está hospedada em uma casa, em cuja entrada mora um grande jaguar preto. Mas já procurei em toda parte e não consegui farejar nenhum. Nem mesmo um leão, ou um tigre ou lince...

O gatão caiu na gargalhada. Olhando com escárnio para o Andarilho, comentou:

— Que grande felino digno desse nome ficaria plantado na porta da casa de um Pamonha qualquer? Na certa, quando falaram com você em jaguar estavam se referindo a um carro, seu idiota; um Jaguar: uma marca de carro! Você deve mesmo ter vindo de outro mundo para ignorar uma coisa *dessas*!

Inquieto, Ig mudou de posição. Estava desconcertado. Nenhum gato gosta de parecer tolo.

— Muito bem – disse, zangado. – Onde se acha esse tal carro, afinal?

Seu antagonista levantou-se da grama e sacudiu o corpo.

— Sei lá.

— *Sabe lá?* – Ig estava furioso. Depois de ser alvo da zombaria do gatão alaranjado, aquela resposta encheu-lhe as medidas.

— Dá uma olhada por aí – o outro gato apontou as ruas para além do jardim. – Tem carro por toda parte. Este é o problema dos carros: eles se movem para cá e para lá.

Era verdade: havia carros por toda parte, andando de um lado para o outro, e muitos deles eram pretos. Àquela altura do dia, o trânsito já estava meio congestionado e as pessoas estavam indo para o trabalho, totalmente alheias ao fato de que dois mundos estavam em perigo. Ig suspirou, derrotado.

— Você não tem outra informação que possa ajudar? – o gatão perguntou, soando mais gentil.

Ignácio Sorvo Coromandel deu tratos à bola.

– Olha – disse –, a pessoa que procuro está morando com um homem chamado Terrível Tio Aleister, uma menina chamada Cíntia e um gato pelado...

O gatão alaranjado assustou-se.

– Um gato pelado?

– Você o conhece?

– Conheço. – O gatão ficou circunspecto. – Se existe algo ruim neste mundo, ou no seu, essa coisa é o Esfinge. Se a pessoa que você procura estiver perto daquele bicho, é melhor desistir de uma vez.

– Não posso.

– Vou levar você até o final daquela rua – disse o gatão. – Mas não vou além. Tome cuidado com o Esfinge e com as pessoas da casa onde ele mora; a crueldade deles é pública e notória. – Baixou a voz e olhou por sobre o ombro como se temesse ter sido ouvido. – Eles mantêm animais presos em caixas e os despacham em caminhões sabe Deus para onde. Muitos morrem simplesmente porque não aguentam a viagem. Dizem que vendem os cadáveres para virarem ração. Ração que faz muito mal. Não como mais nada que não seja enlatado. – Ficou pensativo por alguns instantes. – Exceto um ou outro camundongo eventualmente, sabe como é. – Fez um gesto com os ombros para expressar impotência diante dos fatos e deu um meio sorriso. – Gatos são gatos.

Os dois caminharam juntos e em silêncio durante um tempo que, para Ig, que tinha bolhas nas patas e uma índole impaciente, pareceu longo demais. E, pior, voltaram pelo caminho que ele já havia percorrido naquele dia. Não tardou para as árvores do parque Aldstane ficarem visíveis acima dos telhados. Ele se sentiu mais tolo do que nunca.

Finalmente o gatão alaranjado parou ao lado de um objeto alto e vermelho na esquina de uma rua.

– É lá – disse, apontando com o queixo na direção a que se referia. – É a quarta casa contando a partir daqui. Tome cuidado... – fez uma pausa e, em seguida, acrescentou enfaticamente – se alguém perguntar quem foi que lhe ensinou o caminho, *não diga que fui eu.*

– Isso vai ser moleza – Ig respondeu. – Você nunca me disse como se chama.

O gatão pareceu surpreso.

– É Tom – disse. – Ou, pelo menos, é assim que os meus pamonhas me chamam. – O gatão coçou o focinho – Nome verdadeiro omitido, castigo esquecido: não vamos conseguir que você o vomite nem sob tortura, certo? – E, rindo, como se tivesse dito uma piada muito engraçada, saltou sobre a sebe mais próxima e desapareceu. Pesaroso, Ig o observou enquanto ele se afastava.

A quarta casa da rua não tinha nenhum carro preto e reluzente parado na porta. Havia, isto sim, um grande caminhão amarelo equipado com uma luz alaranjada piscando no teto. O veículo estava estacionado na entrada de carros, e alguns homens de macacão içavam um veículo meio chamuscado para colocá-lo na traseira do caminhão. Ig escondeu-se atrás de uma moita de arbustos e observou a cena com interesse. Uma mulher esbelta, trajando um elegante vestido rosa, gritava para os homens, encorajada pela mesma menina esguia que ele havia visto na casa de Ben. Ela carregava no colo um gato magricela e sem pelos.

Eram Cíntia e o Esfinge.

Ig estremeceu quando os olhos verdes e argutos do gato pelado varreram a entrada de carros, e procurou abrigar-se melhor na moita.

Uma outra menina surgiu atrás dos dois. Era mais alta do que Cíntia. O cabelo louro e comprido estava preso em um rabo de cavalo frouxo, deixando à mostra um extravagante par de brincos feito com penas. Ele se lembrou do dia em que ela enfiou a cabeça na casa da árvore. Na ocasião, as pálpebras dela estavam emplastradas de sombra roxa e cintilante; agora, dava a impressão de ter chorado, pois a coisa preta que usava em volta dos olhos estava quebradiça e manchada.

Ignácio Sorvo Coromandel chegou a sentir um aperto no coração.

– Ben não faria uma coisa horrível dessa! – Ellie disse, como se repetisse o mesmo argumento pela centésima vez. – Não mesmo!

– Se não foi ele que botou fogo no Range Rover da mamãe, por que fugiu, então? – Cíntia rebateu. – Responda!

– Não sei! – Ellie gritou. – Como vou saber?

– Bom, acho melhor ele não dar as caras por aqui – disse a mulher de rosa. – Ou Aleister vai lhe dar uma surra de verdade. Do jeito que está, seu pai terá de pagar o prejuízo. – Tia Sybil lançou um olhar rancoroso para Ellie. – Com o que ele ganha naquele jornalzinho insignificante, vai levar anos. Anos! – E, pisando firme, voltou para dentro de casa.

Ellie sentou-se na soleira.

– Alguém avisou ao papai que o Ben sumiu? – ela perguntou à prima.

– Duvido muito. Quem iria se dar o trabalho?

Nesse ponto da conversa, o Esfinge espreguiçou-se no colo da dona e abriu um sorriso perverso; a falta de pelos tornava o gesto muito mais explícito.

– Ninguém – ele disse baixinho, como se falasse consigo mesmo. Ellie fixou os olhos nele e, depois, em Cíntia; quando ambos lhe devolveram o olhar de modo enigmático, ela gritou:

– Odeio você e esse seu rato! – Em seguida, saiu correndo pelo jardim e foi para a rua.

A Pavorosa Prima Cíntia e o Esfinge a observaram afastar-se, com idênticos meios sorrisos estampados no rosto. Depois, Cíntia voltou-se, entrou em casa e bateu a porta.

Ig saiu de seu esconderijo e correu pela entrada de carros. À sua frente, já bem afastada, Ellie caminhava com passos decididos em direção à cidade.

– Oh, não – disse Ig. – Acho que não consigo andar mais depressa do que isso com essas bolhas... – Mesmo assim, trincou os dentes e saiu em disparada atrás dela. Precisou de alguns instantes para alcançá-la, embora estivesse correndo a toda. Quando chegou bem perto, estava tão ofegante que mal conseguia falar.

– Ellie – disse, com um chiado na voz.

A menina parou. Olhou em volta e, como não visse ninguém, continuou a andar, desta vez mais depressa ainda.

– Ellie, espere – Ig implorou, mancando atrás dela.

Então, ela olhou para baixo. Quando percebeu que se tratava de um gato, ficou assustada.

– Estou enlouquecendo – disse com seus botões. – Estou tão mal quanto meu irmão. Ou minha mãe. – Enfiou as mãos no bolso e continuou seu caminho.

No ponto de ônibus, sentou em um dos banquinhos de plástico vermelho e perscrutou a rua, como se procurasse fazer aparecer um ônibus com a força de sua vontade.

Ig fez um último esforço gigantesco e escalou o assento a seu lado.

– Olha – disse –, eu não estaria fazendo isso se a situação não fosse grave, e é grave.

Ellie empalideceu e se viu tomada pelo pânico. Então, remexeu o conteúdo da bolsa a tiracolo e pegou um par de fones de ouvido, que tratou de enfiar rapidamente nos ouvidos. O som metálico e abafado de uma melodia pontuada por uma batida monótona encheu o ar e se interpôs entre eles.

Ig bateu-lhe na perna. Ela o enxotou. Ele enfiou as garras em seu *jeans* e ela levantou-se e ameaçou um chute. Ele se enfiou debaixo dos assentos, de onde lhe lançou um olhar suplicante. Mas ela insistia em não olhar para ele. Ig quase deixou escapar um longo miado de frustração.

– Ellie! – gritou. – Ellie Arnold!

Nenhuma reação.

Respirou fundo e, quase sem perceber o que estava fazendo, vasculhou a memória à procura de uma pequena e preciosa informação que Ben lhe deixara escapar quando estavam na casa da árvore, antes de o menino ter consciência do poder que tal informação continha.

– Eleanor Katherine Arnold! Tire essas coisas do ouvido e ouça o que tenho a dizer!

Capítulo
18

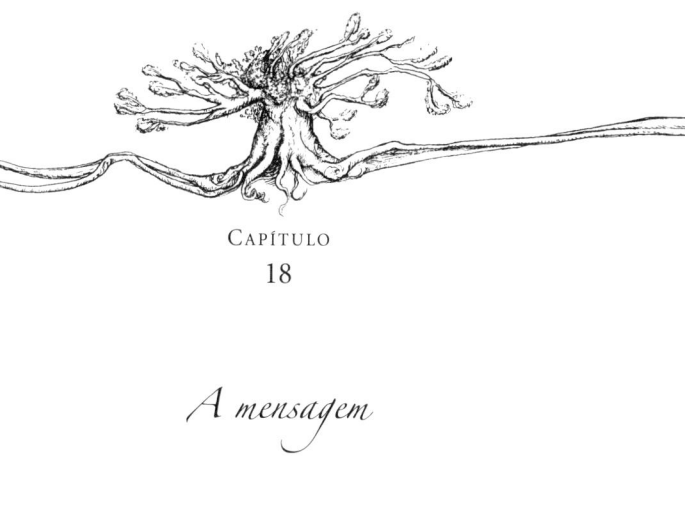

A mensagem

Enquanto Ignácio Sorvo Coromandel contava a Eleanor Arnold sua história, três ônibus chegaram e partiram e ela nem percebeu. Limitou-se a permanecer ali sentada no assento do ponto de ônibus, com as mãos no rosto e os olhos carregados de maquiagem fixos nos dele.

– Coitada da mamãe! – comentou.

Em seguida, arrancou os brincos e os pisoteou. Pequenos pedaços de pena flutuaram no ar e, soprados pela fumaça quente do escapamento de um carro, dançaram pela rua. Ig observou aquele bailado, com olhos intrigados.

– Parecem penas de uma fênix...

– Pobres aves – Ellie desabafou. – Trazidas de tão longe naquelas medonhas caixas abafadas, apenas para serem mortas e terem as penas arrancadas... Logo vi que aquelas penas não eram de uma ave qualquer.

E contou a Ig sobre as joias e os acessórios que ela e Cíntia tinham feito às escondidas no covil da prima – para venderem na escola e ganharem um dinheirinho extra – com o material roubado das caixas de penas e peles de cores tão inusitadas que o Tio Aleister comercializava.

– Nunca me preocupei em saber de onde vinha aquele material – ela disse, com expressão abatida. – Nunca me dei o trabalho de pensar um pouco sobre tudo isso. E você está me dizendo, então, que cada animal que o meu tio e o senhor Doids trazem de Eidolon faz minha mãe ficar cada vez mais doente?

Ig assentiu com a cabeça, num gesto solene.

Ellie esticou o braço. Outro ônibus se aproximava do ponto.

– Entre na minha bolsa – disse, enquanto o veículo diminuía a velocidade. – Rápido.

Ignácio Sorvo Coromandel a olhou com nervosismo e não se mexeu do lugar.

– Ande logo – disse ela, pegando-o pelo cangote e enfiando-o na bolsa, entre o seu estojo de maquiagem e o aparelho de CD. – Vamos para o hospital.

Ig pôs a cabeça para fora da bolsa de Eleanor Arnold e olhou em volta. Havia vários tipos de cheiro nesse lugar novo que não lhe agradavam nem um pouco: cheiro de doença, de morte e de remédios. As pessoas que passavam pelos corredores estavam preocupadas demais para notar um gato curioso com a cabeça para fora de uma bolsa a tiracolo. Algumas usavam casacos ou vestidos brancos e andavam depressa, ou empurravam mesas de metal com rodinhas sobre as quais havia pessoas adormecidas; outras usavam roupas comuns e estavam sentadas em cadeiras enfileiradas, ostentando no rosto tristeza ou preocupação. O odor da ansiedade estava em toda parte.

Finalmente chegaram em um quarto onde só havia camas. Algumas estavam rodeadas por cortinas. Outras eram ladeadas por visitantes. A que estava mais distante, em um canto junto a uma janela, tinha muitos equipamentos em volta, que incluíam bolsas translúcidas penduradas em suportes prateados e ligadas a tubos que conduziam a uma forma humana escondida sob um cobertor amarelo. Ig chegou a pensar que as bolsas eram iguais às que vira no Empório de Animais, iguais às que o senhor Doids usava para embalar os peixinhos dourados; mas, por mais que se esforçasse, não conseguia ver dentro delas nenhum peixinho.

Um homem estava sentado ao lado da cama, e a luz que vinha da janela iluminava-lhe o rosto, revelando feições abatidas e desfiguradas. Ig voltou para o fundo da bolsa e lá ficou em expectativa, sem saber o que fazer a seguir.

– Papai... – disse Ellie. O homem levantou a cabeça.

– Ellie, minha querida, o que está fazendo aqui?

Ellie lhe deu um longo abraço. Em seguida, fechou as cortinas em volta do leito da mãe e se sentou na ponta do colchão com a bolsa no colo. As orelhas de Ignácio Sorvo Coromandel apareceram na borda, e o homem sorriu ao vê-las. Aproximou a mão e deixou que Ig a farejasse. Depois, acariciou a cabeça do gato e o seu pescoço, bem junto ao queixo, lugar em que todos os gatos gostam de ser acariciados.

– Acho que não pode trazer bichos de estimação para cá – o senhor Arnold disse baixinho, para que ninguém o ouvisse.

– Não sou bicho de estimação – Ig reagiu zangado. Mas tudo que o senhor Arnold ouviu foi "miaaaau"!

– Ele não é um gatinho de estimação – Ellie reforçou. – É o Andarilho.

A simples menção do nome Andarilho fez a forma sobre a cama mexer-se levemente e murmurar. Era a primeira vez que Ig via a Rainha de Eidolon, mas teve de admitir para si próprio que no momento ela não parecia rainha de lugar nenhum. Na face pálida e magra, as maçãs do rosto sobressaíam e lembravam lâminas de faca sob uma pele emaciada. A forte iluminação do quarto desbotava os cabelos escorridos, e suas pálpebras, finas como papel, estavam circundadas por olheiras.

– Papai – Ellie chamou, segurando-lhe a mão. – Eu sei qual é o problema de saúde da mamãe...

O senhor Arnold arqueou as sobrancelhas e pôs o indicador sobre os lábios.

– Shhh... Não a acorde.

Mas a senhora Arnold abriu os olhos intensamente verdes e encarou o marido, atravessando-o com o olhar.

– Deixe, Clive – sussurrou. – Estou acordada. – Ela ajeitou-se um pouco na cama. – Olá, Ellie, minha menina corajosa. – Então, seu olhar desviou-se para o gatinho. – Olá – disse –, e você, quem é?

– Sou Ignácio Sorvo Coromandel, filho de Polo Horácio Coromandel e de Finna Sorvo Peregrina – Ig respondeu. Em seguida, acrescentou de um só fôlego:

– Alteza. – E curvou a cabeça.

A Rainha Isadora esboçou um sorriso.

– Conheci sua mãe em... um outro mundo. Imagino que você tenha muita história para contar, já que veio até aqui. – Cada palavra era um esforço.

O senhor Arnold não conseguia acreditar nos próprios olhos ou ouvidos. Sua mulher estaria de fato conversando com um gato e respondendo a seus miados como se eles tivessem algum significado?

De repente, o rosto da senhora Arnold contraiu-se em um esgar.

– Tem a ver com o Ben, não é? Ele está correndo perigo. Eu pressenti isso... enquanto dormia. – Segurou o braço da filha e o apertou com uma força repentina.

– Conte para nós. Conte tudo o que sabe.

Então, Ellie começou a contar o que sabia sobre os dois mundos (o que era cheio de magia e o lugar mais sombrio em que se encontravam agora): sobre o Empório de Animais do Senhor Doids; sobre a verdadeira natureza dos negócios de importação do Terrível Tio Aleister e de como ele fizera fortuna vendendo animais do Mundo das Sombras para os gananciosos e inescrupulosos; sobre o avançado grau de destruição do equilíbrio de todas as coisas; e sobre o motivo de a senhora Arnold (conhecida em Eidolon como Rainha Isadora) estar adoecendo enquanto seus súditos definhavam e morriam neste mundo.

A expressão do senhor Arnold, que durante a explanação era de perplexidade, transfigurou-se no final. Entre pesaroso e estarrecido, ele perguntou à esposa:

– Por que não me disse nada, Isa? Eu teria entendido. Ou pelo menos tentaria entender... – fez uma pausa – Temia que algo assim pudesse acontecer, que você sofresse por ter deixado a sua terra para viver comigo. Mas achei que estava triste, não doente. Quando passou mal pela primeira vez, pensei no início que fosse gripe ou um outro mal-estar qualquer; mas então você ficou cada vez pior e vi que não era... – Ele vacilou, esfregou a testa. – É tudo culpa minha! Se eu não tivesse tirado você de seu mundo, nada disso teria acontecido.

Os olhos da esposa encheram-se de lágrimas, mas ela parecia não ter forças para dizer nada.

Ignácio Sorvo Coromandel lambeu a mão de Ellie.

– Diga a seu pai que, se ele não tivesse conhecido a sua mãe, nem você, nem o Ben, nem a Alice estariam neste mundo; e que sem vocês nada pode ser consertado. Às vezes, as coisas têm de chegar à beira do desastre para as pessoas perceberem quanto são importantes.

Ellie retransmitiu ao pai as palavras do gatinho. Em seguida, contou a ele o plano que Ben e Ig haviam arquitetado para acelerar os acontecimentos que poderiam reverter a situação e evitar que a magia e mais vidas se perdessem.

– Sim... – disse a senhora Arnold – isso mesmo...

A essas palavras seguiu-se um suspiro, e ela voltou a afundar a cabeça nos travesseiros, mergulhando novamente em sono profundo, só que, dessa vez, num sono mais tranquilo do que antes.

Capítulo
19

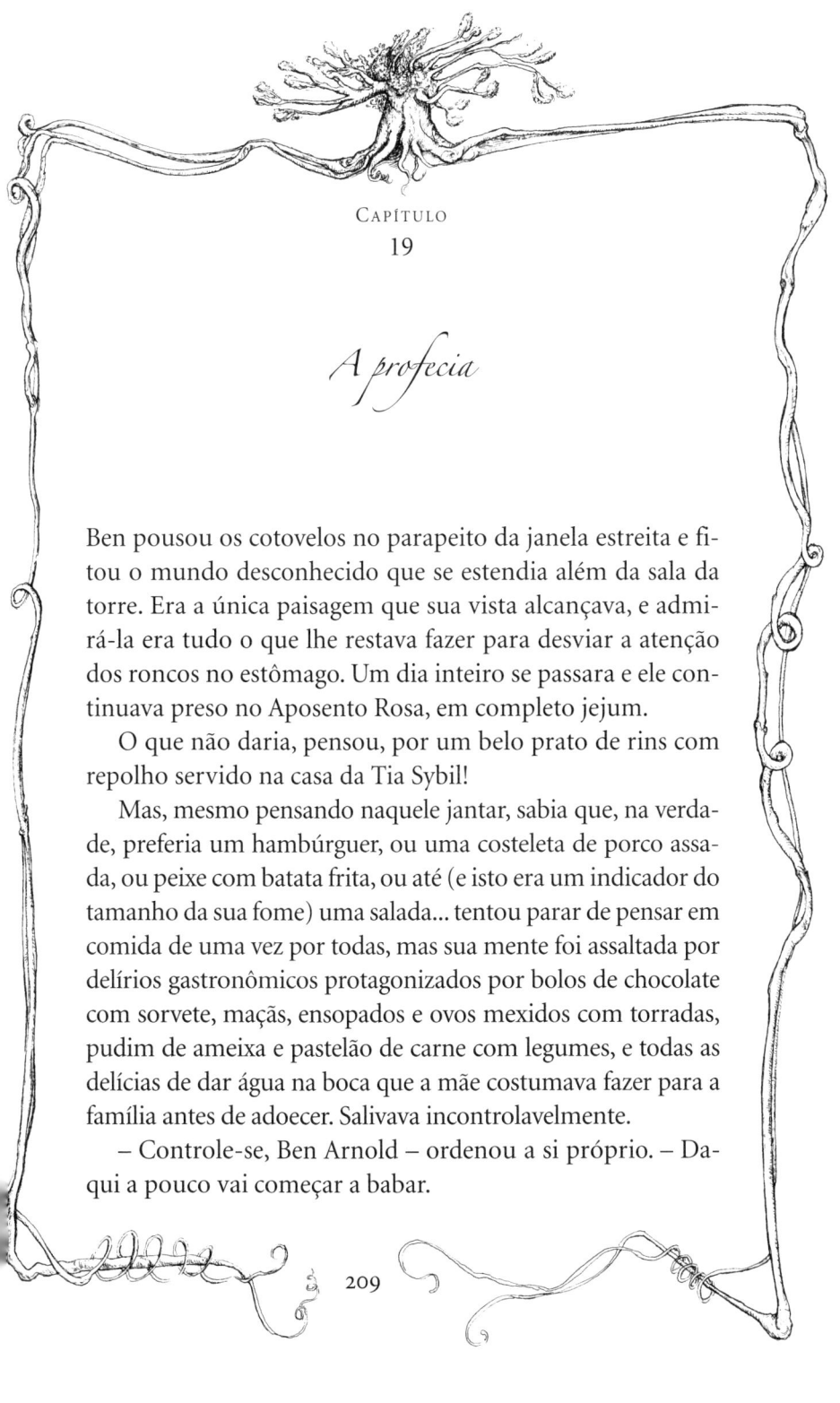

A profecia

Ben pousou os cotovelos no parapeito da janela estreita e fitou o mundo desconhecido que se estendia além da sala da torre. Era a única paisagem que sua vista alcançava, e admirá-la era tudo o que lhe restava fazer para desviar a atenção dos roncos no estômago. Um dia inteiro se passara e ele continuava preso no Aposento Rosa, em completo jejum.

O que não daria, pensou, por um belo prato de rins com repolho servido na casa da Tia Sybil!

Mas, mesmo pensando naquele jantar, sabia que, na verdade, preferia um hambúrguer, ou uma costeleta de porco assada, ou peixe com batata frita, ou até (e isto era um indicador do tamanho da sua fome) uma salada... tentou parar de pensar em comida de uma vez por todas, mas sua mente foi assaltada por delírios gastronômicos protagonizados por bolos de chocolate com sorvete, maçãs, ensopados e ovos mexidos com torradas, pudim de ameixa e pastelão de carne com legumes, e todas as delícias de dar água na boca que a mãe costumava fazer para a família antes de adoecer. Salivava incontrolavelmente.

– Controle-se, Ben Arnold – ordenou a si próprio. – Daqui a pouco vai começar a babar.

– Já começou.

A voz era quase inaudível. O menino esfregou a boca num gesto instintivo e virou-se a tempo de ver alguma coisa fugir às pressas pelo quarto e desaparecer sob a cama. Ig devia ter deixado escapar uma barata. Torceu para que fosse isso. Em seguida, desejou que sua fome jamais atingisse o ponto de fazê-lo pensar em comê-la. Já era ruim suficiente imaginar ouvir vozes.

A orelha direita coçou. Então ele fez o que o pai sempre lhe disse para não fazer: enfiou o indicador no ouvido para aliviar a coceira. Quando o retirou, a voz comentou:

– Que menino mal-educado.

O som sumiu; mas quando Ben enfiou o dedo na outra orelha, deixando a direita livre, ouviu outra voz.

– Obviamente se julga importante demais para falar com gente como nós.

Dessa vez, a voz veio do outro canto do aposento, entre as teias de aranha do teto que caíam em dobras como um cortinado. Ben fixou os olhos na trama. Fechou um olho e depois o outro, alternadamente.

– Pare de piscar para mim: que falta de educação!

Com o olho esquerdo, ele não conseguiu ver nada além das teias cinzas e macias; mas com o olho direito...

Era a maior aranha que vira na vida. E estava falando com ele. Ben nunca fora um grande admirador de aranhas; nutrira especial antipatia pela temível tarântula que a Insuportável Prima Cíntia criava, aquela que havia se atirado sob as rodas do Jaguar do Tio Aleister. Ele não tinha certeza se esta era venenosa. Por via das dúvidas, era melhor tratá-la com gentileza.

– Hã... boa noite – cumprimentou com nervosismo. – Sou o Ben. Ben Arnold.

– Eu sei. Você acha que sou uma perfeita ignorante? Não julgue os outros por si próprio.

Ben abriu a boca para se defender, mas a aranha não lhe deu chance.

– Quanto alvoroço. Ninguém me perturba há anos e, de repente, num espaço de poucas horas, me aparecem meninos e gatos e gnomos e baratas gigantes de Malaca e espíritos da floresta. Todo esse povo no meu quarto. E sem falar *nele*...

– Nele?

– O homem-cão.

– O Doido, você quer dizer?

A aranha fixou seus vários olhos esquisitos no menino, mirando-o com reprovação.

– Quero dizer exatamente o que eu disse, rapazinho – ela respondeu, com uma dignidade afetada. – Você deve aprender a respeitar os mais velhos. Principalmente aqueles que estão extintos no seu mundo há milênios!

Ben a encarou surpreso. Extintos? Há milênios? Então, ela estava morta; era uma aranha fantasma? Não *aparentava* estar morta: ao contrário, parecia assustadoramente viva, e prestes a despencar sobre sua cabeça a qualquer momento e sugar-lhe o cérebro.

– Há quem o chame de Doido.

A intervenção originou-se de algum ponto no chão. Ben sentiu-se envolto por uma espécie de som estereofônico deficiente.

A barata escondida debaixo da cama deu o ar da graça e ficou imóvel no piso de pedra. Sua atitude sugeria uma fuga iminente. Ben imaginou que ela estava atenta, com medo que Ignácio Sorvo Coromandel reaparecesse.

– Ora, não se meta – censurou a aranha num tom impaciente.

– Conheci sua tia-avó – a barata retrucou –, sua tia-bisavó e sua tia-trisavó...

– Tudo bem, tudo bem – a aranha interveio zangada.

– Desculpe interromper – disse Ben –, mas vocês pretendem continuar conversando como se eu não estivesse aqui?

– Que menino atrevido! Com essa empáfia toda, alguém poderia até achar que é um príncipe. – A barata agitou as antenas de um lado para o outro, como numa encenação cômica.

O gesto fez a aranha rir, emitindo um som agudo e estridente como se alguém tivesse passado o dedo com força sobre uma vidraça molhada.

– Alguém me disse que eu *era* um príncipe – Ben retrucou desanimado. Nunca se sentira tão longe de ser um príncipe como naquele momento.

– Ora, claro que é. Você parece muito com a sua mãe quando ela era jovem – disse a aranha. – A única diferença é que você é um menino.

– O cabelo é idêntico – comentou a barata.

– O nariz é igualzinho – concordou a aranha.

– Os mesmos olhos... quer dizer... olho...

– Parem, por favor! – Ben protestou aos gritos. Aquela situação era esquisita demais. Ele foi sentar-se na beira da cama, pisando com cuidado para não esmagar a barata. Por mais estranho que pudesse parecer, ela era o seu jantar. De repente lhe ocorreu que, se as pessoas pudessem ouvir seu próprio jantar conversando com elas no Outro Mundo, haveria um número muito maior de vegetarianos espalhados por aí.

– Ah, meu Deus – afligiu-se a aranha –, acho que nós o aborrecemos. Não precisa se chatear, rapazinho. Bola pra frente, como vocês costumam dizer. Nós, aranhas, não costumamos usar essa expressão. Não jogamos bola, sabe como é... Bom, afinal de contas, alguém andou lhe contando sobre a profecia, certo?

Curioso, Ben passou os olhos pelo emaranhado de teias, reparou na complexidade daquela textura e avaliou o grau de precisão necessário para construí-la. Tanto trabalho só para prender uma mosca ou outra. Ele olhou para a aranha com respeito. Com uma criatura daquelas todo cuidado era pouco.

– Sim, foi a dríade – revelou finalmente. – Na floresta. Ela me disse que eu era um dos filhos da profecia. E o senhor Doids se referiu a mim como príncipe. Mas ainda não entendi o que os dois estavam insinuando.

Com gestos elegantes a aranha começou a descer teia abaixo, como uma exímia praticante de rapel. Ao chegar ao chão, livrou-se do fio e atravessou o quarto em disparada, imprimindo às oito pernas tamanha velocidade que elas mal podiam ser vistas. Parou junto ao armário, esgueirou-se pela porta aberta e desapareceu. Sua ausência foi tão prolongada que Ben chegou a pensar que a tinha ofendido; mas finalmente ela surgiu, arrastando algo consigo.

Se era um tesouro que Ben esperava, a decepção deve ter sido grande. Tratava-se apenas de um pedaço de pano encardido.

– Ah, o bordado. Eu tinha me esquecido dele – a barata comentou. – Mostre para o menino. Ande logo, mostre a ele.

— Não me apresse! Este negócio é pesado, sabia? – A aranha deu outro puxão no retalho, movendo-o alguns milímetros.

— Deixa eu ajudar – Ben interveio. Ele o retirou de sob as muitas patas da aranha e o alisou sobre o joelho. Quando usou o olho esquerdo para examinar o pano, ele parecia apenas um tecido velho do tamanho de um lenço, sobre o qual alguém havia bordado desenhos com fios coloridos de lã. "Deve ter sido um lenço bonito", pensou, embora não entendesse de bordados, "e deve ter levado um bocado de tempo para ser feito." Mas ao olhar o pedaço de pano com o olho direito, percebeu que os riscos que julgara serem simples desenhos eram na verdade letras, que se ligavam umas às outras num traçado rebuscado. Virou o pedaço de tecido de ponta-cabeça e as palavras tornaram-se nítidas:

> *Dois mundos se unem*
> *Dois corações batem em uníssono*
> *Quando tudo parece perdido*
> *A verdadeira força prevalecerá*
> *Um mais um são dois*
> *E dois somarão três*
> *Três herdeiros de dois mundos*
> *Libertarão Eidolon*

— O que é isto? – o menino perguntou.

Mas seu coração batia descompassado, e ele sabia a resposta antes mesmo de ouvi-la da aranha.

— Essa é a profecia, rapaz. Você é um dos três. Sua mãe bordou isso quando era pouco mais velha do que você. Mal sabia, porém, que a profecia se referia aos próprios filhos dela.

– Mas o que a Alice pode fazer? – Ben questionou. Era difícil imaginar de que modo Alice poderia ajudar em alguma coisa.

– Sua irmãzinha, não é? – perguntou a aranha, pouco familiarizada com os nomes do Outro Mundo.

Ben fez um gesto afirmativo com a cabeça.

– Ela ainda é bebê – explicou. – Ellie é a minha irmã mais velha.

A aranha e a barata se entreolharam de maneira significativa.

– De que cor são os olhos de Alice? – a barata perguntou como quem não quer nada.

Ben precisou pensar antes de responder. Alice dormia tanto que não conseguia se lembrar dela de olhos abertos. Fez um esforço de memória.

– Verdes, eu acho – informou, finalmente.

– E os olhos de sua irmã Ellie, de que cor são?

Era uma pergunta fácil. Ben viu o rosto da irmã surgir na abertura do chão da casa da árvore, lambuzados daquela substância pegajosa e brilhante, e recordou de seus cílios pesados de rímel.

– São castanhos... meio claros.

– Então está tudo explicado – concluiu a barata.

Ben franziu o cenho.

– Não para mim; ainda não entendi nada.

A aranha extinta fez um muxoxo de desaprovação.

– Qual! – exclamou – Quem não sabe que os elfos têm olhos verdes?

– Ah! – De súbito tudo passou a fazer certo sentido, apesar de todo o mistério; era com seu olho verde que ele conseguia ver Eidolon como de fato era. E conseguiu imaginar a mãe quando menina, a expressão concentrada de seu rosto, os olhos verdes e brilhantes fixos no bordado. Talvez mordesse os lábios como costumava fazer quando alguma tarefa mais complicada a absorvia. Quando ergueu o bordado e o aproximou do nariz, viu-se invadido pelo perfume de rosas antigas. Fechou os olhos e desejou com todas as forças estar de volta ao lar. Desejou mais do que nunca que nada de mal acontecesse em nenhum dos mundos.

Naquele momento o aposento foi inundado por uma acolhedora luz rosada.

– Ai, de novo? Ninguém merece... – a aranha reclamou aflita.

A barata saiu correndo à procura de um esconderijo.

– Olá, Raminho – disse Ben.

– Já atravessamos o Ig – o espírito da floresta anunciou alvoroçado. – Agora vim buscar você!

Ben ficou meio apreensivo.

– Hã... – balbuciou. Ao contrário de Ellie, que vivia subindo na balança do banheiro várias vezes por dia e sabia de cor e com exatidão cada grama que pesava, ele não tinha a menor ideia de seu peso. Mas sabia com certeza absoluta que era bem mais pesado que um gato, mesmo em se tratando de um gato guloso como Ignácio Sorvo Coromandel.

– Acho que não vão conseguir me carregar...

– Carregar, não – Raminho respondeu impaciente, num tom de voz que insinuava estar diante do menino mais tolo dos dois mundos. – Pular; nadar! – e apontou a janela.

– Você só pode estar brincando!

– Brincando? Como assim?

Ben achou que não teria disposição ou competência para explicar a um espírito alado de outro mundo o significado do verbo brincar naquele contexto; então, reformulou seu comentário:

– Não vou fazer nada disso, de jeito nenhum.

– É o único jeito de sair daqui – Raminho insistiu.

– Não sei nadar – Ben argumentou, corrigindo-se logo em seguida, já que não estava sendo totalmente fiel à verdade. – Ou melhor, não consigo atravessar um lago daquele tamanho a nado.

– Alguém ajuda.

Ben lançou um olhar incrédulo para Raminho e correu para a janela.

Lá embaixo (muito embaixo) avistou mais uma vez o lago negro e brilhante, como uma grande poça de óleo. O menino estremeceu. "Sabe-se lá quantos horrores aquela superfície turva esconde", pensou. Talvez algo parecido com o Monstro do Lago Ness, ou o tubarão do filme, ou uma gigantesca serpente marinha, ou algum animal pré-histórico horripilante. Fez um gesto de negação com a cabeça e voltou para o quarto.

– Não é minha intenção parecer ingrato, mas... não.

– E eu prometi a Ig que levaria você para casa... – o espírito da floresta lastimou-se, à beira das lágrimas (se é que esses espiritozinhos choram). – Consegui ajuda, sabia? Demorou, mas consegui. E agora você não quer ir.

– Ben...

Alguém pronunciara seu nome ao longe. O som chegou como uma onda que quebra na praia, um som cadenciado e quase inaudível.

Ben sentiu um aperto na garganta. Girou o corpo e correu para debruçar-se na janela, esticando o pescoço para fora o mais que pôde. Havia alguém (ou alguma coisa) lá longe, no lago. O luar refletia uma luz pálida e ondulada sobre sua cabeça, desenhando formas que variavam conforme os movimentos do menino. Ben esforçou-se para enxergar melhor. Parecia uma foca...

Ou uma menina-foca...

Um gorjeio de riso flutuou no ar, seguido do aceno de uma barbatana.

– Eu a encontrei – Raminho anunciou triunfante. – Fiz plano, trouxe amigos!

Era Aquela Que Nada na Trilha Prateada da Lua.

– Ah, Prata... achei que nunca mais voltaria a vê-la!

– Você se lembra de como me pegou quando eu pulei daquela árvore enorme, Ben?

– Claro... – ele começou a desconfiar do rumo daquela conversa.

– Confiei em você e você me salvou. Bom, agora você deve confiar em mim. Se pular, vou salvá-lo e o carregarei até a margem.

"Aquele não era o momento de lembrar que foi um mero golpe de sorte que na realidade salvou Prata", pensou; na verdade, fora um galho que se prendera na roupa da *selkie* que suavizou sua queda. Entre a janela do castelo e o lago não havia nada para suavizar a queda *dele*. Absolutamente nada.

Raminho voejava atrás de Ben, iluminando a parede de pedra com sua luz morna. Ben havia lido muitas histórias nas quais o herói atravessava um portal mágico: e era exatamente isso o que a janela estava parecendo naquele momento.

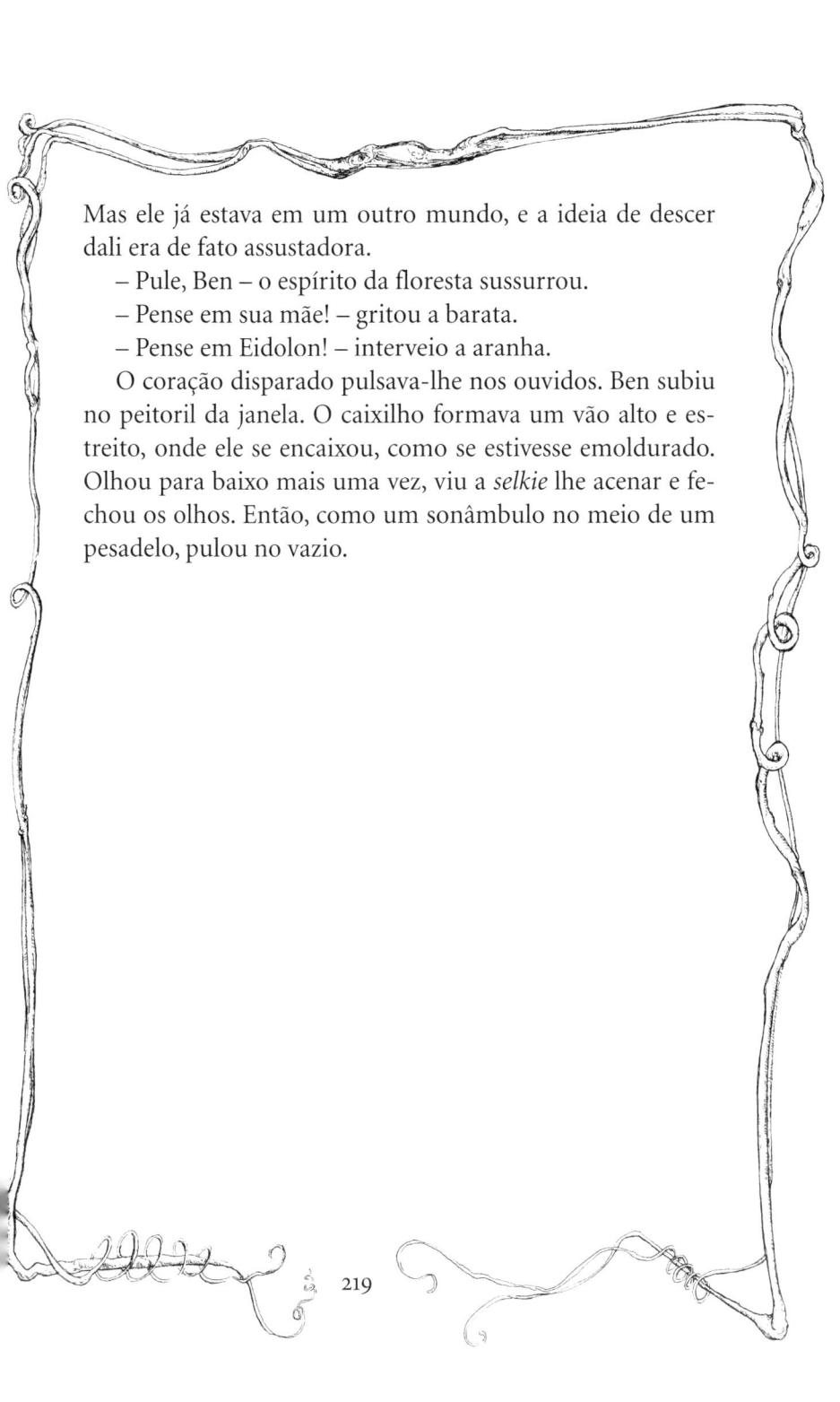

Mas ele já estava em um outro mundo, e a ideia de descer dali era de fato assustadora.

– Pule, Ben – o espírito da floresta sussurrou.

– Pense em sua mãe! – gritou a barata.

– Pense em Eidolon! – interveio a aranha.

O coração disparado pulsava-lhe nos ouvidos. Ben subiu no peitoril da janela. O caixilho formava um vão alto e estreito, onde ele se encaixou, como se estivesse emoldurado. Olhou para baixo mais uma vez, viu a *selkie* lhe acenar e fechou os olhos. Então, como um sonâmbulo no meio de um pesadelo, pulou no vazio.

Capítulo
20

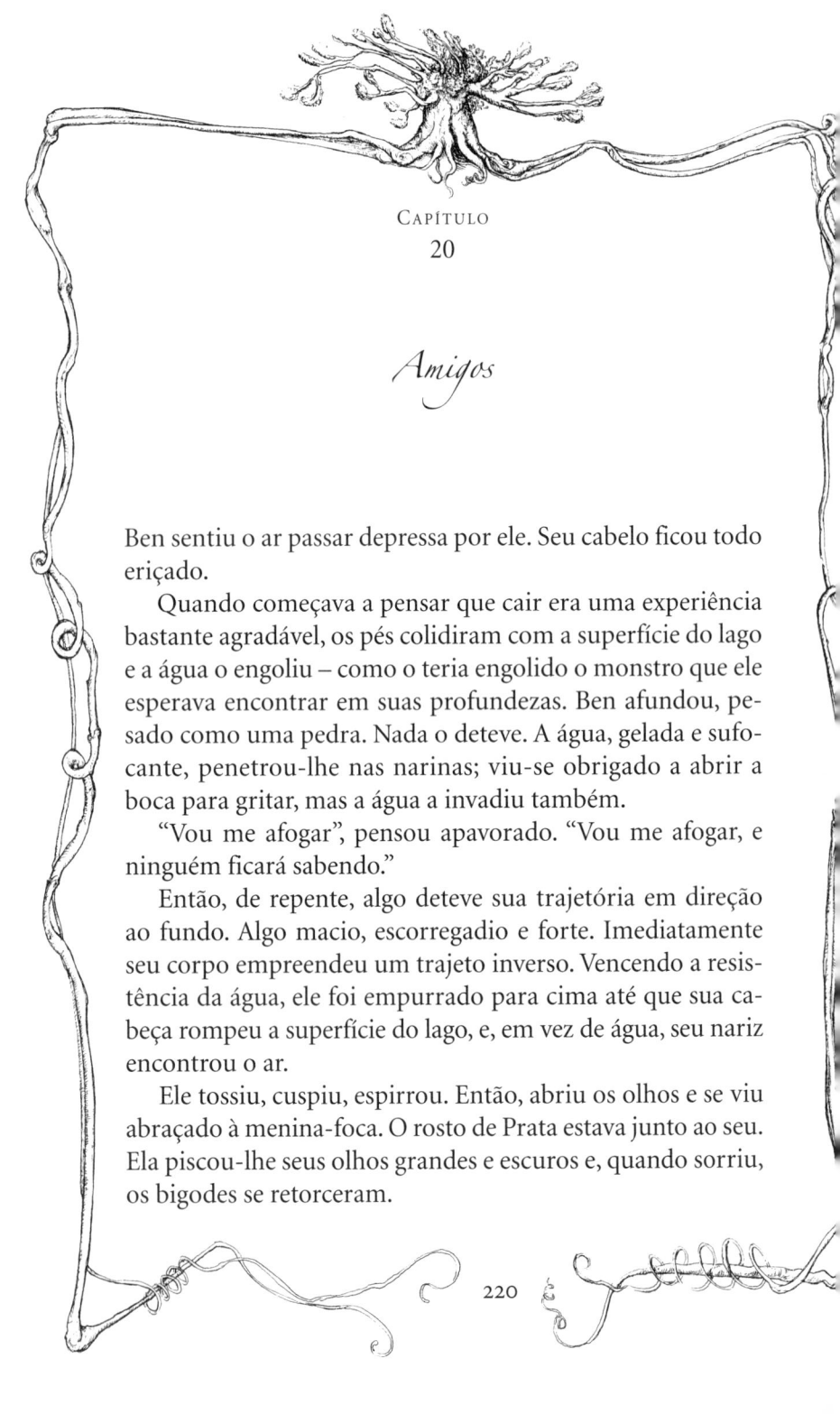

Amigos

Ben sentiu o ar passar depressa por ele. Seu cabelo ficou todo eriçado.

Quando começava a pensar que cair era uma experiência bastante agradável, os pés colidiram com a superfície do lago e a água o engoliu – como o teria engolido o monstro que ele esperava encontrar em suas profundezas. Ben afundou, pesado como uma pedra. Nada o deteve. A água, gelada e sufocante, penetrou-lhe nas narinas; viu-se obrigado a abrir a boca para gritar, mas a água a invadiu também.

"Vou me afogar", pensou apavorado. "Vou me afogar, e ninguém ficará sabendo."

Então, de repente, algo detém sua trajetória em direção ao fundo. Algo macio, escorregadio e forte. Imediatamente seu corpo empreendeu um trajeto inverso. Vencendo a resistência da água, ele foi empurrado para cima até que sua cabeça rompeu a superfície do lago, e, em vez de água, seu nariz encontrou o ar.

Ele tossiu, cuspiu, espirrou. Então, abriu os olhos e se viu abraçado à menina-foca. O rosto de Prata estava junto ao seu. Ela piscou-lhe seus olhos grandes e escuros e, quando sorriu, os bigodes se retorceram.

– Segure firme! – disse.

Os dois começaram a rumar para a margem. Ele mais parecia estar voando do que nadando, pois bastava segurar firme enquanto a *selkie* agitava suas poderosas barbatanas.

A margem distante ficava cada vez mais perto; Ben estava prestes a cantar vitória quando um latido medonho cortou a noite. Apavorado, meneou a cabeça a tempo de ver os Canzarrões da Morte voarem por sobre as ameias das torres, em direção a eles.

– Oh, não...

A *selkie* também se virou. Ele viu quando ela arregalou os olhos e golpeou a água com mais determinação rumo a terra firme.

Mas Ben não conseguia tirar os olhos dos cães espectrais, ou do homem-cão instalado na carruagem puxada por eles. A boca do Doido estava aberta num grito de fúria ou exortação, enquanto conduzia os cães voadores céu afora; seus longos caninos brilhavam ao luar.

– Rápido, Prata, rápido! – Ben gritou.

Mas uma reles foca não era páreo para os Canzarrões da Morte, que começavam a descer, ganindo sedentos de sangue; e Ben se lembrou de que não haviam sido alimentados. Agarrou-se com mais força ao dorso de Prata.

– Prenda a respiração, Ben! – Prata gritou. Assim que Ben obedeceu, ela mergulhou.

Os dois afundaram na escuridão gelada do lago, mas dessa vez Ben arriscou uma olhadela. Com o olho esquerdo, viu tudo escuro e ameaçador; porém, quando abriu o olho direito, o cenário quase o fez gritar de deslumbramento. Estavam nadando em um local parecido com as ruínas de uma antiga cidade, pois em toda a volta assomavam torres quebradas e casas abandonadas, como aparições, jardins perdidos onde os peixes movimentavam-se rapidamente entre os troncos mortos de árvores submersas. A paisagem o remeteu aos aquários do Empório de Animais, com suas algas e arcos de plástico em ruínas; mas o que vira na loja, como uma reprodução malfeita, desfilava agora diante de seus olhos em toda a magnificência impressionante do original. Por alguns instantes, quase se esqueceu do medo.

Acima, o arco-íris de cores que emanava dos cães espectrais atravessava a superfície do lago. Os pulmões de Ben estavam prestes a explodir. Ele esperava que a *selkie* não se esquecesse de que trazia nas costas um menino humano, não uma espécie rara de peixe que não se importava em inalar água. Cutucou-a com os joelhos para lembrar-lhe de sua existência. Ela então subiu, tremulando o corpo em movimentos sinuosos através das ondas, um ser à vontade em seu próprio elemento.

Emergiram um pouco adiante dos canzarrões. Ben voltou-se e viu que estavam perto da margem. O que Prata faria agora? Ele se lembrou da lenta transição por que passara, de foca a menina; lembrou-se da dificuldade que tivera em usar as barbatanas para caminhar. Não podia permitir que os cães capturassem a *selkie*: eles iriam despedaçá-la...

– Prata! – ele gritou. – A partir daqui consigo nadar. Consigo mesmo. Salve sua pele, mergulhe bem fundo e fuja.

Mas ela não disse nada. Limitou-se a dar uma guinada tão repentina que Ben quase caiu de suas costas. Ele teve uma visão fugaz dos dois cães que lideravam o cortejo a poucos metros de distância e um vislumbre confuso do bosque. Pensou ter visto alguma coisa pálida mover-se entre as árvores, mas foi uma visão rápida demais para que tivesse certeza.

Então Prata emitiu o som característico das focas, como um latido na noite; em resposta, vieram uivos, não de cima ou da retaguarda, onde os canzarrões estavam em seus calcanhares, mas da margem do lago. Quando Ben olhou novamente, viu quatro enormes lobos prateados saindo da floresta e, atrás deles, dois outros vultos maiores.

– Preciso deixar você aqui, Benjamin Arnold! – gritou a *selkie*. – Gostaria de ir também, mas não posso. Adeus, Ben. Logo nos veremos de novo!

Ela rolou o corpo macio com suavidade e Ben viu-se novamente imerso. Ele bateu os braços e deu chutes. Emergiu a cabeça e chapinhou na água, chapinhou, chapinhou. Tentava lembrar-se dos ensinamentos do professor de natação sempre que afundava, mas nadar na onírica água azul da piscina do clube, com raias bem demarcadas, não chega a ser uma boa preparação quando se está sob a ameaça de uma matilha de raivosos cães fantasmas e de seu dono enfurecido. Mesmo assim, ele se esforçou ao máximo e, quando sentiu o pé tocar o leito do lago, soube que estava praticamente salvo.

Naquele exato momento alguma coisa o agarrou pelo casaco de lã, arrastando-o e impedindo-o de continuar. Ele sentiu um hálito quente na nuca.

– Não mate esse principezinho insignificante! – ordenou o Doido. – Preciso dele vivo.

Foi quando os quatro lobos gigantes que Ben avistara na margem do lago se jogaram na água. De repente, ele se viu no meio de uma batalha. Focinhos grunhindo, caninos amarelados, rosnados e hálitos rançosos o cercaram. Os Canzarrões da Morte rugiam e escancaravam as bocarras. Os lobos rosnavam e mordiam. Ben estava certo de que seria estraçalhado, mas, segundos depois, ouviu um ganido de dor e a jaqueta se desprendeu. Em seguida, Ben começou a se debater na água, bracejando desordenadamente para livrar-se. Avançou e viu que conseguia ficar de pé. Começou a correr pelo banco de areia até pisar em solo seco.

Quando recuperou o fôlego, olhou para trás e viu os canzarrões batendo em retirada amedrontados. Apesar dos gritos do Doido, na carruagem, eles fugiam dos adversários. Resolutos e inflexíveis, os lobos não arredaram pé. A água brilhava sobre sua pelagem desgrenhada. Eram magníficos, em nada parecidos com os raquíticos espécimes que Ben vira em cativeiro no zoológico da cidade.

– Venha conosco, Ben! – uma voz grave ressoou, penetrando-lhe na caixa torácica. Era o Cornuto, que ele conhecera durante a longa e infeliz viagem até o castelo. Estava parado entre as árvores, na entrada da floresta. O luar refletia-se em seus chifres. A seu lado, havia outra criatura saída diretamente dos livros de mitologia de que Ben tanto gostava. A parte superior do tronco era de um homem jovem, de rosto altivo, anguloso, e olhar penetrante, com uma cabeleira negra que lhe chegava até os ombros e o tórax moreno e robusto. Mas, da cintura para baixo, o corpo era de um cavalo garboso e vigoroso.

– Oh! – Ben exclamou estupefato. – Um centauro!

– É Darius – disse o Cornuto –, um dos homens-cavalos.

O centauro se aproximou e fez uma reverência para Ben. Em seguida, ajoelhou-se na grama.

– Seria uma honra transportar o filho da Rainha Isadora até um local seguro – disse.

Ben não sabia o que responder. Então, cerrou um dos punhos e o levou ao peito, imitando um soldado romano que vira certa vez em um filme. O gesto pareceu apropriado.

– Obrigado, Darius – disse. – A honra é toda minha.

Lépido, Ben montou na garupa do centauro. Darius colocou-se de pé e deu meia-volta para seguir o Cornuto mata adentro.

De repente ocorreu a Ben que, em intervalo de poucos dias, ele voara na garupa de um dragão, nadara agarrado ao dorso de uma *selkie* e montara em um centauro.

Se não fosse todo o perigo e a pressa, estaria se divertindo como nunca.

– Vamos bater em retirada antes que o Doido apareça – decretou o Cornuto.

Ben arriscou uma última olhadela por sobre o ombro, a tempo de ver os Canzarrões da Morte, em alvoroço, se soltarem do tirante da carruagem para fugir dos quatro lobos brancos. A carruagem seguiu desgovernada, e o Doido foi arremessado nas águas turvas do lago numa acrobacia de braços e pernas, acompanhada de um uivo raivoso.

Ben soltou uma risada de júbilo.

Logo em seguida, Darius saiu em disparada, e a Ben só restou concentrar todos os seus esforços para não cair da garupa.

Capítulo
21

O Senhor da Mata Virgem

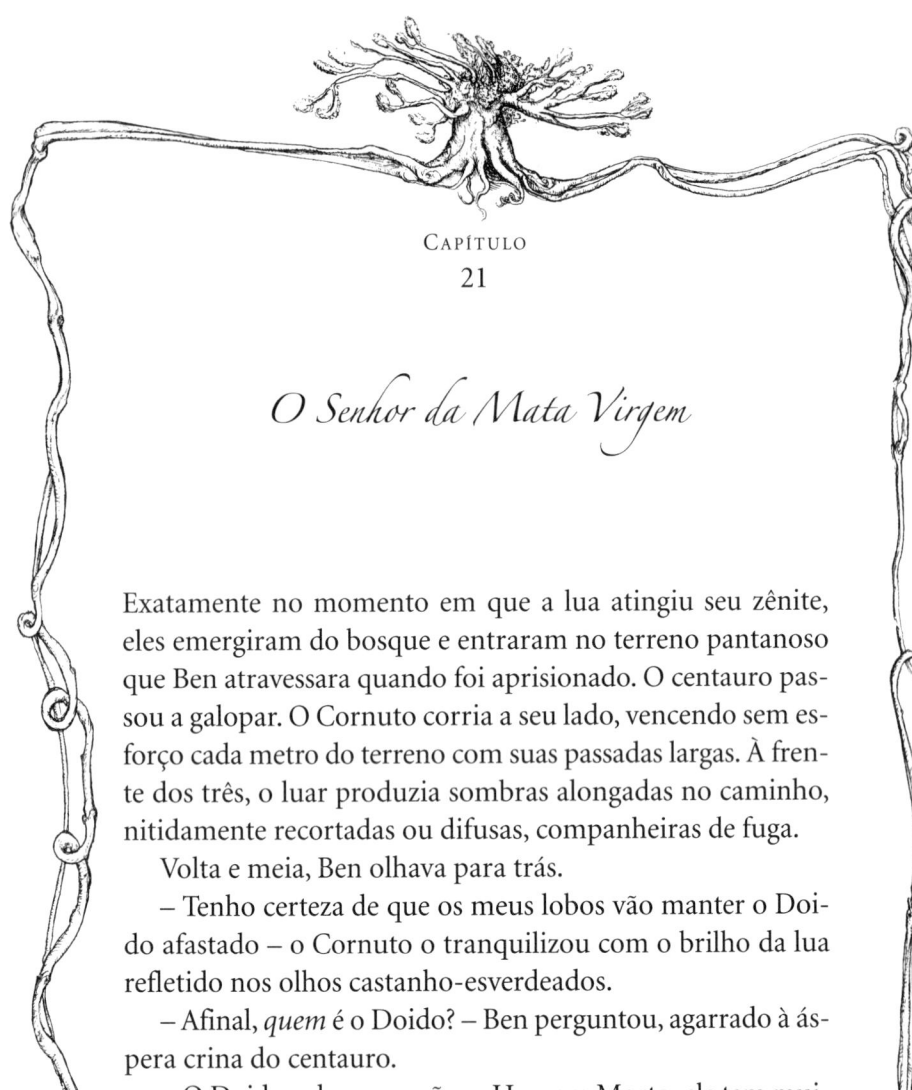

Exatamente no momento em que a lua atingiu seu zênite, eles emergiram do bosque e entraram no terreno pantanoso que Ben atravessara quando foi aprisionado. O centauro passou a galopar. O Cornuto corria a seu lado, vencendo sem esforço cada metro do terreno com suas passadas largas. À frente dos três, o luar produzia sombras alongadas no caminho, nitidamente recortadas ou difusas, companheiras de fuga.

Volta e meia, Ben olhava para trás.

– Tenho certeza de que os meus lobos vão manter o Doido afastado – o Cornuto o tranquilizou com o brilho da lua refletido nos olhos castanho-esverdeados.

– Afinal, *quem* é o Doido? – Ben perguntou, agarrado à áspera crina do centauro.

– O Doido, o homem-cão, o Homem Morto; ele tem muitos nomes – o Cornuto explicou. As folhas que vestia farfalhavam à medida que ele corria. Ben não conseguia entender como elas eram tecidas: compunham uma espécie de vestimenta ou integravam seu corpo? O Cornuto continuou:

– Mas ninguém conhece seu nome verdadeiro, ou sua origem, o que tem-se revelado desastroso. Durante algum tempo, esse detalhe pareceu não ter importância: ele nem sempre foi tão poderoso.

– Ele se tornou poderoso quando minha mãe foi embora? – Ben perguntou num fio de voz. Guardava consigo a desagradável desconfiança de que era o culpado de tudo; ele, Ellie e Alice.

O Cornuto anuiu com um gesto da cabeça.

– Ele tinha esperança de se casar com ela. Ele e o Velho Sinistro haviam feito uma espécie de barganha cruel. Mas o destino passou a perna neles, e Isadora escapou das garras dos dois, apesar de desconhecer seus planos maléficos. Na ocasião, pensamos que tivesse sido uma dádiva, mas ninguém poderia ter previsto as consequências.

Ben estremeceu. Em seguida, pôs-se a imaginar o que teria acontecido se a mãe tivesse se casado com o senhor Doids; ele também teria nascido com uma cabeça de cão? Talvez nem tivesse nascido...

– Será que ele vai punir você por ter me ajudado?

O Cornuto riu.

– O Doido não governa a Mata Virgem e nunca governará. Ainda há lugares que considero meu território.

– Mas se minha mãe é a Rainha de Eidolon, ela também não é Rainha da Mata Virgem? – Ben perguntou, confuso.

– Milhares de rainhas já passaram por Eidolon, e conheci todas elas – o Cornuto contrapôs, sem rancor nem vaidade. – Sua mãe é a Rainha de Eidolon e é também a minha Rainha; tenho por ela grande devoção e lealdade. Quanto a ela, sente-se feliz em ter um amigo que zela pelas regiões mais recônditas do seu reino.

– Qual é o seu nome? – Ben perguntou em tom cortês. – Não sei como chamá-lo nem como lhe agradecer.

Neste ponto da conversa, o centauro deu um ligeiro pinote de alegria e virou a cabeça para encarar o menino. Em seguida, piscou um olho.

– O Doido não é o único que tem vários nomes – declarou. – Você pode chamá-lo de Cornuto; Herne, o Caçador; O Homem Verde; ou Cernunos, Senhor da Mata Virgem.

Aquela profusão de títulos confundiu Ben, que escolheu o que mais se assemelhava a um nome.

– Obrigado por me salvar, Cernunos. Mas como sabia que precisava vir em meu auxílio?

O Senhor da Mata Virgem sorriu.

– Um dos habitantes da minha floresta foi à minha procura. Acho que você o conhece: é o pequeno espírito da mata que vocês chamam de Raminho. Ele disse que você o salvou do Doido. E eu acho que uma mão lava a outra.

Ben corou satisfeito. Aquele era um ditado que sempre ouvira da mãe.

Não demoraram a entrar na Floresta Sombria. Até ali, nem sinal de perseguição.

Diminuíram o passo, mais por necessidade do que por cansaço. As árvores densas e de raízes traiçoeiras representavam um perigo aos pés mais calejados.

Cernunos os conduziu por um extenso matagal de samambaias cujas frondes enroscadas vergavam sob o peso de uma espécie de fungo. Ele balançou a cabeça em sinal de desaprovação.

– Minha floresta está mais sombria e inóspita do que nunca – desabafou em voz baixa. Esfregou os dedos contra o tronco mofado de um arbusto e levou a mão ao nariz. – Alguma coisa a fez adoecer.

– Acho que... – Ben hesitou – ... talvez seja porque minha mãe está doente. No Outro Mundo.

Darius voltou-se para ele, com os olhos arregalados.

– Quer dizer então que a Senhora não morreu?

Ben apertou a crina do centauro com os dedos.

– Estava viva quando parti. Mas bastante doente.

Uma aflição terrível tomou conta dele. E se a mãe tivesse morrido enquanto ele estava longe?

– Preciso voltar – disse com a voz rouca.

– Estamos empenhados na sua volta – Cernunos disse em tom solene. – Você é filho da profecia. Nosso futuro está em suas mãos. Nas suas e nas de suas irmãs.

"Era difícil imaginar Ellie, que dirá Alice, contribuindo de alguma forma para a salvação de Eidolon", Ben pensou; mas o mundo tinha se revelado um lugar tão estranho nas últimas semanas que agora ele achava tudo possível.

Em silêncio, continuaram a caminhar entre as árvores. Ben olhava à sua volta, tentando imaginar qual delas abrigava a dríade, que tentara corajosamente salvá-lo da ira do Doido. Gostaria de revê-la antes de ir embora, mas nenhum dos arredores lhe parecia familiar, e Cernunos não parecia estar disposto a desviar-se de sua rota, pois sulcava resoluto a floresta.

O trio passava por uma região de árvores mais esparsas quando o Senhor da Mata Virgem olhou para cima e franziu o cenho.

– Fiquem aqui – avisou. – Fiquem quietos.

Correndo mais rápido que um cervo, embrenhou-se pela floresta, passando entre as árvores sem tirar os olhos do céu, como se seguisse a pista de alguma coisa.

Ben também olhava para cima. Na escuridão do céu, entreviu um movimento. Era um vulto negro contra a lua. Imóvel e assustado, aguardou os acontecimentos. Várias possibilidades terríveis povoavam sua imaginação.

Impaciente, o centauro revolvia o solo com a pata.

– O menir não fica muito longe – Darius falou à meia-voz. – Não se preocupe, Ben, vamos levá-lo até lá. – Fez uma pausa e, em seguida, acrescentou:

– Ou morreremos na tentativa.

Pouco depois, Cernunos voltou.

– Era um dragão de fogo – explicou –, aterrissando para procurar alguma coisa aqui embaixo. Os dragões são imprevisíveis; de modo geral, é melhor evitá-los e não despertar sua ira.

Ben lembrou-se de Zark ateando fogo aos pneus do Range Rover da Tia Sybil.

– Até que gosto de dragões... – comentou baixinho.

Na entrada da clareira onde a estrada bravia de Aldstane havia conduzido Ben, o Cornuto parou e farejou o ar.

– Mau sinal... – disse ele – temos duendes por aqui. Estou sentindo o cheiro deles.

– Aposto que são Bog e Bogar – Ben concluiu. – Trabalham para o meu tio. Ou o Velho Sinistro, ou sei lá que nome tem aqui. Não acho que sejam tão horrendos quanto meu tio quer fazer crer. Estavam tentando capturar um outro dragão para um cliente.

– Cliente? – Cernunos franziu o cenho.

– Alguém que desembolsa dinheiro para pagar alguma coisa que você tem e que eles querem – Ben explicou.

– Dinheiro?

Ben fitou Cornuto.

– Vocês não têm dinheiro no País Secreto? – ele vasculhou o bolso e retirou algumas moedas. – Nós damos isso para as pessoas e elas nos dão... coisas em troca.

Darius olhou deslumbrado para as moedas.

– Dá para comê-las? – perguntou desconfiado.

– Não – disse Ben.

O Senhor da Mata Virgem pegou uma moeda da mão de Ben e a ergueu para examiná-la. Era de cinquenta centavos e recém-cunhada.

– É bem reluzente – analisou. – Aposto que os pintassilgos-da-mata gostariam de ter uma dessas. Ou talvez ficassem bem no leito de um riacho, refletindo a luz do sol... – Pensou um pouco e acrescentou:

– Embora os seixos tenham cores mais bonitas. O que se faz com elas, afinal?

– Não se faz muita coisa, na verdade. Nós as juntamos e depois as passamos adiante.

– E o Velho Sinistro está raptando nossos animais em troca disso?

Ben confirmou com um movimento da cabeça.

O rosto do Senhor da Mata Virgem transfigurou-se.

– Então a coisa é realmente grave. Ele está completamente louco.

– Estamos tentando detê-lo... eu e minha irmã – Ben argumentou, na esperança de que Ig tivesse encontrado Ellie e a tivesse convencido a fazer o que ele pedira. – Se conseguirmos deter os dois, ele e o senhor Doids, e impedi-los de continuar roubando a magia de Eidolon, a saúde de minha mãe talvez melhore; e, se ela melhorar, Eidolon também vai melhorar.

– A Rainha Isadora deve retornar para o seu povo – o Cornuto declarou em tom grave. – Ou Eidolon sucumbirá de vez.

Ao ouvir isto, Ben ficou em silêncio. Ele não havia aventado tal hipótese; só pensara na recuperação da mãe. O que eles fariam (ele, o pai e as irmãs) se ela tivesse de deixá-los para sempre?

Ao se aproximarem da entrada da estrada bravia, Ben sentiu uma súbita tristeza. Seu lado eidoloniano curiosamente relutava em partir, apesar de o mundo mágico estar em perigo e sob uma influência maligna. Quase desejava não ter de voltar para casa e encarar a verdade nua e crua de toda aquela história. Mas sabia que era seu dever retornar.

Deslizou da garupa do centauro. Em seguida, pronto para enfrentar seu destino, tocou o menir que era o equivalente nesse mundo à rocha do parque Aldstane e viu sua mão entrar em outra dimensão.

Acima deles um bater estrondoso de asas se fez ouvir.

– Corram! – exortou uma voz que vinha das alturas. – Ele vem aí! Entre logo na estrada bravia!

Em vez de obedecer, Ben olhou para cima, perscrutando a escuridão do céu.

– Zark! – gritou. – É você?

Mas a única resposta que obteve foi uma língua de fogo que inflamou o ar acima da cabeça deles. A luz abrasadora da chama revelou o Doido sobre a carruagem já consertada, puxada agora não apenas pelos Canzarrões da Morte, mas também pelos quatro lobos prateados. Os lobos estavam sujos, molhados e intimidados: cabisbaixos e com os rabos entre as pernas, mostravam estar com o moral abatido. De algum modo, o Doido os dominara, subjugara e incorporara àquela matilha feroz.

Cernunos e Darius se entreolharam em pânico; e foi a expressão no rosto do Senhor da Mata Virgem que deixou Ben realmente amedrontado. A situação havia sofrido um revés aterrorizante. Se o senhor Doids conseguia dominar os grandes lobos prateados, significava que ele tinha muito mais poderes do que o próprio Cernunos suspeitava.

– Vá, Ben! – gritou. – Entre na estrada bravia. Vamos garantir sua retaguarda!

Ben hesitou uma vez mais.

– Por favor, não se arrisquem por minha causa. – Ele se lembrou do modo como Xarkanadûshak havia sido humilhado: não conseguiria suportar se o mesmo destino se reservasse ao Senhor da Mata Virgem e ao garboso centauro.

– Se não o enfrentarmos agora, estaremos perdidos – ponderou Cernunos com gravidade. – Mas o Doido não tem poder para me desafiar, embora ouse desacreditar meus lobos. Haverá um ajuste de contas, mas ainda não é hora. Ele faz toda essa encenação para tentar exibir sua força, Ben, mas não vai se bater comigo. O que quer que aconteça aqui não deve ser testemunhado por você. Volte para o seu mundo e faça o que puder lá.

Dito isto, empurrou Ben com toda força, obrigando-o a entrar na estrada bravia.

Capítulo 22

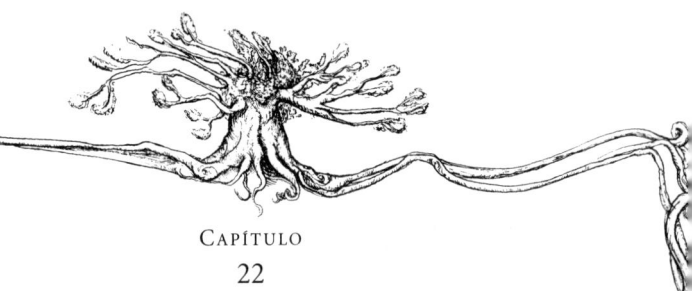

O menir

Percorrer às cambalhotas o estranho caminho que separava os dois mundos não serviu de alívio para Ben: a angústia e o desespero continuavam a atormentá-lo. Havia deixado a cargo de terceiros as batalhas que cabia a ele enfrentar no País Secreto; e fizera o mesmo no Outro Mundo, o mundo que chamava de lar. Havia um longo caminho pela frente se quisesse se tornar um herói, se quisesse contribuir para que se cumprisse a profecia de que Eidolon voltaria a ser livre.

Então começou a cair, mas antes que pudesse se preparar para uma aterrissagem, bateu no chão com um baque surdo que o deixou atordoado.

– Ai!

Levantou-se com cuidado e limpou as mãos e os joelhos. Um dos cotovelos havia se chocado contra o menir durante a viagem e agora doía muito. Machucar o cotovelo é muito ruim. Deve ser por isso que todos temem a dor de cotovelo. Em algum lugar de seu cérebro estava registrado que o osso do antebraço é chamado de úmero. Úmero se parece com número. Será que alguém conta quantas vezes sente dor de cotovelo na vida?

Mas não era hora de ficar pensando em trocadilhos, pois algo estava acontecendo. Ben olhou em volta. Fechou o olho esquerdo. Em seguida, abriu-o e fechou o direito: não havia dúvidas de que estava de volta, pois via a mesma coisa com qualquer um dos olhos. Estava no parque Aldstane.

Ouviu gritos e o som de alguém (ou algo) correndo. Uma movimentação inquietante agitava a vegetação rasteira. Ben temeu ter se metido em uma enrascada pior do que a que deixara para trás. Quando deu pela coisa, meia dúzia de duendes saíram de entre as azaleias.

Os dois que lideravam o grupo recuaram ao vê-lo.

– É o menino – disse Bog.

– Ele escapou! – gritou Bogar.

– O menino?

– O menino-elfo, o filho da Rainha.

Os outros quatro se aproximaram e se esconderam atrás de Bogar e Bog.

– Ele não *se parece* com um elfo – opinou um deles.

– É apenas semielfo.

– Podemos comer só a metade garoto? – perguntou um outro.

– Claro que não – disse Bog –, ele vai enfeitiçar você.

Ben não sabia como poderia enfeitiçar alguém; mesmo assim, respondeu:

– Enfeiticei o Doido e vou enfeitiçar e dar cabo de vocês todos se alguém ousar se aproximar de mim.

– Ele enfeitiçou o Doido!

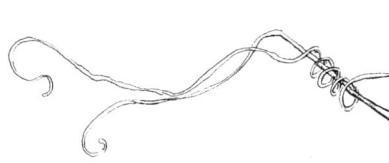

Os duendes se calaram. Logo em seguida, começaram a cochichar entre si, emitindo grunhidos que Ben não conseguia distinguir. Percebeu, então, que os poderes especiais que tinha em Eidolon, fossem eles quais fossem, não lhe serviam de nada agora. Mesmo assim, se mostrasse o menor sinal de medo, eles na certa o estraçalhariam. Lembrou-se de quando Bogar implorou ao senhor Doids que o deixasse comê-lo, mas tratou de afastar da mente aquela recordação desagradável antes que tivesse uma tremedeira.

Um dos duendes deu um passo à frente.

– Deixe-nos ir embora – pediu. – Se nos deixar partir para a nossa floresta pela estrada bravia, nunca mais voltaremos.

– E o servicinho que fariam para o velho?

Bogar exibiu os dentinhos afiados e sibilou.

– Não queremos mais trabalhar para ele. Aquele dragão detestável...

Ben olhou para ele mais atentamente e percebeu que estava ferido. Era difícil ver alguma coisa naquela escuridão, mas o braço que ele trazia junto ao peito parecia queimado e meio aleijado.

– Bem feito! Vejam se aprendem a não roubar mais os animais do Mundo das Sombras! – Ben os repreendeu.

– O que ele quer dizer com roubar? – Bog perguntou, mas nenhum dos companheiros parecia saber. Deram de ombros e fizeram caretas.

– Tirar o que não é seu – Ben explicou, com a sensação de que eles o faziam parecer mais empolado do que um professor.

Todos ficaram perplexos.

– Mas um dragão não é de ninguém – alegou Bogar. Ben não soube o que responder.

– Não importa. Vocês me dão sua palavra de que não vão mais fazer o que o Velho Sinistro manda?

– Que palavra?

– Ah, já vi que não adianta... O que farão se eu os deixar partir?

Bog olhou para Bogar. – Comer cogumelos? – sugeriu.

– Mergulhar nos lagos? Perseguir os peixes?

– Provocar o minotauro? – sugeriu um outro.

– Não, não, isso não; lembram-se do que aconteceu da última vez?

Ben estava ficando tonto.

– Chega, chega, podem ir – disse, afastando-se da rocha. Ficou imaginando o que eles encontrariam do outro lado, mas concluiu que não eram corajosos suficiente para se envolver em nenhuma briga.

Eles se aproximaram cautelosos, sem tirar os olhinhos desconfiados de Ben.

– Hum... – disse Ben, assaltado por um pensamento –, por onde será que anda o Tio Aleis... o Velho Sinistro?

Bogar olhou por sobre o ombro de Ben, com os olhos arregalados.

– Atrás de você! – disse, e saltou na estrada bravia.

Ben girou o corpo, na expectativa de deparar-se com o velho medonho e corcunda, de unhas compridas e dentes desproporcionais, mas diante dele estava o Terrível Tio Aleister, vestindo um terno elegante e um sobretudo de gabardine. Estava desgrenhado, como se tivesse saído de uma briga. A gravata estava torta, a camisa listrada, rasgada, e o colarinho, manchado do sangue que lhe escorrera do nariz. Fitava Ben com ódio.

– Saia do meu caminho, seu diabinho desprezível!

– Não saio – respondeu Ben, tentando aparentar uma coragem que não tinha.

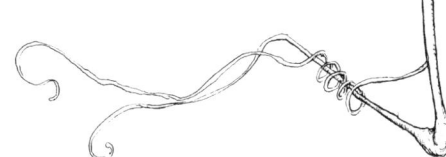

– Sendo assim, vou ter de levá-lo de volta comigo – o Tio Aleister ameaçou –, e garanto que desta vez você não vai escapar: eu e o Doido vamos dar um jeito em você de uma vez por todas! – Ele riu. – Pensando bem, era o que devíamos ter feito desde o começo: quanto menos filhos de Isadora por perto, menos chances de que aquela profecia ridícula se concretize!

Investiu contra Ben com uma atitude ameaçadora.

O menino tratou de se esconder atrás do menir.

– Não se aproxime de mim! – gritou.

– Bogar! Bog! Brim! Bosco! Bildo! Barto!

Nenhum dos duendes atendeu ao chamado do Tio Aleister.

Um facho de luz azulada cortou o ar, iluminando os arbustos, que adquiriram um tom pálido e fantasmagórico. Ben ouviu o som de sirenes.

– É a polícia!

– Eu sei que é a polícia, seu idiota: por que acha que estou tentando escapar para o Mundo das Sombras? Agora saia do meu caminho.

Ben começou a gritar:

– Aqui! Aqui!

O Terrível Tio Aleister lançou-se sobre o sobrinho.

– Seu encrenqueiro miserável de meia-tigela. Vou transformar você em comida de tiranossauro rex. – Segurou Ben pelos ombros e o empurrou na direção da estrada bravia.

– Acho melhor o senhor não voltar para lá – Ben argumentou. – O Cornuto está à espreita do outro lado. Os lobos dele estão lá também... junto com o centauro.

Achou que não era necessário explicar que os lobos, no momento, estavam atrelados à carruagem do Doido.

Tio Aleister pareceu assustado. Em seguida, aplicou uma gravata no sobrinho, remexeu os bolsos e retirou um canivete afiado com que espetou o pescoço do menino.

– Mais uma palavra – ameaçou – e você vira picadinho.

Então, enfiou a cabeça na estrada bravia e procurou ouvir alguma coisa.

Quando ressurgiu, a cabeça era novamente a do Velho Sinistro, calva e de cor macilenta. As sobrancelhas cabeludas arqueavam-se em volta de olhos encovados e faiscantes. Os dentes amarelados e cariados eram longos como presas. Rapidamente, porém, a ilusão se dissipou.

– Parece que você não sabe mentir muito bem, Benjamin Arnold – disse o Tio Aleister. – Suas veias estão cheias demais do sangue precioso de sua mãe.

Atracou-se com o menino, empurrando-o em direção aos arbustos até encurralá-lo contra o tronco de uma árvore.

Ben não tirava os olhos do facho azulado, que ficava cada vez mais forte. O som das sirenes estava mais alto, indicando proximidade; a polícia devia estar percorrendo o parque. Ouviu portas de carro baterem e, em seguida, o som de pés correndo sobre a vegetação rasteira.

– Por ali! – alguém gritou. – Ele foi por ali!

A luz tremulante das lanternas iluminava as folhas.

Até que um policial entrou na clareira ao lado do menir. Ben se contorceu, mas o tio o segurava com firmeza. Ouviu o oficial se afastar. Ao sentir o braço que o mantinha preso relaxar um pouco, Ben conseguiu libertar a cabeça e morder a mão que segurava a faca – e o fez com tanta força que o Terrível Tio Aleister disse um palavrão, soltando a faca, que caiu no chão. Ben reuniu forças para gritar por socorro, mas o tio tapou sua boca e seu nariz com violência. Ele sangrava e não conseguia respirar.

Quando pensava que ia morrer, o tio deixou escapar um grunhido de surpresa. O galho de uma trepadeira começara a enlaçar-se em sua mão e puxá-la, afastando-a do rosto de Ben, que não demorou a recuperar o fôlego. Percebeu então que conseguia se mover. Levado pelo desespero, deu uma guinada e se libertou de vez das garras do Terrível Tio Aleister. Arrastou-se para longe dele e, ao voltar-se para ver se ele o seguia, mal pôde acreditar nos próprios olhos.

A árvore contra a qual o tio o imprensara havia se enroscado nas pernas e braços de Aleister, pregando-o em seu tronco. Os galhos da trepadeira estavam trançados em volta de sua cabeça e tórax e lhe haviam atado as mãos ao longo do corpo. O choque e a indignação o transfiguraram, e seus olhos pareciam saltar das órbitas.

Acima da cabeça do tio, uma outra cabeça surgiu. O coração do menino disparou. Cabelos finos e ligeiramente ondulados emolduravam um rosto de feições delicadas. Todo o conjunto tinha a mesma cor da árvore em cujo tronco a cabeça se abrigava.

– É você – disse ele admirado.

– Decepcionei você na Floresta Sombria e sabia que devia fazer alguma coisa para me redimir – disse a dríade, segurando o Terrível Tio Aleister com tanta força que ele gemia de terror. – Já que Eidolon precisa ser salvo, devemos fazer tudo o que estiver a nosso alcance.

– Você percorreu toda a estrada bravia sem saber o que iria encontrar do outro lado?

– Segui você. O Senhor da Mata Virgem me viu quando embarquei. Acho que ficou feliz em saber que você não estaria completamente sozinho.

Ben ficou admirado com sua coragem.

– Voltarei assim que este canalha aqui receber o que merece e eu tiver certeza de que você está são e salvo. As árvores daqui têm um pouco da magia do País Secreto: deve ter vazado um pouco na comunicação entre os dois mundos. Estarei segura durante algum tempo.

Ela espremeu o tio de Ben com tanta força que todo o ar que havia nele foi expelido e seu rosto começou a ficar arroxeado.

Ben concluiu que o Tio Aleister merecia o tratamento que estava recebendo; portanto, em vez de pedir à árvore-ninfa que parasse, sorriu e disse:

– Obrigado, Dríade. Acho que você é a pessoa mais corajosa que já conheci. Minha mãe ficaria orgulhosa de você. – Em seguida, colocou as mãos em concha em volta da boca e gritou a plenos pulmões:

– Polícia! Aqui, aqui!

Segundos depois, dois oficiais uniformizados apareceram correndo, com as algemas já preparadas.

– Socorro! – gemeu o Tio Aleister, com mais medo da árvore que da polícia. – Socorro, me ajudem: esta árvore está tentando me matar!

Os policiais se entreolharam. Então, o sargento iluminou o rosto do Tio Aleister, focalizando nele o facho da lanterna.

– É maluco – disse para o colega. – Completamente maluco. – Olhou para o menino. – Você está bem, meu filho? Ele machucou você?

– Não exatamente – Ben explicou, olhando de soslaio para a árvore enquanto a dríade sumia lá dentro. Enquanto isso, o policial tentava livrar o Tio Aleister da trepadeira.

– Ben!

O menino voltou-se

– Papai!

O senhor Arnold vinha correndo a toda velocidade pela clareira.

– Ah, Ben, que bom que você está a salvo! – Envolveu o filho em um abraço tão apertado quanto o da árvore em Aleister, levando Ben a temer pela integridade de suas costelas.

– Estou bem, papai – conseguiu murmurar. – Juro que estou.

Os dois observaram a cena da captura do tio. O policial arrastou o Terrível Tio Aleister pela clareira e o algemou. Fuzilando o senhor Arnold com os olhos, ele ameaçou:

– O Doids virá atrás de você e de sua família, Clive. E quando vier, não será um soco de nada como este que você me deu no nariz que vai detê-lo.

– Ah, doeu, não foi? – O senhor Arnold provocou com ar inocente, percebendo com satisfação o sangue e a mancha roxa.

– Vou processá-lo – vociferou o Terrível Tio Aleister.

O sargento o olhou espantado.

– Ah, vai mesmo, cavalheiro? Não me lembro de ter visto o senhor Arnold bater no senhor. Mas vimos quando o senhor bateu direto com a cara naquela árvore, não vimos, Tom?

O outro policial concordou com um gesto de cabeça vigoroso.

– O senhor deveria ter mais cuidado quando andar por aí no escuro – aconselhou.

– Obrigado pela ajuda, senhor Arnold – disse o sargento. – Fico contente de ver que o menino está bem. Podemos lhes oferecer uma carona?

Ben recusou com a cabeça. Olhou para o pai e acrescentou:

– Podemos caminhar até em casa, não é, papai? Afinal de contas, temos muita coisa para conversar.

O senhor Arnold sorriu.

– Ah, e como temos!

Os dois se posicionaram junto às azaleias e ficaram observando os policiais conduzirem o Tio Aleister até uma das viaturas e acomodá-lo no banco traseiro. Em seguida, o comboio avançou em fila pelo parque, em direção à saída, com as luzes azuladas girando no ar agora mais leve.

– Caminhar até em casa? – disse uma voz na escuridão. – Ah, de jeito nenhum.

Ben e o pai se viraram devagar, aterrorizados.

O senhor Arnold perdeu o fôlego.

Mas Ben abriu um sorriso tão largo que quase rasgou a boca.

Acima deles, dois dragões de cores estupendas voavam em círculos com as asas estendidas, preparando-se para aterrissar.

– Zark! – Ben gritou.

– E esta é minha esposa, Ishtar – disse Zark.

Ishtar planou e, em seguida, parou diante deles. Suas escamas formavam uma tapeçaria fabulosa, em tons de azul, dourado e violeta. Já as de seu marido eram da cor do fogo.

– Olá, mais uma vez, Ben – ela o cumprimentou. Ben percebeu de súbito que Ishtar devia ser o dragão que vira do outro lado da estrada bravia, o mesmo que pensara ser Zark, sobrevoando a escuridão durante os últimos momentos de pânico passados em Eidolon.

– Olá – ele respondeu num fio de voz, estupefato que estava com a presença deles. – O que estão fazendo aqui?

– Estamos superatarefados – Zark disse, inflando o peito com altivez e exalando uma baforada de vapor pelas narinas, que se fez acompanhar por um filete de labareda. – Temos voado por aí, em seu mundo, resgatando o pessoal que o Doido roubou de Eidolon. Já levamos de volta meia dúzia de tigres-dentes-de-sabre, um filhote de mamute, alguns sátiros e um pequeno estegossauro. Mas, então, o Velho Sinistro e seus duendes prenderam nosso amigo Zoroastro e viajaram com ele pela estrada bravia ontem à noite. É por isso que estamos de volta. Viemos libertá-lo.

Ben repetiu para o pai as palavras do dragão. O senhor Arnold ouviu com atenção e, em seguida, informou:

– Acho que seu amigo já deve ter escapado. Metade de King Henry Close pegou fogo e um dos vizinhos de Aleister balbuciou alguma coisa sobre um rebuliço causado por um dragão que fugira de um caminhão estacionado na rua. Claro que ninguém acreditou nele! – Ele sorriu. – Bom, agora, já vi tudo o que tinha para ver. Que história maravilhosa terei para contar à sua mãe.

– Como está ela? – Ben perguntou ansioso.

O pai ficou sério. – Ainda não se recuperou totalmente. – Então, voltou a sorrir. – Mas está bastante determinada a voltar para casa. Disseram que ela pode ter alta daqui a um ou dois dias.

Ben respirou aliviado. Já era um começo.

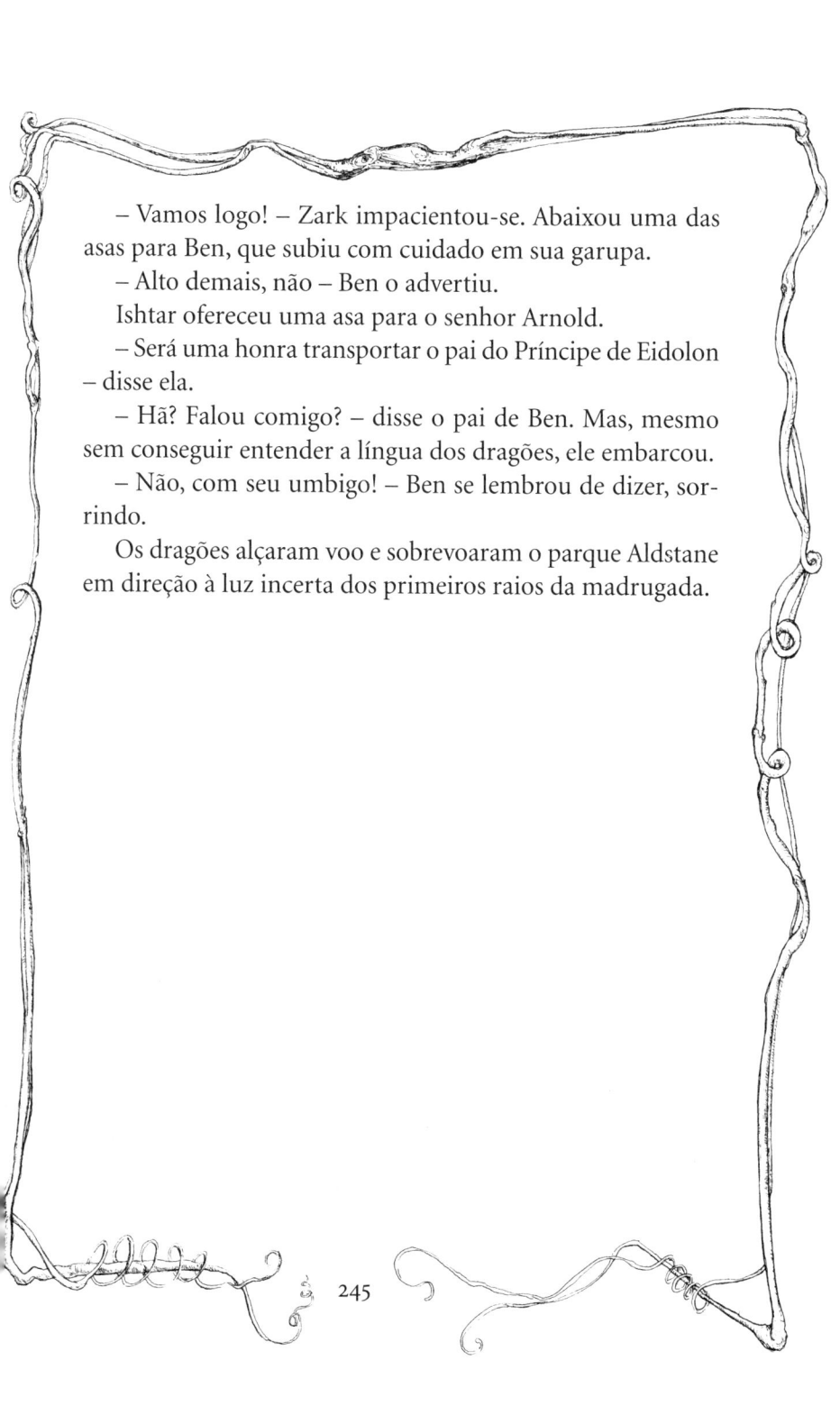

– Vamos logo! – Zark impacientou-se. Abaixou uma das asas para Ben, que subiu com cuidado em sua garupa.

– Alto demais, não – Ben o advertiu.

Ishtar ofereceu uma asa para o senhor Arnold.

– Será uma honra transportar o pai do Príncipe de Eidolon – disse ela.

– Hã? Falou comigo? – disse o pai de Ben. Mas, mesmo sem conseguir entender a língua dos dragões, ele embarcou.

– Não, com seu umbigo! – Ben se lembrou de dizer, sorrindo.

Os dragões alçaram voo e sobrevoaram o parque Aldstane em direção à luz incerta dos primeiros raios da madrugada.

Epílogo

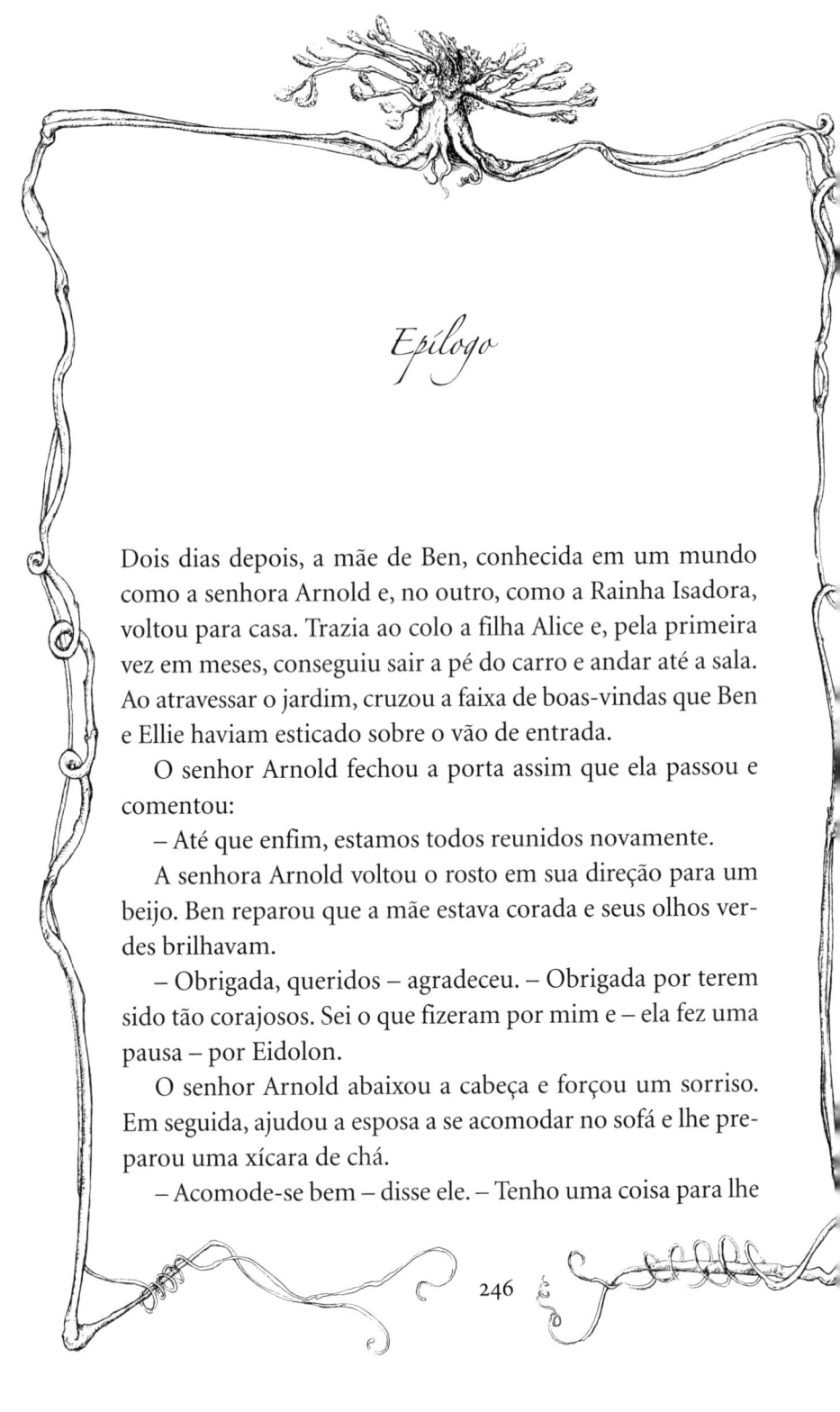

Dois dias depois, a mãe de Ben, conhecida em um mundo como a senhora Arnold e, no outro, como a Rainha Isadora, voltou para casa. Trazia ao colo a filha Alice e, pela primeira vez em meses, conseguiu sair a pé do carro e andar até a sala. Ao atravessar o jardim, cruzou a faixa de boas-vindas que Ben e Ellie haviam esticado sobre o vão de entrada.

O senhor Arnold fechou a porta assim que ela passou e comentou:

– Até que enfim, estamos todos reunidos novamente.

A senhora Arnold voltou o rosto em sua direção para um beijo. Ben reparou que a mãe estava corada e seus olhos verdes brilhavam.

– Obrigada, queridos – agradeceu. – Obrigada por terem sido tão corajosos. Sei o que fizeram por mim e – ela fez uma pausa – por Eidolon.

O senhor Arnold abaixou a cabeça e forçou um sorriso. Em seguida, ajudou a esposa a se acomodar no sofá e lhe preparou uma xícara de chá.

– Acomode-se bem – disse ele. – Tenho uma coisa para lhe

mostrar. – Trouxe um exemplar do *A Gazeta de Bixbury* e esticou bem o jornal sobre a mesinha.

– Veja – anunciou orgulhoso. – Logo na primeira página.

DESBARATADA QUADRILHA ESPECIALIZADA EM TRÁFICO DE ANIMAIS PERIGOSOS

dizia a manchete. E, logo abaixo:

Pet Shop **servia de fachada para a venda ilegal de animais**

O Empório de Animais do Senhor Doids, na High Street, em Bixbury, foi palco ontem de uma grande investigação depois que a polícia foi informada pelo nosso repórter, Clive Arnold, da presença de animais selvagens mantidos ilegalmente em cativeiro nos depósitos da loja e em vários locais privados da cidade. Embora a polícia ainda mantenha em sigilo o resultado preciso de suas investigações, o delegado, David Ramsay, revelou que "de fato, não é exatamente este tipo de animal que queremos ver à solta pelas ruas de Bixbury. As consequências seriam desastrosas. Bastante desastrosas, aliás".

Os animais – entre eles vários predadores de grande porte, alguns mamíferos aquáticos e uma espécie de aligátor gigante – eram mantidos em condições precárias e insalubres. Muitos passavam fome e outros estavam semimortos em consequência de tais privações. Todos os que se recuperaram foram encaminhados aos seus hábitats, informou um porta-voz da delegacia. Guardas em todo o país serão mobilizados para recapturar qualquer animal que tenha sido vendido antes da batida policial.

Até o momento, o dono da loja de animais, senhor A. E. Doids, não foi encontrado, mas a polícia solicita a qualquer pessoa que saiba de seu paradeiro que entre imediatamente em contato com o Departamento de Ocorrências da Polícia de Bixbury. A população tem sido alertada a não abordá-lo, pois ele pode estar armado e é considerado um elemento de alta periculosidade.

Nesse ínterim, seu sócio nos negócios, senhor Aleister Sinistro, foi preso e no momento colabora com a polícia na instauração do inquérito. Ele será acusado amanhã e enquadrado por infringir a Lei de Animais Selvagens. A esposa de Aleister, Sybil (43), e a filha, Cíntia (14), foram detidas para averiguação e liberadas depois de passar a noite na cadeia e fazer muitas queixas.

A *Pet shop* foi fechada, sem previsão de reabertura. O delegado Ramsay disse ainda que "a polícia e a população de Bixbury têm com o senhor Arnold uma dívida de gratidão por seu empenho em investigar esse comércio vergonhoso. Indubitavelmente, sua persistência e coragem salvaram muitas vidas".

– Foi o próprio editor que escreveu a matéria – o senhor Arnold contou à esposa. – Ele ficou muito satisfeito com o furo jornalístico. Ah, Isa, e eu fui promovido a vice-editor!

– Parabéns, Clive! – Ela apertou-lhe a mão. – Você é meu herói.

Ben e Ellie se entreolharam. Ellie revirou os olhos.

– Ai, gente... – disse – se eles vão ficar melosos assim, vou ver televisão.

Mas os acontecimentos eram manchete também no noticiário vespertino da tevê, que trazia vários relatos de pessoas que haviam visto animais estranhos por todo o país.

– Temos muitos animais para recolher por aí – Ben comentou, sorrindo para a irmã. – Vai ser divertido.

– Olha, agora não vai dar – Ellie respondeu. – Vou subir e fazer as unhas.

Ben a seguiu.

– E eu vou brincar com o meu gato.

– Ele não é o "seu" gato – Ellie retrucou.

– Bom, seu também certamente não é.

– Os gatos não pertencem a ninguém – disse uma voz e, do portal do quarto de Ben, surgiu um gatinho preto e marrom de olhos dourados e brilhantes. Era Ignácio Sorvo Coromandel. – Embora eles não se importem de fingir que pertencem a alguém, desde que sejam bem alimentados – acrescentou esperançoso.

Ben e a irmã riram.

Na manhã seguinte, Ben abriu as cortinas do quarto e, da janela, admirou um mundo que parecia oferecer mais esperança do que na semana anterior. Em toda a parte, as cores estavam um pouco mais brilhantes e os pássaros cantavam um pouco mais alto.

Ig espreguiçou-se e saiu dos pés da cama, onde dormira, para juntar-se a Ben na janela. Havia um melro, particularmente barulhento, trinando no portão do jardim. Ig o fitou com olhar penetrante.

– Como ousa me acordar com essa barulheira toda? Vou acabar com a sua vida – ameaçou, emitindo um miado prolongado que atravessou a vidraça.

– Duvido – disse Ben, batendo no vidro para espantá-lo. Mas o pássaro ergueu-se no ar a alguns centímetros do portão, bateu as asas com força e caiu, arrastando na queda o cordão com que estava amarrado. Ben preocupou-se. Por que alguém amarraria um melro em seu portão?

Jogou um casaco sobre os ombros e, ainda de pijama, correu escada abaixo. Ignácio Sorvo Coromandel o seguiu aos saltos.

– Escute aqui, você não tem nada que comer aquele melro – Ben advertiu o gatinho. – Não seria justo, não vale...

– Na guerra e no amor, vale tudo – Ig retrucou animado.

Mas não era um melro. Era um mainá. A ave olhou para o menino com seus olhos negros e pequeninos como duas contas; em seguida, olhou para o gato e grasnou, escancarando o bico cor de laranja.

– O Doido mandou lembranças – declarou em um estranho tom maquinal, como se tivesse sido ensinado a repetir aquela frase. – Crac!

– O quê? – Ben perguntou horrorizado.

– Ele vem atrás de sua mãe. Crac! Ele vai raptá-la e com os poderes dela destruirá toda a magia do mundo. Não há nada que você possa fazer para detê-lo! Ele vai aparecer quando você menos esperar e, se atravessar o caminho dele, ele o matará. Crac!

Virou a cabeça na direção de Ben e saltitou.

– Tire a droga desta cordinha do meu pé, por favor, parceiro! – pediu. – Já fiz a minha parte, dei o recado que tinha para dar. – Encarou Ig com um de seus olhinhos brilhantes e debruados de laranja. – Não deixe esse felino me pegar, o.k., parceiro? Não gosto nada do modo como ele me olha.

– O gato não vai lhe fazer mal – Ben explicou em tom severo. – Me diga quem lhe mandou dar o recado e o que ele significa, e então desamarro você.

O pássaro virou toda a cabeça para um lado e analisou o menino.

– Bom, você parece sincero – opinou finalmente. – Foi o próprio senhor Doids quem me ensinou o recado, e se você conhece o Doido, sabe que ele não estava de brincadeira.

Ben sentiu uma terrível onda de cansaço invadi-lo.

– Ig, corra para dentro de casa e veja se minha mãe está a salvo.

O gato foi num pé e voltou no outro.

– Ela está dormindo – relatou em meio a um grande bocejo –, como qualquer pessoa sensata estaria fazendo a esta hora da manhã. – Fixou os olhos cor de âmbar no mainá, que saltitou de um lado para o outro, sentindo-se desconfortável.

– Vamos lá, parceiro – implorou –, desfaça este nó. Seja justo. Não mate o mensageiro, sabe como é...

– Você pode levar um recado meu para seu dono? – Ben perguntou.

O pássaro o fitou com seus olhinhos de conta.

– Se me desamarrar, eu levo – prometeu num tom muito pouco convincente.

– Está certo, então. Diga ao Doido... diga a ele que o Príncipe de Eidolon manda lembranças e uma advertência. Diga a ele que deixe minha mãe em paz... senão... – concluiu num fio de voz. Não conseguiu pensar em mais nada para dizer. – Estamos entendidos?

O pássaro emitiu alguns sons, como se estivesse pensando, e em seguida repetiu palavra por palavra o recado.

– Isso mesmo – disse Ben. Desatou o nó da cordinha com a qual o senhor Doids havia amarrado o mainá no portão e o pássaro foi embora, num voo desajeitado, pelo céu matutino.

– Senão? – Ig repetiu em tom irônico. – Isso é ameaça que se preze?

Ele observou com os olhos apertados o mainá se afastar.

– Eu sei – Ben concordou com um suspiro. – Não consegui pensar em nada melhor para dizer. Talvez ele estivesse mentindo. Talvez tenha inventado aquela história toda.

Mas, no fundo, sabia que era verdade. Uma sombra voltara a nublar seu mundo novamente, uma sombra que ele julgara ter se dissipado.

– Ah, Ig, o Doido esteve aqui. Ele esteve em nossa casa. E sabe onde a minha mãe está. Ele tem de ser detido de uma vez por todas. – Ben sentou-se na grama com a cabeça entre as mãos e tentou pensar.

– Venha – Ig disse com gentileza, depois de algum tempo, dando uma leve cabeçada na perna de Ben. – Vamos entrar.

Ben fez um esforço para sorrir.

– Hora do café da manhã – anunciou, buscando soar mais alegre do que se sentia. – Não dá para pensar de barriga vazia.

Ig concordou com a cabeça.

– Comida é sempre um bom começo.

Então, juntos, o menino e o gato entraram em silêncio na cozinha da casa número 27 da Underhill Road e prepararam um desjejum digno de um príncipe de Eidolon e de um grande explorador conhecido como o Andarilho.

E se perguntaram o que fariam a seguir, neste mundo e no outro.

Glossário

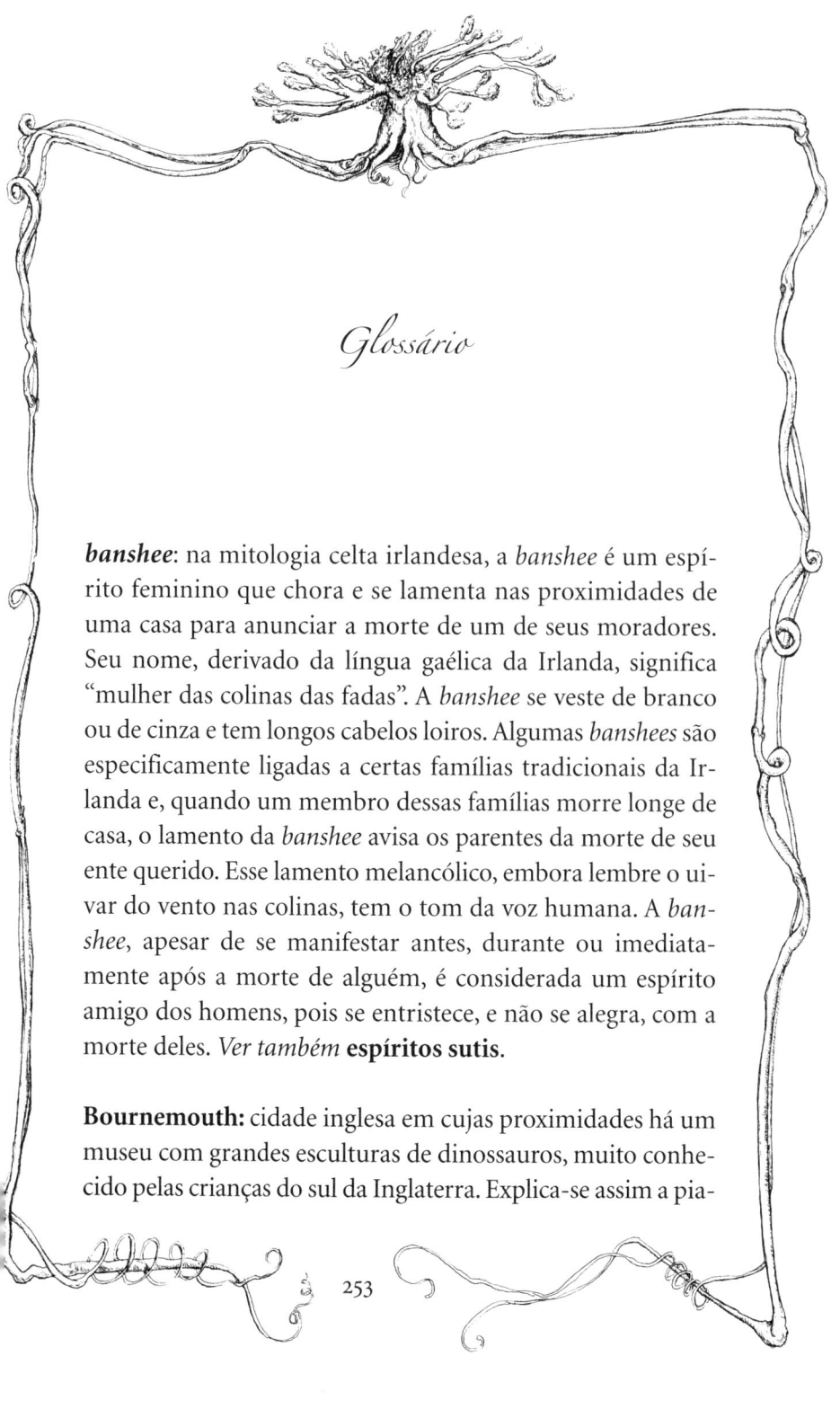

banshee: na mitologia celta irlandesa, a *banshee* é um espírito feminino que chora e se lamenta nas proximidades de uma casa para anunciar a morte de um de seus moradores. Seu nome, derivado da língua gaélica da Irlanda, significa "mulher das colinas das fadas". A *banshee* se veste de branco ou de cinza e tem longos cabelos loiros. Algumas *banshees* são especificamente ligadas a certas famílias tradicionais da Irlanda e, quando um membro dessas famílias morre longe de casa, o lamento da *banshee* avisa os parentes da morte de seu ente querido. Esse lamento melancólico, embora lembre o uivar do vento nas colinas, tem o tom da voz humana. A *banshee*, apesar de se manifestar antes, durante ou imediatamente após a morte de alguém, é considerada um espírito amigo dos homens, pois se entristece, e não se alegra, com a morte deles. *Ver também* **espíritos sutis**.

Bournemouth: cidade inglesa em cujas proximidades há um museu com grandes esculturas de dinossauros, muito conhecido pelas crianças do sul da Inglaterra. Explica-se assim a piada feita por Adam, colega de classe de Ben. Adam sem querer impede que Ben divulgue o segredo da existência de Eidolon.

Canzarrões da Morte: no folclore das Ilhas Britânicas, os Canzarrões da Morte (*Gabriel Hounds*, em inglês) são uma matilha de cães de caça espectrais que voam pelos ares em certas noites do ano, fazendo grande barulho e estardalhaço. A manifestação dos Canzarrões da Morte prenuncia desgraça para os locais onde eles passam; na opinião de muitos, esses cães são servos do demônio. Em Eidolon, o Doido domina os Canzarrões da Morte.

Dalek: personagem do seriado de televisão inglês *Doctor Who*. Os daleks são de uma raça de mutantes reconhecidos por sua armadura robótica em forma de saleiro e fazem parte da cultura popular na Inglaterra.

dríade: as dríades, mencionadas pela mitologia grega, são seres sutis ligados às árvores. Habitam nos bosques e cuidam de toda a vegetação. A Dríade de Eidolon protege Ben dos ataques do Doido. *Ver também* **espíritos sutis**.

duendes: esse tipo de entidade está presente, com os mais diversos nomes, nas mitologias e no folclore de todas as regiões do mundo. Os duendes são espíritos maléficos; às vezes limitam-se a fazer pequenas travessuras (quebrando objetos, azedando o leite, fazendo barulho), mas às vezes sua maldade chega a causar a morte de pessoas. No folclore das Ilhas Britânicas, são comuns as histórias de duendes que se oferecem para guiar os viajantes à noite, levam-nos a lugares ermos e os abandonam ali, no frio e no escuro. Quando se materializam e se tornam visíveis, os duendes geralmente são seres de pequena estatura, verdes ou pretos, e com aspecto disforme. Na qualidade de criaturas do mal, em Eidolon os duendes estão sujeitos ao poder do Doido. *Ver também* **espíritos sutis**.

espírito da floresta: em Eidolon, como no nosso mundo, os espíritos da floresta habitam os bosques, sobretudo aqueles de clima temperado, e são especificamente encarregados de zelar pelas criaturas pequenas que vivem nas matas. Como todos os espíritos sutis, os espíritos da floresta são às vezes visíveis, às vezes invisíveis, dependendo da sua vontade e das condições do ambiente. Há espíritos da floresta do sexo masculino e do sexo feminino. *Ver também* **espíritos sutis**.

espíritos sutis: também conhecidos como gênios, são seres que se situam na fronteira entre o mundo corporal, visível e tangível, e o mundo psíquico ou mundo da alma, invisível e intangível. Isso explica por que às vezes podem ser vistos e às vezes, não. Os espíritos sutis, como os humanos, têm liberdade para fazer o bem ou o mal; no entanto, alguns tipos, como os duendes, tendem a ser maléficos, ao passo que outros, como os espíritos da floresta, são benéficos ou neutros. Por outro lado, os seres humanos têm a possibilidade de sujeitar os espíritos a seu poder; é o caso dos duendes, que por medo obedecem ao Doido, ou do gênio preso na lâmpada, de que falam as histórias das *Mil e uma noites*. Existem diversos tipos ou espécies de espíritos sutis e eles são conhecidos pelas tradições de todos os lugares do mundo. Alguns espíritos sutis são especialmente encarregados de zelar por certos seres e lugares do mundo material: as dríades, por exemplo, cuidam das árvores, e as ninfas cuidam das fontes de água. Os espíritos sutis nascem e morrem como nós, embora tendam a ser mais longevos. São muito ligados à natureza e, com o avanço da urbanização, tendem a se retirar para lugares remotos. Os espíritos sutis não devem ser confundidos nem com os anjos, que são espíritos celestes, nem com as entidades de que fala o espiritismo. Os espíritos sutis que têm lugar de destaque na história de Ben são Raminho (o espírito da floresta), os duendes comandados pelo Doido e a Dríade. As *selkies* não são espíritos sutis, mas seres corporais como nós, apenas capazes de mudar de forma.

Gato de Cheshire: personagem do romance *Alice no País das Maravilhas*, de Lewis Carroll. O Gato de Cheshire caracteriza-se pela capacidade de aparecer e desaparecer à vontade. A certa altura, ele desaparece lentamente diante de Alice e só deixa visível o seu sorriso. O desaparecimento de Ig junto à pedra que marca o local da estrada bravia lembra Ben dos desaparecimentos do Gato de Cheshire.

Gêngis Cã: chefe militar e imperador mongol, nascido em 1162, com o nome de Temujin, e morto em 1227, conseguiu unificar as diversas tribos e clãs nômades da Mongólia e recebeu o título de Gêngis Cã, "Senhor do Universo". À frente dos exércitos mongóis, num curto período Gêngis Cã conquistou a China (onde estabeleceu uma dinastia mongol) e toda a Ásia Central até a Pérsia. Gêngis Cã é considerado um dos generais mais bem-sucedidos de todos os tempos e foi governante de um dos maiores impérios pré-modernos, mas Ig garante que ele tinha medo de gatos.

gênios: *Ver* **espíritos sutis**.

Gollum: personagem dos livros *O Hobbit* e *O senhor dos anéis*, de J. R. R. Tolkien, publicados pela Martins Fontes. Gollum foi um dos detentores do Anel do Poder e teve papel crucial nos acontecimentos que conduziram ao final da Terceira Era da Terra-Média.

Greensleaves: a música que toca quando se aperta o botão da campainha do Terrível Tio Aleister é um tema anônimo da Renascença inglesa, já famoso na época de Shakespeare, que o menciona pelo nome em duas de suas peças. A melodia é muito conhecida na Inglaterra e a letra fala do amor não correspondido de um homem por uma mulher que usa um vestido de mangas verdes.

menir *Ver* **Parque Aldstane**.

Parque Aldstane: em inglês arcaico, a palavra *aldstane* significa "pedra antiga". O parque tira seu nome da pedra que marca a entrada da estrada bravia que comunica este mundo e Eidolon. O *aldstane* na verdade é um menir: um monumento de pedra erigido na era pré-cristã pelo povo que então habitava a Inglaterra. Numa época em que as construções comuns eram todas de madeira ou de terra, esses monumentos de pedra assinalavam locais importantes do ponto de vista religioso e político. Os menires localizavam-se amiúde em bosques sagrados ou junto a fontes de água, sendo esse o caso do menir do Parque Aldstane. Encontram-se menires por todo o Velho Mundo, mas eles são mais numerosos nos países da Europa ocidental.

selkie: ser da mitologia céltica das Ilhas Britânicas. A *selkie*, chamada *roan* em língua gaélica, é uma foca que, quando em terra, perde sua pele e se transforma numa bela mulher. Se um homem conseguir se apossar da pele de uma *selkie*, esta será obrigada a tornar-se sua esposa. Porém, se a *selkie* na forma humana conseguir recuperar sua pele, deixará o marido e voltará inevitavelmente ao mar na forma de foca. Existem também *selkies* do sexo masculino. Estes não assumem forma humana, mas levantam tempestades no mar e emborcam os barcos daqueles que matam indiscriminadamente as focas. As *selkies* são tema de um belo filme americano chamado *The Secret of Roan Inish* (lançado no Brasil com o título *O mistério da ilha*), de 1994.

yeti: da palavra tibetana *ya'dred*, "urso das rochas". É uma criatura lendária, também chamada de "Abominável Homem das Neves" no Ocidente, bípede, antropoide, coberta de pelos, que habita as regiões mais altas da Cordilheira do Himalaia. Embora já tenha sido avistado muitas vezes, tanto por habitantes da região quanto por ocidentais, o Yeti é tímido e arredio e nunca se deixou fotografar satisfatoriamente. A identificação do Yeti com uma espécie de urso, patente no nome tibetano, explica por que a constelação que em nosso mundo se chama "Ursa Maior" é conhecida como "Grande Yeti" em Eidolon.

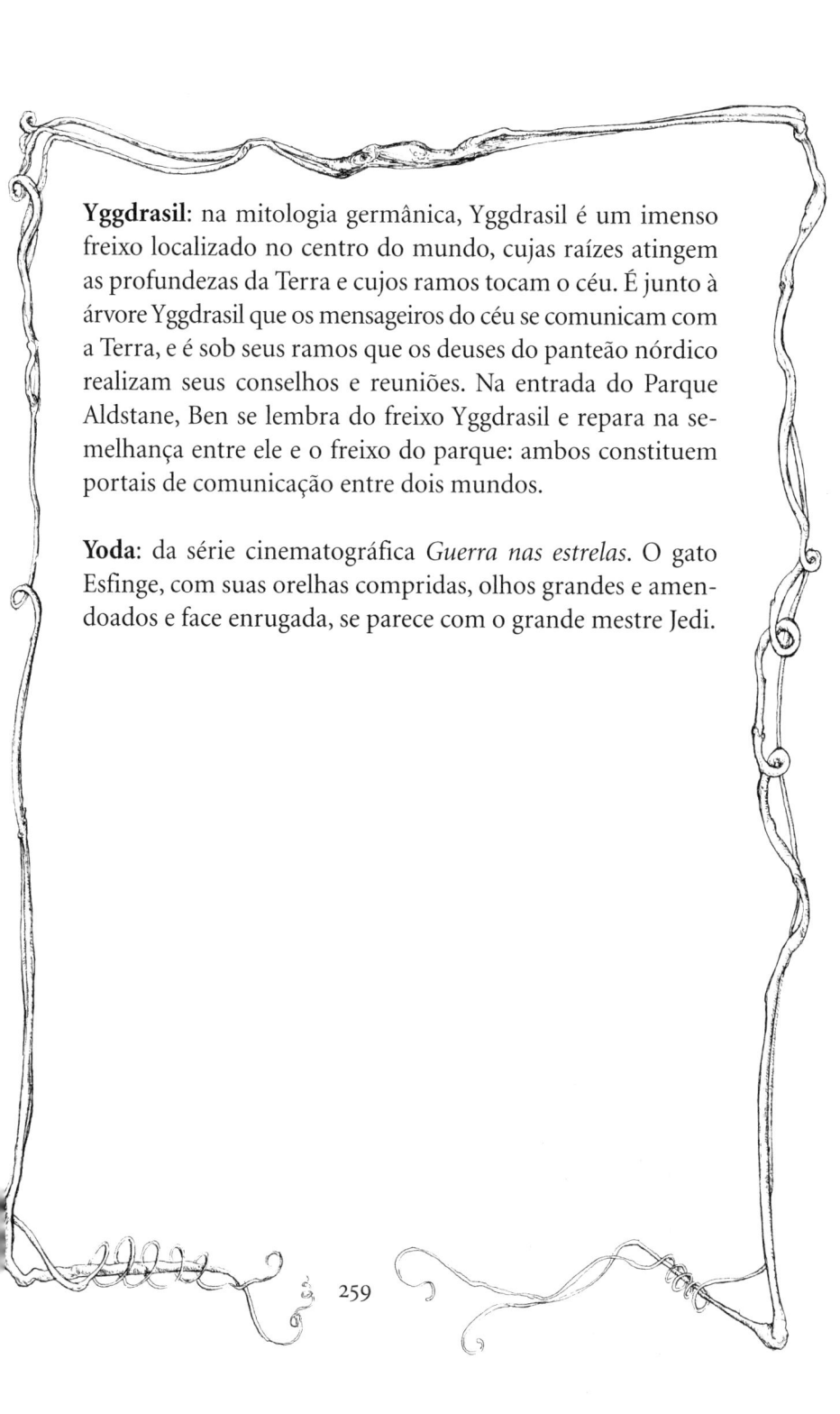

Yggdrasil: na mitologia germânica, Yggdrasil é um imenso freixo localizado no centro do mundo, cujas raízes atingem as profundezas da Terra e cujos ramos tocam o céu. É junto à árvore Yggdrasil que os mensageiros do céu se comunicam com a Terra, e é sob seus ramos que os deuses do panteão nórdico realizam seus conselhos e reuniões. Na entrada do Parque Aldstane, Ben se lembra do freixo Yggdrasil e repara na semelhança entre ele e o freixo do parque: ambos constituem portais de comunicação entre dois mundos.

Yoda: da série cinematográfica *Guerra nas estrelas*. O gato Esfinge, com suas orelhas compridas, olhos grandes e amendoados e face enrugada, se parece com o grande mestre Jedi.

Cromosete
Gráfica e editora ltda.
Impressão e acabamento
Rua Uhland, 307
Vila Ema-Cep 03283-000
São Paulo - SP
Tel/Fax: 011 2154-1176
adm@cromosete.com.br